D0498698

Comme un chien dans un jeu de quilles !

Fabien Lecours

Dépôt légal : Bibliothèque nationale du Québec
Dépôt légal : Bibliothèque nationale du Canada
ISBN 2-923364-00-7

Éditions ATMA internationales
C.P. 8818
Sainte-Foy (Québec)
Canada G1V 4N7

Téléphone : (418) 990-0808
Télécopieur : (418) 990-1115
Courriel : info@atma.ca
www.atma.ca

Infographie :
Pur Design Marketing
965, rue Newton, bureau 256
Québec (Québec)
Canada G1P 4M4

Téléphone : (418) 871-5883
Télécopieur : (418) 877-4830
Courriel : info@pur-design.com
www.pur-design.com

Distributeur pour le Canada :
Québec-Livres
2185, Autoroute des Laurentides
Laval (Québec)
Canada H7S 1Z6

Téléphone : (450) 687-1210
Télécopieur : (450) 687-1331
www.quebec-livres.com

Catalogage avant publication de Bibliothèque et Archives Canada
Lecours, Fabien, 1955-

Comme un chien dans un jeu de quilles!

ISBN 2-923364-00-7

I. Titre.

PS8623.E37C65 2005 C843'.6 C2005-940222-9
PS9623.E37C65 2005

La naissance.
Le matin de la vie,
Avec la résonance
De son premier cri,
La nécessité
De déranger
Pour satisfaire
Ses besoins primaires.

La jeunesse,
Le verdissement de la vie,
Avec les manifestations
De ses revendications!
L'effronterie
De brûler toutes les étapes
Avec des idées pleines de prouesses
Qui rêvent de nous faire changer de cap.

La quarantaine.
La mi-temps de la vie,
Avec la migraine
De la course débile du boulot,
Bébé, dodo, bungalow.
Le sommet de la carrière
Avec le miroir de ses paradis
Et la face cachée de ses chimères.

La retraite et la vieillesse.
Le dernier sprint de la vie,
Avec le repos bien mérité du guerrier.
La maturité de la sagesse
Que l'on consulte avec appétit.
Le temps difficile à tuer
Entre les visites trop éloignées
D'un enfant toujours trop pressé de s'en aller.

La fin du voyage.
La vie qui bascule sur le rivage
De la mort,
Avec l'espoir d'un monde meilleur.
La vie qui accepte de s'ensevelir
Au creux des souvenirs
Des êtres qui pleurent
La dernière procession du corbillard.

La vie qui nous bouscule
Comme un chien dans un jeu de quilles,
Avec ses imprévus et ses détours,
Du crépuscule
Jusqu'au dernier souffle.

La vie qui retire les joies sans laisser de restes
En retour.
La vie que l'on déteste
À n'en plus rien savoir.

La vie qui donne les espoirs.
La vie qui scintille.
La vie que l'on aime,
Comme une bonne bouffe
De fin de carême.

La vie fragile
Et malhabile,
Qui nous est prêtée,
Et qui nous invite à conjuguer
Des rêves, des gestes, des visages, des coeurs
Et des petits bonheurs.

CHAPITRE UN

Méchant comité d'accueil!

L'avion s'était détaché de la piste de l'aéroport d'Heathrow à l'orée d'un après-midi pluvieux. Le décollage avait servi un ultime «Good Bye» à l'Angleterre. Il avait croqué sur le vif une dernière image à rebrousse-poil de Londres, destinée aux passagers regrettant la fin de leur voyage. Par la suite, l'avion avait terminé son ascension en plan incliné. Puis, il s'était redressé au-dessus d'une épaisse banquise nuageuse. Cette banquise nuageuse ne cessait d'imposer sa présence depuis des heures et des heures. Le voile blanchâtre, défilant en contrebas des hublots, maintenait en son sillage une vague impression de brume londonienne. Le mirage entre la banquise nuageuse et la brume londonienne amplifiait la grisaille de la nostalgie du départ.

Au gré du voyage, les hauts et les bas des turbulences avaient gonflé à bloc l'angoisse des passagers les moins braves. Chaque victime paniquée recourait à sa potion magique dans l'espoir d'échapper à une dérive incontrôlable de leur sang-froid. Çà et là, l'application du remède miraculeux livrait des combats et des diagnostics amusants. Il y avait les momies cramponnées à leur siège, dont les grimaces se transformaient au gré du brassage de l'avion. D'autres passagers avaient un regard frelaté par le trop-plein d'alcool ingurgité lors du décollage. Certains visages comateux baignaient dans une surdose médicamenteuse. Il y avait aussi les désespérés qui se confiaient corps et âmes dans quelques «Je vous salue Marie». C'était sans compter le tintamarre du combat du clapotis de la gomme à mâcher. Il y avait aussi le sourire bienheureux du passager assis sur le siège B-6, sourire attrapé après avoir fumé un joint de marijuana en cachette dans la toilette.

Pour sa part, la voisine de Jonathan dissimulait son stress de l'air derrière un moulin à paroles intarissable. Au fil des heures du voyage, elle avait détricoté sa vie de long en large. Elle avait ressassé ses faits vécus dans le moindre recoin, n'oubliant rien, du détail le plus pathétique au plus insignifiant. La visite guidée en profondeur n'ennuyait pas Jonathan. Au contraire, il y prenait goût. Très souvent, il aimait s'arrimer à la vie des autres, se fondre au schéma directeur d'un engrenage différent du sien. L'intérêt ne relevait pas du voyeurisme. Loin de là! Le partage, avec un autre chemin de vie, l'aidait plutôt à mettre à l'épreuve ses convictions les plus intimes sous le nouvel éclairage du feu d'une discussion, aussi innocente soit-elle. À chaque fois, il en ressortait plus fort. Sa lecture des gens et des événements gagnait toujours un pas de plus vers une vision plus universelle. Aujourd'hui, il joignait l'utile à l'agréable en profitant de la conversation avec sa voisine, autant pour ausculter le mécanisme des êtres que pour tuer les six longues heures du trajet vers le Canada.

-Oui mon brave! Nous avons été surpris par un orage endimanché d'un vent capable de chavirer une goélette! Il n'y avait plus de place à se demander quoi faire de nos dix doigts! Nous avons rapatrié notre gréement en cinquième vitesse et nous avons mis le cap vers la maison. Le tonnerre menait un tapage du diable à vous en défoncer les tympans. Tout à coup, un éclair a débité un arbre derrière nous. Notre cheval, que nous avions baptisé Fringant, a bondi comme un poisson accroché au bout de l'hameçon. Mon mari a lâché les guides. Le mécréant de Fringant en a profité pour prendre la poudre d'escampette. Nous avons été jetés par-dessus bord dans une belle grosse flaque d'eau froide. Fringant et notre carrosse de fortune étaient déjà hors de portée bien avant que nous ayons digéré nos émotions. Mon mari et moi avons été obligés de finir notre voyage à pied en compagnie d'une pluie glacée. Lorsque la cheminée de notre maison osa pointer son nez au-dessus de nos têtes, nous avions les os tellement congelés que nous avions toutes les misères du monde à marcher. Mes rhumatismes m'ont légué un souvenir bien ancré de cette manigance de la nature. Mon défunt mari, Dieu garde son âme, avait attrapé une méchante grippe à vous en vider les poumons. J'ai été obligée de le dorloter avec des bouillons et des onguents camphrés, pendant toute une semaine, avant qu'il recommence à lever comme du bon pain. Vous savez, je ne crachais pas sur nos petites séances de frottage, surtout après le coucher du soleil. J'ai toujours soupçonné mon mari d'avoir ajouté des mailles à la durée de sa maladie pour quêter quelques séances de frottage supplémentaires. J'aurais été folle de le dénoncer! Nous étions jeunes mariés. Vous savez, à l'époque, la permission de se toucher n'était pas monnaie courante. Le plaisir de la chair était drôlement rationné. Bonté divine! Que Dieu me pardonne... J'irai jusqu'à vendre mon âme au diable en échange d'une petite séance de frottage avec mon défunt mari! Il me manque sans bon sens!

Soudainement, quelque chose d'inexplicable coupa le sifflet aux flots d'abondance du verbe du reportage. La dame scruta son compagnon de voyage sous toutes ses coutures, en respectant un silence d'or un peu inquiétant. Elle donnait l'impression de le découvrir pour la première fois.

-Au fait, mon brave, êtes-vous marié?

La question dérouta Jonathan. Au nom de quelle logique son statut social aboutissait-il au menu du jour?

-Non, renseigna-t-il sur un ton sec de veuve offensée.

Avez-vous une femme dans votre vie? rétorqua la dame. Elle savait trop que les jeunes gens des temps modernes préféraient le concubinage au mariage. Mais elle regretta momentanément sa curiosité trop fouineuse. Tant pis, le coup était parti.

-Présentement, je n'ai aucune femme dans ma vie, évacua Jonathan sans détours.

Étrange... La vie à deux n'avait pas habité l'esprit de Jonathan depuis fort longtemps. Vraiment étrange... Sans l'insistance de sa voisine, l'absence d'une compagne n'aurait jamais hanté le fond de ses pensées.

Les dernières années passées en Europe avaient été si étourdissantes que la quête de l'amour avait cédé le pas à l'unique spasme de vivre. N'avait-il pas tout misé sur cet unique spasme? Avait-il désiré rencontrer l'âme sœur? Avait-il rêvé d'enlacer sa vie à celle d'une autre? Très peu, merci. Même le prêt-à-porter des amourettes d'un soir, au carrefour d'un cœur vagabond, ne l'avait pas séduit.

Étrange... Pourquoi une toile amère émergeait-elle soudainement de ses entrailles? Pourquoi récupérait-il l'image refoulée de la douce Isabelle? La merveilleuse Isabelle. La seule et unique femme dont il s'était follement amouraché, jadis. La femme idéale pour qui il aurait décroché mer et monde, au péril de son existence. Jonathan croulait sous l'empreinte des sentiments d'autrefois qui bravaient les intempéries de sa volonté d'oublier. Les trémolos du passé menaçaient de remonter à la surface. Non! Il refusait le ressac de la vague du doux désir d'aimer. Le conte de fée suggérant de conjuguer le passé au présent renaissait. Le volcan grondait, mais le scénario ne tenait plus la route. Le drame affreux d'un imprévu placé sur sa route avait renversé la roue de fortune du bonheur vers l'inaccessible étoile. Il s'était éloigné de son destin à jamais. Même si le charme de la belle Isabelle opérait toujours, la sentence de mort de leurs amours était prononcée sans clémence possible.

-Jeunesse inconsciente! cria presque sa voisine de voyage. Le bon Dieu vous accorde toutes les permissions inimaginables sans confession. Vous n'êtes pas obligé de pratiquer l'abstinence pour empêcher la famille. Des tas de spécialistes vous conseillent d'avoir des relations sexuelles avec ou sans le mariage. Mon brave, je voudrais bien retrouver l'allure de mes vingt ans. Vous apprendriez à ne pas lever le nez sur les plaisirs défendus d'autrefois! Je vous en passe un papier!

Le discours exalté de sa voisine de siège communiqua un fou rire à Jonathan. Malgré ses soixante-dix ans dépassés, la dame conservait la classe et l'élégance d'une actrice au faîte de sa gloire. Elle avait mille fois raison de vanter son sex-appeal. Qu'elle avait dû en brasser des cœurs dans le sillage de ses jeunes années!

-Nous survolons le Québec, lança un passager bougrement illuminé par sa découverte.

Jonathan engouffra son regard à travers le hublot qui côtoyait son épaule. Le passager disait juste. La banquise nuageuse de Londres avait fondu.

Terre du Québec en vue!

La fiction devenait la réalité!

Jonathan savourait le paysage tel un adulte retrouvant son jouet d'enfance. Toutes les cellules de son corps vibraient au diapason de ce pays de montagnes, de lacs, de rivières et de forêts. L'odeur des épinettes chatouillait presque ses narines. Le brouhaha de cette nature sauvage effleurait ses oreilles. Il s'avouait minuscule face à l'immensité du décor. Les images, en rafale, le connectaient sur un sentiment d'appartenance à une famille de sons et de couleurs, qu'il désignait comme partie prenante de sa collection personnelle de cartes postales.

Sa voisine de siège observa le recueillement exemplaire de Jonathan. Elle détecta qu'un soupçon de mystère planait devant l'exagération du pèlerinage. Les yeux rivés sur le hublot dépassaient le simple plaisir du retour à la maison après un bref séjour à l'étranger.

-Si je ne m'abuse, vous n'avez pas jeté l'ancre dans les parages depuis belle lurette, osa prédire la dame avec une profonde certitude au fond du regard.

-Six ans, soupira Jonathan tout en s'enlisant dans l'ambiance fleurdelisée de son retour au Québec.

-*Six ans d'un seul trait sans revenir une seule fois,* vérifia sa voisine, la bouche cabossée par l'étonnement.

-*Oui...* affirma Jonathan, en revivant encore et encore la dégringolade de sa fuite en Europe. Il croyait dur comme fer avoir assassiné son mélodrame. Qui donc déterrait la hache de guerre de sa couronne d'épines? Les fantômes de ces jours maudits n'étaient pas encore bien enfouis au fond de leurs oubliettes.

-*Bonté Divine! Jamais de ma vie, je ne pourrais même oser penser à m'arracher de mon coin de Gaspésie plus d'un mois par année! Même le plus bel homme de la planète ne parviendrait pas à me convaincre de dépasser cette limite! Je préférerais mourir plutôt que d'endurer un supplice aussi atroce! J'adore voyager, mais j'aime bien retrouver ma maison. Non mon brave! Quand je partirai de chez moi pour un long voyage, ce sera les pieds devant pour rejoindre mon défunt mari dans l'éternité. Rien de moins!*

-*La vie bouscule parfois notre destin. Nous ne sommes pas maîtres à cent pour cent du contenu de notre avenir,* coupa sèchement Jonathan, s'écroulant de plus en plus sous le charme du tord-boyaux du passage obligé de ses années d'exil.

Sa voisine refusait l'exhibition des mauvais présages.

-*Ne parlons pas de malheurs! Il ne faut pas plaisanter avec ces choses-là! Vaut mieux oublier nos misères que de les cultiver. Fiez-vous à moi. Si je n'avais pas mis le pied sur le frein une fois de temps en temps, mes problèmes m'auraient éventré les tripes sur une falaise. J'aurais été juste bonne à donner en pâture aux goélands! Mon brave, il ne faut pas se laisser abattre par la première tempête. Il faut se cramponner au gouvernail pour mener notre goélette à bon port. Si vous flanchez au premier coup de vent, vous allez périr au fond de la mer des désolations. Croyez-en mon expérience!*

Jonathan jubilait entre le bouillonnement du chien paré à mordre et l'inaction de la statue de sel. Sa voisine pensait-elle que son exil succédait à un libre choix? Loin de lui cette coupe aux lèvres. Le cours d'un événement malheureux l'avait déporté en Europe contre sa volonté. Ce n'est pas que Jonathan crachait sur son escapade outre-mer. Au contraire, l'épreuve avait bourré ses bagages de trouvailles enrichissantes. Nonobstant la fêlure pénible qui avait précipité son départ, il irait jusqu'à bénir l'envolée hors de son nid familial. Le périple en avait vraiment valu la chandelle. C'est fou comme la vie sait si bien parfois tirer son épingle du jeu! Même si les plats qu'elle nous réserve présagent une sauce à la misère, ils peuvent se transformer en un festin digne du plus fin des palais.

Jonathan s'imprégna des lieux, des visages, des paroles et des gestes tissés dans le sillon de ses années d'exil. La projection du long métrage de son épopée se déroulait à la vitesse d'un éclair. Il avait beaucoup de difficultés à suivre le rythme du dialogue des images. Comme ses souliers avaient beaucoup voyagé!

Par contre, le film de son exil ne parvenait pas à effacer totalement le dernier souvenir pénible qui avait précipité son départ. La fêlure reprenait du service. Il paniquait toujours. Au fond, son exil n'avait été qu'un intermède. Il reprenait le drame là où il l'avait laissé six ans auparavant.

-Mon brave! Mon brave! Êtes-vous là? Je vous parle!

Sa voisine était penchée au-dessus du visage de Jonathan. Elle le secouait comme un tremblement de terre. La pirouette de Jonathan dans son passé cessa sur le champ. Peu à peu, le visage de sa voisine supplanta ses souvenirs. Où était-il? L'avion, le retour, le Québec... Oui, il se rappelait de tout... Diable! Pourquoi sa voisine le secouait-elle avec autant d'ardeur?

L'hôtesse vous demande de redresser votre siège et d'attacher votre ceinture. Nous atterrissons. Mon brave! M'entendez-vous?

-Oui... balbutia Jonathan, le regard tiraillé entre le rêve et la réalité.

-Enfin! lança la voisine sans dissimuler son soulagement. *Mon coeur a failli rendre l'âme. J'ai cru que vous étiez en pleine crise d'épilepsie! Ne me faites plus un coup pareil! Cinq minutes de plus et j'arrivais à l'aéroport étendue raide morte dans ma tombe! Je n'ai plus l'âge d'endurer des émotions aussi fortes! Mon brave, voulez-vous avoir ma mort sur la conscience?*

Jonathan ne désirait surtout pas avoir une mort de plus sur la conscience. La mort de son père accablait déjà beaucoup trop sa tranquillité d'esprit.

-Pardonnez-moi madame, j'étais perdu dans mes pensées, expliqua Jonathan en guise de plaidoyer.

-Mon brave! Si vous désirez atterrir avec nous, je vous conseille d'arrêter de vous promener au pays des merveilles! Ancrez vos deux pieds sur terre!

La voisine effectua un retrait. Elle ajourna son déluge de paroles en signe de protestation. Le polisson! Il lui avait flanqué la frousse de sa vie. Même si son voisin s'abritait derrière un air innocent, elle ne pouvait pas pardonner une telle étourderie en deux claquements de doigts. Il n'avait qu'à réfléchir aux conséquences de ses rêveries plutôt que de déverser ses flots d'excuses!

Par chance, le rappel par le personnel de bord de l'arrivée imminente de l'atterrissage contribua à mettre la crise de confiance de la voisine hors tension. Sauvé par la cloche!

Jonathan n'avait pas enclenché sa ceinture de sécurité que l'avion amorça aussitôt sa descente finale au sol.

L'atterrissage se déroula sous la gouverne d'un silence digne du suspense du roman policier le plus véreux. Chaque passager se voulait solidaire des manœuvres délicates des pilotes et des ordinateurs de bord. Lorsque les roues parvinrent à clouer l'avion sur la piste d'atterrissage, une avalanche d'applaudissements louangea le succès de l'opération. Puis, les conversations reprirent leur cours normal.

Quelques minutes plus tard, lorsque l'avion s'immobilisa près de l'aérogare, personne ne protesta la consigne du personnel de bord les enjoignant à sortir. Au bout de six longues heures d'attente, ponctuées par quelques navettes entre le siège de l'avion et la cabine de la toilette, un brin d'exercice et l'accès à la liberté s'avéraient une délivrance cent fois méritée.

Après avoir franchi le dernier trait d'union entre l'avion et l'aéroport, il ne resta plus que la pige des bagages, la formalité des douanes et la réponse à la question incontournable du « rien à déclarer ?».

Déjà dans les coulisses des corridors, les murmures d'un parent ou d'un ami réjouissaient le coeur des voyageurs. Jonathan se demanda si quelqu'un l'attendait... Pour l'instant, aucun visage connu ne semblait se détacher de l'horizon. Bizarre! Pourtant, il avait bel et bien signalé les coordonnées de son arrivée. Les faits militaient en faveur d'un manque de réception de son signal. Pourquoi s'attendait-il à davantage d'effusions? Les coches mal taillées des séquelles abandonnées dans le sillage de son départ précipité avaient certainement mis en déroute le peu de convives parés à l'accueillir. À vrai dire, la plupart de ses connaissances d'autrefois ne recherchaient plus sa compagnie. Il n'était plus à la mode! La date de sa bonne réputation était périmée depuis des lustres!

Jonathan commença à céder à l'envahissement d'un premier assaut d'inquiétudes. Son unique contact en terre canadienne se résumait à un simple numéro de téléphone.

Face à un tel désastre, pourquoi s'entêtait-il tant à revenir en terre québécoise? C'était de la pure folie!!

En réalité, Jonathan obéissait à une intuition de plus en plus bouleversante qui, depuis quelques mois, ne le lâchait plus d'une semelle. Son petit doigt lui soufflait en songe de rentrer au bercail comme si un je ne sais quoi menaçait la bergerie.

-*Pardon, monsieur. Auriez-vous l'obligeance de bien vouloir me suivre?* largua brusquement une voix inconnue au-dessus de la mêlée de la ligne d'attente des voyageurs.

-*Qui? Moi!* s'inquiéta Jonathan.

-*Oui, vous!* Suivez-moi! largua à nouveau la voix inconnue.

La rigueur militaire de l'ordre quémandait le respect. Bien que la situation n'inspire rien de rassurant, Jonathan se résigna à accompagner son interlocuteur.

Peu à peu, en relevant la tête, il comprit que son interlocuteur était un policier. Pourquoi Jonathan avait-il été élu parmi tant d'autres? Chance ou malchance? Le visage rude du policier penchait plutôt du côté de la naissance d'une catastrophe. Était-ce finalement le comité d'accueil que Jonathan n'espérait plus? Si c'était la vérité, la réception au sol confirmait la thèse de la catastrophe! Une bienvenue aussi déroutante servie par une brigade policière bouleversa Jonathan. C'était définitivement un atterrissage en catastrophe! Jonathan pensa au dénouement le plus torride que son cerveau puisse imaginer. L'inquiétude lui affubla automatiquement un air louche bien mal venu devant le mauvais œil de la circonstance.

Au diable la suite mal famée ou pas de l'histoire! Jonathan n'avait pas parcouru des milliers de kilomètres avec la ferme intention de baisser pavillon ni de jouer à l'autruche devant l'adversité. Il se préparait à recevoir la bombe que le policier avait à balancer, peu importe la retombée bonne ou mauvaise de son explosion.

Le policier déposa les bagages de Jonathan sur un chariot. Puis, il l'entraîna à l'écart des guichets achalandés des douanes, dans un secteur dépouillé de passagers où l'éclairage se ternissait. Ce genre d'endroit, mal défini, étrangement vide, au beau milieu d'un aéroport où convergent des millions de personnes, acheva la mise en scène d'une fin tragique poussant Jonathan au paroxysme de sa peur.

Le policier s'infiltra à l'intérieur d'une longue pièce étroite sans fenêtre. Deux confrères maquillés avec des airs de bourreau attendaient le convoi. L'un d'eux ferma la porte derrière Jonathan. L'entrée dans un genre de guet-apens incita Jonathan à se défendre au lieu de céder à un calme exemplaire. Une fois de plus, l'inquiétude lui affubla un air louche bien mal venu devant le mauvais œil de la circonstance.

Jonathan n'avait pas consumé une parcelle de l'ombre de sa panique que ses valises furent éventrées. Leur contenu fut examiné item par item sans pudeur. Qu'il avait été naïf de croire à un comité d'accueil! Les autorités lui réservaient plutôt le banc des accusés en cherchant anguille sous roche. D'ailleurs, le défilé de ses biens personnels dans des mains étrangères choqua profondément Jonathan. Et, l'humiliation ne se s'arrêta pas là! Les policiers partirent à la recherche de doubles fonds. Ils soupçonnèrent le tube de pâte dentifrice, le rasoir électrique, la caméra, le réveille-matin et les semelles des chaussures, de dissimuler un quelconque mécanisme pouvant menacer la sécurité nationale!

À la fin du pillage, les policiers refermèrent les valises maladroitement avec difficulté. Le pêle-mêle rendit Jonathan furieux. Il détestait le désordre. Et là, le résultat pouvait difficilement être plus chamboulé. Mais, les sourires sombres des policiers qui le scrutaient à la loupe arrachèrent Jonathan à ses bons sentiments.

-*Placez-vous face contre le mur, bras et jambes écartés,* ordonna un policier. C'était la revanche dégoulinante du perdant devant l'amère déception d'avoir fait chou blanc avec la fouille des valises.

La main du policier inclinée vers le mur du fond clarifia l'offre que Jonathan ne pouvait pas refuser. Il exécuta quelques pas et il se crucifia docilement au mur comme un chien savant. Le policier le tâta agilement de la tête au pied. Il vida les poches de ses vêtements : portefeuille, cartes de crédit, clefs, monnaie, lunette de soleil, reçus de caisse, vieille liste d'emplettes, kleenex usagé…

-*Baissez votre pantalon,* ordonna un second policier.

-*Quoi?* questionna Jonathan, sachant bien qu'il n'était pas un adepte des stripteases.

-*Baissez votre pantalon! Dépêchez-vous, nous n'avons pas que vous à fouiller!* répéta le policier en guise d'impatience.

Jonathan resta éberlué. Le désir du policier l'attaquait dans le plus profond de sa pudeur. La suite réserva une surprise encore plus époustouflante. Son pantalon était à peine descendu que le policier tira son caleçon « *Calvin Klein*» et il tripota son anus.

Le sans-gêne dépassa les frontières de la sérénité de Jonathan! Il se retourna, il agrippa solidement le policier et il se prépara à le lacérer! Même l'enfer devenait une barbarie anodine à côté de l'artillerie des mauvais traitements qu'ébauchait l'ébullition de la revanche de Jonathan. Il l'aurait tué l'animal!

-*Je vous interdis de me toucher!* somma Jonathan, le regard fermement sorti de ses gonds.

Les deux autres policiers se préparèrent à porter assistance à leur collègue. Celui-ci refusa leur aide. Il indiqua qu'il maîtrisait la situation de long en large.

-*Du calme monsieur! Du calme!* signifia le policier. *Ne vous méprenez pas! J'effectue des fouilles, pas un viol!*

L'explication tomba à point. Jonathan ferma les yeux. Il partit à la conquête d'une oasis de paix intérieure. L'exploration s'avéra fructueuse. Au bout de dix secondes de méditation, il releva les paupières sous un meilleur jour. Il libéra le policier de ses griffes.

-*Désolé,* marmonna Jonathan. *Vous pouvez continuer votre fouille.*

Il se prépara à prendre la pause nécessaire à la suite du travail exploratoire du policier.

-*Ça va. J'ai terminé,* reprit le policier en replaçant son collet de chemise. Il en avait assez vu.

De toute façon, mise à part son assaut de pucelle, Jonathan demeurait au-dessus de tout soupçon.

-*Vous pouvez vous rhabiller,* approuva le policier pour sceller son accord.

Jonathan remonta caleçon et pantalon un peu gauchement, toujours en proie à un mince filet nerveux qui survoltait ses mouvements.

Un policier pensa opportun de détendre l'atmosphère.

-*Je vous prie de bien vouloir excuser notre accueil un peu brutal. Votre long séjour à l'extérieur du pays vous rendait suspect à nos yeux. Il arrive parfois que d'honnêtes citoyens, comme vous, subissent les contrecoups de notre lutte aux trafiquants de drogue et aux terroristes. Je vous souhaite la bienvenue au Canada et bon séjour parmi nous. Voici votre passeport.*

Jonathan trouva que les formules de politesse arrivaient dans l'arène avec un léger retard. Il récupéra son passeport et ses effets personnels. Puis, il se retira en douceur en lançant le regard désabusé du condamné sauvé de la mort in extremis.

À la sortie, il croisa un compagnon de voyage moins chanceux qui déambulait, menottes aux poings, entre deux policiers. Le flirt avec cette arrestation, ajouté au brasse-camarade de sa fouille en profondeur, ne milita pas en faveur d'une accalmie. Jonathan s'échappa en lieu sûr, vers un coin plus habité de l'aéroport. Il se laissa ballotter par le va-et-vient de la marée humaine en quête d'une arrivée ou d'un départ.

Aux confins du ballottage du bien-être de son bain de foule, Jonathan retourna à sa préoccupation d'origine.

Quelqu'un était-il venu le cueillir à l'aéroport?

Au hasard des multiples silhouettes qui s'entrechoquaient, il aspira à reconnaître un visage d'antan ou un embryon de sourire paré à l'accueillir les bras grands ouverts. Peine perdue, c'était définitif, aucun comité d'accueil ne fanfaronnait à l'horizon. Même la préposée à l'information confirma le vide total à la ligne d'arrivée.

L'indifférence généralisée du public concéda une seconde poussée de croissance aux inquiétudes de Jonathan. Plus personne ne s'intéressait à sa petite personne.

Pour conjurer son abandon par autrui, Jonathan prit toutes les dispositions nécessaires afin de se rendre sur-le-champ jusqu'au terminus fréquenté par un ou plusieurs autobus effectuant la navette entre Montréal et Québec.

Oui, Québec, ville de son enfance et de son adolescence.

Dès son arrivée à la gare d'autobus, convolée en justes noces avec son désir de se rendre à Québec, Jonathan acheta un ticket : aller seulement. En frôlant un téléphone public, il faillit succomber à la tentation d'un appel. Mais les passagers qui montaient déjà à bord de l'autobus se dirigeant vers Québec le détournèrent de sa tentation. Jonathan fila droit vers le quai d'embarquement, poursuivi de près par ses bagages.

À l'extérieur, un attroupement d'êtres se bousculait à qui mieux mieux. Tous les coups étaient permis à la condition de déboucher sur la certitude d'être du voyage. Soudainement, le chauffeur stoppa la bousculade disgracieuse. Il fit le décompte des tickets accumulés entre ses mains. Au bout de quelques minutes, il leva la tête. Il déclara qu'il restait une seule place de disponible.

-*Monsieur! Je vous en supplie! Laissez embarquer mon neveu. Il m'accompagne jusqu'à Québec,* plaida une dame âgée vacillante trônant au sommet du porche de l'autobus.

Jonathan trouva désagréable que tous les regards déçus se détournent vers lui. Il ausculta la dame. Pas possible! Il reconnut en elle sa voisine du vol nolisé entre Londres et le Canada. Le destin en avait décidé ainsi. La rencontre fortuite relevait de ces hasards à vous en couper le souffle!

-*Montez, jeune homme,* acquiesça le chauffeur.

Jonathan se hissa aux côtés de sa protectrice en la louangeant de ses plus beaux remerciements. Il aimait beaucoup être de connivence avec ces amantes de la vie, qui ne se contentaient pas de la subir mais s'amusaient à la transformer en quelque chose de plus piquant. « *Un pieux mensonge n'a jamais tué personne. Puisque j'ai le choix, je préfère me payer votre compagnie* », chuchota discrètement la dame dans le tympan de Jonathan avec un brin de retenue.

Il entérina le péché véniel de sa complice en esquivant un sourire, un sourire de sympathie devant l'effronterie préméditée de sa voisine, un sourire au nom de la fougue de vivre, un sourire à la santé du discours qu'elle s'apprêtait à déballer durant les trois heures du trajet Montréal – Québec. C'était le bonheur total!

Jonathan regarda défiler des noms de villes qu'il n'avait pas entendu prononcer depuis longtemps : *Longueuil, Boucherville, Sainte-Julie, Saint-Hyacinthe, Drummondville, Victoriaville, Saint-Antoine-de-Tilly, Québec.*

L'arrêt à Québec prononça définitivement sa séparation avec sa dame de compagnie. Elle prolongeait son voyage jusqu'à Gaspé. Jonathan tira sa révérence avec un léger baiser sur la joue de la dame en guise de reconnaissance pour faveurs obtenues.

Dehors, la température déroulait son tapis rouge ensoleillé. Jonathan célébra un requiem avec le décor de cette chaude journée de juin qui atteignait son apogée. Il respira à fond les poussières et les vapeurs d'essence brûlée. Au comble de son euphorie, il songea à embrasser le sol comme un pèlerin.

Salut à toi Québec. Salut à ta falaise, à tes escaliers, à ta rivière Saint-Charles, à ton parlement, à tes plaines d'Abraham, à ton festival d'été, à ton bonhomme Carnaval. Alouette, gentille alouette! Combien de fois Jonathan avait-il aspiré à revoir la Capitale? Combien de fois l'avait-il visitée virtuellement dans le cyberespace de son cerveau? Maintenant, il y était en chair et en os.

Ses doigts tremblèrent lorsqu'il composa le seul numéro de téléphone que sa mémoire n'avait pas oublié après toutes ces années de cavale.

Un top sonore, deux tops sonores, trois... Aucune réponse et aucune invitation d'une boîte vocale en ligne parée à emmagasiner les messages.

Cette fois, il en aurait le coeur net! Fini les appels sans réponse qui se multiplient à la queue leu leu depuis des mois et des mois. Le jeu de cache-cache avait assez duré!

Il mobilisa un taxi et il dicta une adresse à la hâte. Le chauffeur activa le compteur et il déguerpit en appuyant sur l'accélérateur. La voiture disputa un match facile, au gré d'une circulation un peu lâche, ne possédant aucun lien de parenté avec le tapage parisien. Par endroit, quelques feux de signalisation stoppèrent l'élan de la course puis la voiture s'arrêta à l'adresse convenue.

Oui. C'était là. L'endroit correspondait brique pour brique à la photographie jaunie et tordue, qui était prisonnière entre les doigts de Jonathan. Les deux arbres centenaires, perchoirs de son enfance, montaient toujours la garde comme des sentinelles. Le lilas arborait ses dernières fleurs. Des rangées de «*Saint-Joseph* » encadraient toujours le trottoir, en signe annonciateur du début de l'été. La ressemblance avec ses souvenirs frôlait la perfection. Il ne pouvait plus s'y méprendre. Il logeait à la bonne enseigne. Son coeur martelait ses tempes à souhait.

Le chauffeur de taxi comptabilisa ses honoraires pour la course. Jonathan le paya grassement, toujours aveuglé par les jeunes réminiscences de son retour en terrain connu.

Le taxi se défilait à peine que Jonathan accourait vers la maison, où loge son berceau. Il grimpa l'escalier d'un trait. Il récupéra sa respiration uniquement en touchant le balcon du deuxième étage.

Le cœur à la fête, Jonathan tourna la sonnette mécanique, incrustée dans la porte d'entrée. Il patienta quelques secondes.

Personne.

Il récidiva avec un nouveau tour de manivelle.

Toujours rien…

Jonathan répéta et répéta le geste encore et encore!

À chaque fois, la porte resta muette comme une carpe.

À bout de nerfs, il extirpa une clef des poches de son pantalon. Il risqua une insertion dans la serrure. La porte céda le passage. Quelle veine de cocu! En six ans, la serrure était demeurée inchangée. Il loua le ciel, mais il se garda une petite gêne. Aucun changement dans la serrure ne garantissait pas obligatoirement que les occupants du logis étaient demeurés les mêmes. Franchement parler, l'éventualité d'une telle avenue procura une vilaine insécurité à l'avancée de Jonathan.

Au bout de quelques pas, sa progression dans le vestibule noya ses doutes. La patère, les chapeaux, le gilet, la vieille canne, le parapluie, le miroir, chaque chose reposait à l'emplacement désigné par ses souvenirs. Jusqu'au piano, qui espéra une douce caresse de ses mains...

Non, rien n'avait bougé. Le temps semblait avoir tout figé comme par enchantement. L'impression bizarroïde de pénétrer dans le musée de sa propre vie le gagnait à chacun de ses pas, comme s'il était un fantôme. Mais, au bout de quelques secondes, il retrouva le corridor maudit qui l'avait chassé de la maison, le corridor qui avait interrompu sa brillante carrière en médecine, le corridor qui...

-Huguette, c'est toi? risqua une voix.

Jonathan sursauta. Il vira sur ses talons, paré à déguerpir au plus sacrant.

Une femme se tenait en garde-à-vous dans le chambranle de la porte. La silhouette qui se dessinait dans la pénombre rappela à Jonathan un petit air de déjà connu.

-Tante Émilie!

Une image de plus avait traversé les labyrinthes du temps sans modification majeure. La tante Émilie restait fidèle à elle-même. Elle était toujours un peu corpulente, signe d'une excellente santé, se plaisait-elle à répéter à quiconque osait disputer son excès de poids. Chère tante Émilie, elle régnait toujours en reine du haut de ses cinq pieds moins un pouce. Ses longs cheveux gris formaient toujours un chignon d'une perfection irréprochable.

-Jonathan, mon petit garçon!

Sans ses petites lunettes rondes à la Harry Potter, elle ne l'aurait jamais reconnu, le petit chenapan! Ses cheveux raccourcis donnaient libre cours au désordre harmonieux de ses mèches semi-bouclées. Sa chemise, dont les manches étaient roulées jusqu'aux coudes, recouvrait un T-shirt sur lequel était inscrit « *sauvons notre planète* ». Il avait conservé son petit côté rebelle des causes perdues. Mais il avait un petit quelque chose de plus beau. Et cette beauté ne résultait pas seulement de son apparence extérieure, elle puisait sa source dans sa façon d'être intérieure. Après toutes ces années de déportation, Jonathan n'était pas le gars en compote qu'elle imaginait ramasser à la petite cuillère. Il souriait!

Tant mieux!

-Jonathan, mon petit garçon.

-Tante Émilie.

L'accolade de la rencontre des anciens ne semblait plus pressée d'en finir. Une surabondance de pensées surchargea la valse de coeurs heureux. Comme c'était bon de récupérer la chaleur d'un corps que l'on croyait perdu à jamais. Lorsque tante Émilie et Jonathan se séparèrent, chacun taquina une petite larme de joie qui déambulait sur leurs joues.

Le bâton de baseball, qui pendait au bout du bras de tante Émilie, enjoua Jonathan.

-Tu conserves toujours l'habitude de traîner ton arme avec toi.

-Oui mon petit garçon. De nos jours, c'est difficile de savoir ce qui nous pend au bout du nez. Les voyous se multiplient comme des rats. Les prisons débordent. La semaine passée, j'ai lu dans le journal qu'un vieux couple a été attaqué en sortant de l'épicerie. C'est épouvantable! Les voleurs les ont dépouillés de tous leurs sacs fraîchement achetés! Non! Non! Non! Je n'ai pas l'intention de me laisser dépouiller comme un arbre de Noël sans réagir. Avec un bon coup de bâton entre les deux yeux ou entre les deux jambes, je ne donne pas cher au sans-génie qui attaquera mon butin!

Quel caractère! Tante Émilie n'avait pas changé. L'autonomie régnait toujours en roi dans sa vie. Rien ne l'effrayait. Et malgré cette force, ce n'était pas une femme qui avait relégué son mari au second rôle. Non, elle avait appris à se tailler une place sans écraser les autres, sauf si le combat était mené contre une injustice. Dans ce cas, rien ne l'arrêtait. Du moins, rien de légal! Jonathan avait hérité de ce besoin insatiable de défendre la veuve et l'orphelin. Il avait grandi en partie dans la jupe de tante Émilie qui habitait au premier étage de la maison de ses parents. Pour son mari et elle, Jonathan avait un peu remplacé ce fils qu'ils avaient perdu jadis, faute de soins médicaux. La pauvreté les avait empêchés de réagir rapidement devant une appendicite aiguë. En ce temps-là, la gratuité universelle des soins de santé n'existait pas. La difficulté de tante Émilie et de son mari à avoir en poche l'argent nécessaire pour défrayer le coût de l'opération s'était avérée mortelle. Et puisque le malheur n'arrive jamais seul, la nature n'avait pas permis au couple d'enfanter à nouveau. Tante Émilie avait, contre mauvaise fortune, jeté son dévolu vers ses neveux et ses nièces.

Chère tante Émilie. Comme c'était bon de s'accrocher à nouveau à un mausolée aussi pétant de santé.

-*Que je suis heureux de te revoir,* déclara Jonathan en s'enfonçant dans le confort du paradis retrouvé.

-Si tu savais le nombre de neuvaines que j'ai faites pour que tu reviennes. Merci bonne Sainte-Anne! Je suis contente que vous ayez enfin trouvé le temps d'exaucer ma demande. J'ai eu une peur bleu royal de ne plus te revoir de mon vivant, confessa tante Émilie.

Elle observa une minute de silence.

-*Tu n'aurais jamais dû partir,* reprocha-t-elle, les sourcils au garde-à-vous.

-*Je ne pouvais pas rester ici, tu le sais très bien. Avec la mort suspecte de mon père qui me pendait au bout du nez, ma carrière de médecin était fichue en l'air. J'aimais trop mon métier pour m'en séparer. Il fallait que je trouve refuge dans un pays qui ne connaissait pas mon passé. Mon départ permettait aussi de détourner les soupçons de la mort de papa sur moi et d'éviter que maman soit accusée.*

-*Huguette est innocente,* entonna tante Émilie avec le bâton de baseball au-dessus de sa tête.

-*Je le sais,* avoua Jonathan. *Mais tu sais très bien que la police ne se serait jamais contentée de ta parole.*

Jonathan n'aimait pas renouer avec les larmes de crocodile délicates de sa fuite. Les anciennes pirateries du chemin forcé de son exil fomentaient une révolte. Quelques octaves de plus et la soupape du volcan du temps sauterait à nouveau. Pourtant, il ne tenait plus à ressasser une vieille guerre futile. Il avait appris à faire bon vent contre mauvaise fortune. Après toutes ces années de galère, il renouait avec l'harmonie. Il ne cultivait plus l'amertume. Il braquait son regard vers l'avenir. Fini le passé. Jusqu'ici, sa philosophie avait tenu la barre contre les ouragans du mal-être. Mais le retour au bercail le replongeait dans des remous pas trop catholiques. Le cran de sûreté menaçait de sauter les plombs!

Tante Émilie aperçut la bataille et la sagesse qui s'affrontaient dans le regard de son neveu. Il n'avait pas oublié, non rien de rien... Elle aurait désiré le prendre dans ses bras, le bercer et le consoler comme lorsqu'il était enfant, mais la tranquillité qui émanait de Jonathan indiquait qu'il avait appris à se consoler sans son aide. Comme il avait grandi, ce petit garçon d'autrefois.

-Je ne pardonnerai jamais à tous ces mécréants d'avoir osé te soupçonner du meurtre de ton père. Je leur tordrais volontiers le cou un à un! Si j'avais la chance de retourner en arrière, je te jure qu'ils verraient de quel bois je me chauffe! J'en profiterais au passage pour brasser les puces de ton sacripant de père, quitte à le sortir de sa tombe, si nécessaire.

Tante Émilie savait que l'invention de la machine à voyager dans le temps n'était pas pour bientôt. Aucune importance, le défoulement exorcisait un peu ses petits démons.

-Vous savez très bien que mon père n'a rien à se reprocher. C'est sa décision. Il ne faut pas en vouloir à ceux qui m'accusent. Ils ne le font pas par mauvaises intentions. Je dois avouer que je demeure le bouc émissaire rêvé. Mais je m'en fiche comme l'an quarante. Ce qui importe, c'est que je sache au fond de mon coeur que je suis innocent. Personne ne peut m'enlever cette conviction. Il ne me reste plus qu'à le prouver, affirma Jonathan.

-Pauvre petit garçon. Si tu continues à penser de même, ils vont tous te jeter en pâture aux lions en criant bingo. Je t'avertis, il va falloir que tu apprennes à te défendre. Il y a une méchante meute de loups affamés qui attend de te ramasser pour te crucifier!

La perspective d'un bûcher en voie de l'immoler haut et court ne dérangeait pas Jonathan. La vie avait déjà réussi à faire mieux pour l'apeurer.

-Non tante Émilie. Pendant toutes ces années d'exil, j'ai plutôt appris à pardonner à ceux qui m'accusent. Au début, j'ai tenté de cultiver la rage. J'ai vraiment poussé les gaz de ma colère à fond la cale. Son feu a passé à deux mèches de me détruire. J'ai été obligé d'éteindre ma rancune avant d'être avalé tout rond par le mal de vivre, clama Jonathan avec un regard troublé.

Oui, Jonathan s'était vautré dans la colère à en toucher le fond du baril. Cette solution avait failli l'emporter pour de bon dans les sentiers de la décadence jusqu'à l'extinction de sa race. Au lieu du repos de l'âme, la haine avait grugé sa fierté de vivre. Il était devenu une loque humaine. À cette époque, personne n'aurait reconnu le vrai Jonathan, fougueux et bon vivant. Par chance, la lumière au bout du tunnel d'un bon samaritain l'avait brassé à temps.

Vraiment, la paix intérieure passait par le pardon.

Tante Émilie plia l'échine devant un discours imprégné de tant de bon sens. Décidément, Jonathan avait changé. Il était presque sur le sentier des saints hommes. Tante Émilie n'aurait jamais pensé avaler une leçon d'évangile aussi bien servie par une génération autant dépouillée de la religion. En tous les cas, elle en prenait plein la gueule.

Tante Émilie changea son discours d'épaule. Elle se recentra sur la venue subite de son neveu.

-*Tu n'es certainement pas venu ici pour me prêcher sur le pardon. Je ne suis pas non plus assez folle au point de croire que mes prières à la bonne Sainte-Anne sont si efficaces que ça. Mon petit garçon, explique-moi donc la raison de ton retour dans notre belle ville de Québec.*

Jonathan passa sa main dans ses cheveux. Il essuya une sueur sur son front.

-*À vrai dire, je ne serais jamais revenu ici. Mais, je suis terriblement inquiet. Je ne réussis plus à rejoindre ma mère depuis trois mois. Elle ne répond plus au téléphone. Elle ne m'écrit plus. J'ai beau essayé de la contacter par tous les moyens. Elle n'est jamais chez elle. Puisque la communication est rompue, j'ai donc décidé de me rendre sur place. Qu'est-ce qui lui arrive? Peux-tu me répondre? Tu es certainement la seule personne au monde capable de me le dire.*

La complainte épouvanta tante Émilie. Une montagne de reproches gronda en elle. Les frères et soeurs de Jonathan avaient menti. Les sacripants! Ils avaient juré qu'ils s'étaient chargés de tout annoncer à Jonathan alors que c'était faux! Une supercherie aussi flagrante confirmait qu'il n'était pas le bienvenu parmi les siens. Devait-elle parler? Elle hésita. Le drame empestait l'air. Tant pis, elle ne pouvait pas se taire. C'était trop indécent.

-*Si je comprends bien, tu n'es pas au courant des plus récentes nouvelles,* entama tante Émilie.

L'allusion brouillée au secret bien gardé, qui aurait dû être mis au grand jour, asséna le coup de grâce au sang-froid de Jonathan.

-*Au courant de quoi?* demanda-t-il en élevant le ton.

Tante Émilie s'approcha sur la pointe des pieds comme une chatte chassant l'oiseau. Elle souda une main sur l'épaule de Jonathan. Elle dénoua un regard chargé de compassion. La nouvelle qu'elle s'apprêtait à livrer méritait un enrobage en pincettes. Elle pesa judicieusement les mots avant de vider son sac à malices.

-*Mon petit garçon, ta mère est malade,* déclara-t-elle.

Malade! Sa mère malade! Tante Émilie bâtissait un beau bateau à trois mâts. Sa mère était la femme la plus en santé de la rue. Elle avait bien rencontré des bobos de parcours comme bien des gens ordinaires mais à sa connaissance, aucune maladie majeure n'avait empêché sa mère de s'occuper de son train-train quotidien.

-*Vous la connaissez, ma tante. Elle va s'en sortir,* assura Jonathan avec un optimisme à tout rompre.

Tante Émilie aurait voulu croire en la béatitude de son neveu. Elle-même, elle avait rêvé à la récupération rapide de sa soeur, mais il n'en était rien...

-*Non, pas cette fois-ci, mon petit garçon. Ta mère est très malade.*

Jonathan frôla la déconfiture.

Sa mère très malade…

-*Très malade,* répéta-t-il en espérant une interprétation erronée du vocabulaire de sa tante.

-*C'est un cancer généralisé qui la ronge. Elle ne dépassera pas l'automne,* ajouta tante Émilie en percutant un abat du tonnerre!

Et vlan dans les dents! Jonathan effectuait un virage serré en épingle avec la vérité. Ses muscles contractaient une poussée de terreur qui déshydratait sa force de vivre. Le monde s'écroulait dans un trou noir sans fond. Il s'affala sur le banc du piano pour limiter le crash du creux de sa torpeur. Ses neurones volaient en éclats. Il comprenait enfin la force secrète de son petit doigt, qui l'avait poussé à revenir, attiré par le spectre de la mort.

-*C'est impossible!* dénonça Jonathan.

Sa mère ne pouvait pas mourir. C'était interdit par la loi! Elle ne pouvait pas lui jouer ce sale tour. Les mères doivent durer toute la vie! Elles n'ont pas le droit de mourir!

Jonathan continua à nier la missive échappée du bec de tante Émilie. Il restait convaincu qu'il rêvait. Oui, c'était ça. Il s'était endormi dans l'avion en route vers le Canada et l'hôtesse s'apprêtait à le réveiller.

-Non mon petit garçon. C'est la pure vérité toute nue comme un ver de terre. Je n'invente rien. Croix de bois, croix de fer, si je mens, que je sois foudroyée sur le champ! jura tante Émilie.

La foudre n'attaqua pas tante Émilie...

Jonathan se pinça.

Outch!! Ça fait mal!! Il ne rêvait pas. Tante Émilie racontait vraiment la vérité!

Cette sainte vérité arracha les dernières illusions entretenues par la crédulité de Jonathan. Il contracta une poussée de terreur herculéenne. L'univers entier se recroquevillait vers lui et complotait un Bing Bang d'enfer. Il était à deux minutes de basculer en bas du banc du piano.

-Où est-elle? Je veux la voir! demanda-t-il en puisant dans son adrénaline.

L'idée de voir sa mère obsédait Jonathan. Le désir grandissait en accéléré. Il ne pouvait pas se permettre le luxe d'arriver trop tard. Elle ne devait pas mourir avant qu'il la voie une dernière fois. L'idée d'une coupure sans un dernier face à face avec sa mère serait fatale. Jonathan osait à peine envisager la moindre parcelle d'une éventualité aussi cruelle.

Tante Émilie se tiraillait avec l'obligation de renseigner Jonathan. Elle ne voulait pas le lancer dans la fosse aux lions sans défense. Ses millions de pensées ne savaient plus où donner de la tête.

-Où est-elle? répéta Jonathan, un pied dans le gouffre d'une commotion émotive.

Tante Émilie résistait toujours à lâcher le morceau.

Jonathan exhiba son regard insistant enrobé de tendresse. Il savait beaucoup trop que tante Émilie était incapable de résister à ses yeux mielleux de bête traquée.

-À l'hôpital de l'Enfant-Jésus, expia tante Émilie en succombant à la tentation de la torture de son neveu.

Jonathan rassembla ses esprits. Il analysa la teneur de la révélation de tante Émilie. L'hôpital de l'Enfant-Jésus avait pignon sur rue à quinze minutes de marche d'ici, peut-être trente. Pourquoi ne pas s'y rendre dès maintenant? Chaque minute écoulée était décomptée. Il embrassa tante Émilie à la sauvette. Sans plus tarder, il se jeta dans l'escalier au péril de sa vie.

Tante Émilie le poursuivit sur le balcon. Elle tenta de contrer la disparition de son neveu. Trop tard, il n'entendait plus son appel.

-*Moi et ma grande trappe,* grogna-t-elle. *J'ai encore été trop vite en besogne. J'ai oublié de l'avertir qu'ils l'attendaient tous à l'hôpital avec une brique puis un fanal. C'est effrayant! Le pire peut arriver! Bonne Sainte-Anne, protégez mon petit garçon sinon, vous aurez affaire à moi,* menaça tante Émilie, son bâton de baseball pointé vers le ciel.

À quelques lieues de là, Jonathan atteignait déjà l'urgence de l'hôpital. Une myriade d'éclopés étaient entassés dans un petit local et le long des corridors où s'égrenaient les mille et une heures d'attente. Chaque appel d'un nom de famille alimentait l'espoir qu'un médecin daigne enfin soulager le supplice langoureux du temps d'attente. Un homme, bras ensanglanté, s'écroula devant Jonathan. L'incident créa un branle-bas de combat au sein du personnel qui fonctionnait déjà en surcharge. Jonathan se hissa au-dessus de la mêlée. Il parvint à récupérer le numéro de la chambre de sa mère.

L'ascenseur monta à l'étage convoité. Jonathan tourna à gauche, puis à droite. Finalement, il fonça droit devant.

Un pincement au coeur corrobora l'approche imminente de la chambre de sa mère. Jonathan aperçut le dos de la silhouette de sa petite soeur Nathalie à la limite de son champ de vision. Il renoua compagnie avec la délicatesse de la taille de sa sœur et les reflets roux de ses cheveux. Le désir de la revoir lui allait à ravir.

Soudainement, un boulet frappa l'épaule droite de Jonathan de plein fouet. L'attaque bloqua son élan. Il faillit tomber à la renverse. Il essaya d'avancer. Rien à faire. Quelque chose réduisait ses efforts à néant. Il leva la tête afin de démasquer la vraie nature du blocage mystérieux. Il reconnut le mari de sa soeur. Rien d'étonnant que Jonathan soit presque tombé à la renverse sur le plancher. Le beau-frère était une armoire de muscles nettement plus imposante que la moyenne. Jonathan n'était pas de taille à lutter contre un tel ennemi. Il tenta quand même d'avancer de quelques pas.

Inutile!

-*Un instant Jonathan! Où vas-tu?* somma la brute musclée.

Étonnant! Son beau-frère l'avait reconnu. Les années n'avaient pas trop altéré son cervelet minable au sommet duquel les cheveux achevaient de disparaître malgré son jeune âge.

-*Je désire voir ma mère,* quémanda Jonathan. Il dégagea son bras de l'étau de son beau-frère. Il esquiva l'intention d'avancer. La manoeuvre se solda par un nouvel échec retentissant.

-*Tu rêves en couleur, bonhomme! Tu ne t'aperçois pas que la place est déjà occupée. Conseil d'ami, si tu tiens à sauver ta peau, débarrasse le plancher! Ne ramène plus jamais ta face de voyou dans les parages sinon, je me charge personnellement de te briser les os un par un!*

Jonathan criait à l'injustice. Il n'avait pas franchi mer et monde dans l'intention d'être mis *K.O.* au premier round. Personne ne pouvait s'immiscer contre son droit de visite. Maintenant qu'il savait sa mère à l'article de la mort, il devait la voir, la toucher, la dorloter, l'entourer…

-*Je veux la voir immédiatement!* insista Jonathan.

L'armoire de muscles déplaça Jonathan dans la mauvaise direction.

-*Ceux qui prennent le droit de disparaître pendant six ans peuvent bien attendre. D'ailleurs, je trouve l'heure de ton arrivée un peu louche. De quel droit sors-tu de nulle part juste au moment où ta mère menace de mourir? Ton apparition sent le courailleux d'héritage. Il faut avoir du front tout le tour de la tête pour oser réclamer ta part après le grabuge que tu nous as fait endurer. Des sangsues de ton espèce méritent d'être exterminées comme des coquerelles!*

L'héritage! Le beau-frère déraillait en bibitte! Si quelqu'un ici couraillait un héritage, ce n'était pas Jonathan. Il aurait désisté sa part sans hésitation en faveur d'une audience auprès de sa mère. Il la sentait si proche, si accessible… Sans l'embâcle musclé de son beau-frère, il serait déjà à son chevet…

-*J'ai le droit de voir ma mère. Jusqu'à preuve du contraire, je fais partie de la famille!* indiqua Jonathan.

La requête de Jonathan sembla alerter la totalité des muscles de son beau-frère. La brute était sur le point d'éclater comme du pop corn.

-J'ai l'impression que ton séjour en Europe a déprogrammé la noix de coco qui te sert de cerveau. Travaille ta mémoire, bonhomme! C'est urgent! As-tu oublié la mort de ton père? As-tu oublié le scandale qui a éclaboussé toute ta famille? La province commence à peine de nous pardonner ta gaffe et tu oses réclamer ton droit d'appartenir à la famille! Je regrette, bonhomme! Oublie tes liens de parenté. Retourne d'où tu viens. J'ai assez vu ta face hypocrite de sainte nitouche. Dégage le plancher.

-Je n'ai pas tué mon père, cria Jonathan.

-Permets-moi de douter de ton innocence. Les apparences penchent plutôt du côté de ta culpabilité. Attends que la police te mette le grappin dessus. Tu ne feras plus le fanfaron, menaça le beau-frère avec un sourire de bourreau.

-Je te jure que je suis innocent, répéta Jonathan.

L'insistance déclencha une grimace un peu dégoulinante sur le visage du beau-frère.

- Arrête de mentir. Ta face hypocrite de sainte nitouche commence vraiment à me donner envie de vomir.

Les muscles de la brute entraient en éruption. Le roulement de son haleine sonnait l'alerte! Le beau-frère se préparait à charger. Jonathan ne lâcha pas l'élan de son désir d'effectuer une percée jusqu'à sa mère. Il voulait tellement voir sa mère et il la verrait coûte que coûte. Il tenta de bousculer son beau-frère. D'un seul bond, Goliath acheva de coincer Jonathan contre le mur. Il le hissa doucement vers le plafond. Les pieds de Jonathan ne touchaient plus le sol. L'entrée d'oxygène commença à se raréfier.

-Je veux voir ma mère, exigea Jonathan à bout de souffle.

La requête jeta le dernier baril d'huile sur le feu.

-C'est mon dernier avertissement, lança le beau-frère. *Tu as le choix entre sortir par tes propres moyens ou effectuer un vol plané au bout de mes bras.*

Le beau-frère n'y allait pas avec le dos de la cuillère. Il avait une vocation insoupçonnée de videur de bar. Avant de battre en retraite, Jonathan risqua un ultime atout.

-*Nathalie,* décocha-t-il. *Tu ne peux pas m'empêcher de voir maman!*

Aucun signe de vie. La silhouette de sa soeur demeura de marbre. Jonathan poussa un cri télépathique. Il arma son regard. Il crispa le peu de muscles solides que la nature lui avait donnés. Sa tactique poussa davantage son beau-frère à resserrer ses crocs.

-*N'insiste pas, bonhomme! Un geste de plus et je t'écrase comme un puceron,* expliqua le beau-frère poussant sa compression à la limite de la rupture des os.

Jonathan ne pouvait plus risquer un entêtement sans des dommages collatéraux. Il avait tout essayé : la persuasion, la fibre familiale, la télépathie, l'affrontement. Il capitula. La brute le déposa au sol en balisant la sortie du côté de l'ascenseur avec son poing musclé.

Jonathan marcha vers l'ascenseur, le moral sens dessus dessous.

La réconciliation battait de l'aile. Le retour se présentait plus corrosif que prévu. Les bras grands ouverts, prêts à l'accueillir, ne se bousculaient pas à ses pieds. Son dernier lien d'amour vivant, recensé sur cette terre, s'éteignait sous la rampe des feux d'un cancer généralisé. Un bruit fou crépitait dans ses raisons de vivre. Une spirale aspirait la mort de son père, le rejet de la société, son départ vers l'Europe, la maladie de sa mère, le blocus de son beau-frère... Le malaxage des derniers épisodes de son destin servait une gibelotte indigeste. C'était trop. N'en jetez plus. La cour est pleine. Il jonglait avec le grondement d'une révolution nerveuse.

L'ascenseur qui n'en finissait plus de faire des escales empira le déficit psychologique.

Trop tard.

Ses poumons suffoquèrent.

Il respirait avec difficulté. Son râlement ne présageait rien de bon à l'horizon.

Assailli par la panique, Jonathan se réfugia dans la cage de l'escalier, avant de se livrer en spectacle aux quelques personnes qui tapotaient du pied en espérant l'ouverture des portes de l'ascenseur.

L'air entrait de moins en moins dans sa gorge. Des pinces invisibles compressaient sa cage thoracique. Un siphon de douleur actionnait la fermeture de sa respiration.

L'air se raréfiait sans bon sens.

C'était une crise d'asthme!

La première depuis six ans.

Jonathan fixa l'escalier. Il compta les marches une à une comme un écolier. La diversion visait à rompre l'épine dorsale des émotions qui étouffaient sa gorge.

Il compta, recompta et recompta plusieurs fois.

Au bout de maints efforts, plusieurs fois répétés, ses poumons reprirent le sentier de leur pouls régulier. Son râlement s'estompa peu à peu.

Il respira à nouveau à plein régime.

Épuisé par son ultime combat, Jonathan se reposa avant de retourner à la maison, le coeur bredouille, là où tante Émilie l'attendait en récitant un rosaire dédié à la bonne Sainte-Anne.

Quelle journée!

CHAPITRE DEUX

Placé sous haute surveillance

Après l'hôpital, tante Émilie avait happé Jonathan lors de son passage sur le chemin de son retour à la maison. Elle s'était confondue en excuses en se roulant dans des larmes interminables. Elle avait imploré le pardon devant la bévue de son omission d'avoir averti Jonathan contre le mauvais sort que lui réservaient ses frères et soeurs. Jonathan avait été dans l'obligation de dérouler plusieurs kilomètres de «ce n'est pas grave» avant que tante Émilie se calme un brin.

Fidèle à sa réputation, tante Émilie avait négocié sa rédemption en étalant un succulent repas de sa fournée des plus réussies. Malheureusement, Jonathan était demeuré incapable d'avaler le somptueux souper, au grand dam de tante Émilie. Malgré la surdose d'amour déployée et les nombreux incitatifs à se bourrer la face, Jonathan n'était pas parvenu à engloutir plus de vingt bouchées d'affilée, au prix de l'effort d'une longue mastication.

La dégustation du repas s'avéra donc lancinante et pénible. Aucune chance d'emporter le prix du meilleur goinfre de la province!

Plus tard, pendant la soirée, Jonathan s'était avéré un homme de compagnie minable. Son discours décousu aurait découragé le spectateur le plus endurci.

-Mon pauvre petit garçon. Tu n'es vraiment pas dans ton assiette, constata tante Émilie. Va dormir un peu. Il n'y a rien de mieux qu'une bonne nuit de sommeil pour remettre les morceaux à leur place.

Jonathan avait endossé la suggestion sans rouspéter. Il s'était retiré en traînant le fardeau du branle-bas de sa journée jusqu'au logis de sa mère.

Une sauce aigre-douce l'avait brassé encore davantage lorsqu'il s'était emmitouflé dans le lit de son adolescence. Écroué sous la fatigue, il avait espéré gagner le gros lot d'un repos cent fois mérité. Peine perdue. En échange, il avait gaspillé sa nuit à s'entortiller dans ses draps comme un chien courant après sa queue.

Les familiarités du décor de sa chambre et le déballage émotif des révélations de son premier contact en terre québécoise avaient secoué son sommeil par monts et par buttes. Le décalage horaire et la possibilité d'une seconde crise d'asthme avaient complété son délire insomniaque. Même le décompte des moutons n'était pas parvenu à l'endormir. Jonathan avait préféré se catapulter hors du lit plutôt que d'y moisir, les yeux immensément ouverts, à se ronger les sangs. Il ignorait l'heure exacte de sa levée du corps. Peu importe. Bref, à sa souvenance, il n'avait pas fermé l'œil ou si peu.

Qu'avait-il fait pour tuer le temps?

Il s'était lancé dans l'exploration des dédales d'un appartement qui était sien sans vraiment l'être... Au fil de sa virée, cette lointaine appartenance, qui s'avéra de moins en moins lointaine, l'avait oppressé en abondance. Le paroxysme de son délire éclata lorsque Jonathan se planta devant la porte de la chambre de ses parents. L'image de son père étendu sans vie, une seringue au bout des doigts, revint hanter son esprit. Une panique identique à celle qui l'avait épouvanté six ans auparavant renoua sa gorge. Il avait vogué à nouveau sur la tristesse des larmes arrachées par la découverte de la mort de son père. Il avait revécu la perte d'équilibre de l'éventualité fatidique que sa mère soit accusée de meurtre. Il avait reformulé la nécessité de s'enfuir afin de porter le crédit du meurtre sur ses épaules. Il avait revu le visage effondré de la belle Isabelle apprenant qu'il la quittait pour de bon. Il avait réentendu la belle Isabelle le supplier de l'amener avec lui. Il s'était réentendu refuser qu'elle l'accompagne dans son exil. Il avait revu le décollage de l'avion le transportant vers la première destination outre-mer disponible au comptoir de vente des billets.

Finalement, l'étalage claustrophobe des souvenirs corsés de la chambre de ses parents avait achevé Jonathan. Il s'était précipité sur le balcon avant que l'asthme déroute encore son entrée d'air.

C'est ainsi, clopin-clopant, qu'il avait enfilé sa robe de chambre afin de se réfugier à l'extérieur du logis. Il s'était affalé sur le banc du balcon à l'heure où seuls les chats errants, « *pas seulement ceux qui se promènent à quatre pattes en miaulant* », entreprennent leur ronde nocturne. Il s'était assoupi entre la veille et le rêve. Au petit matin, il avait cru entendre le grincement langoureux d'une paire de vieilles pentures rouillées. Il porta l'incident sur le compte du manque d'habitude des us et coutumes des sons rôdant dans les parages. Après toutes ces années d'absence, il en avait probablement oublié la gamme complète.

Et maintenant, que restait-il de sa nuit de sommeil? Peu de repos, beaucoup de cauchemars!

Quelle nuit interminable!

Pourquoi était-il revenu? À quoi cela servait-il d'affronter à nouveau le mépris, la controverse, la clandestinité... Franchement parler, l'écriteau de « *Bienvenue* », dévoilé par son clan familial, jetait une douche froide sur son désir de rester. Imposer la présence de sa binette de paria ne s'avérait pas une sinécure facile. Il portait sur son front la marque de la bête. Comment exorciser sa réputation de chien sans médaille dans un jeu de quilles?

Petite vie!

D'un autre côté, il regrettait chacun des moments de son absence. Il savait beaucoup trop que les années consacrées à son exil, loin de sa mère, ne reviendront plus. Ces belles années se sont envolées à jamais pour aller faire tourner des ballons sur leur nez.

Impossible de récupérer le temps perdu...

Petite vie!

Dans le pire des scénarios, Jonathan avait passé à deux mèches d'apprendre la mort de sa mère par le biais d'un banal télégramme, ou dans la chronique funéraire d'un journal. Encore pire, la haine de sa famille aurait été capable de ne jamais l'informer de la mort de sa mère. Il en tremblait de frayeur.

Petite vie de double merde garnie moutarde relish!

Jonathan effectua un second saut périlleux dans le dédale miséreux du tord-méninges qui, jusqu'à présent, s'était emparé de son sommeil. Combien de fois avait-il ressassé et ressassé les chapitres de ses «j'aurais dû», «je devrais», «il faut que», «pourquoi n'ai-je pas»... À chaque séance, sa mixture existentielle avait enchâssé le noeud angoissant de la crise d'asthme autour de sa gorge.

Dormir…

Il aurait vendu son âme en échange d'une nuit de sommeil entre les bras de Morphée.

-*À la soupe!* poussa brusquement une voix sur les tympans de Jonathan.

La soudaineté de l'appel à la soupe poussa presque Jonathan à enjamber la balustrade qui cintrait le balcon du deuxième étage. Un siège éjectable n'aurait pas réussi meilleur effet. En atterrissant, Jonathan reconnut la joyeuse tante Émilie, la main accrochée à son épaule, bien décidée de l'empêcher de se lancer dans le vide.

J'ai eu la peur de ma vie! Quand je pense que j'ai failli t'envoyer par-dessus bord! Mon petit garçon, je m'excuse de t'avoir effarouché. J'étais loin de me douter que tu dormais encore. Tu parles d'une drôle d'idée qui t'as pris de te coucher sur le balcon comme un quêteux! Tu pourrais attraper du mal. Tu sauras que les nuits québécoises sont plus fraîches que les nuits dans les vieux pays.

Jonathan sombrait dans la confusion totale. Tante Émilie racontait-elle la vérité? S'était-il assoupi sur le banc du balcon sans s'en rendre compte? Non, la nonchalance qui le tiraillait toujours répandait l'avis contraire du compagnonnage d'une bonne nuit de sommeil. Définitivement, il n'avait pas dormi tout son soûl.

-*Vous vous trompez, ma tante. Je ne dormais pas. J'étais seulement perdu dans mes réflexions,* rectifia Jonathan.

-*Bonne Sainte-Anne! Si tu rumines de la sorte, ton estomac a certainement un urgent besoin de renfort. Amène-toi, je t'ai préparé un petit déjeuner que tu n'oublieras pas de si tôt,* glouglouta tante Émilie en tirant sa révérence vers l'escalier.

Chère tante Émilie, toutes les raisons étaient bonnes pourvu qu'elles aboutissent dans la cuisine devant une assiette bien garnie. Il faut bien entretenir quelques péchés mignons, aurait-elle confessé en savourant une grosse portion d'éclats de rire.

Dommage, Jonathan n'avait toujours pas repris goût à s'emplir la panse. Il resta affalé sur le banc du balcon, qu'il avait rejoint après son saut raté dans le vide.

-*Cesse de niaiser,* ordonna tante Émilie. *Profites-en pendant que c'est chaud.*

Tante Émilie se cantonnait au bas de l'escalier, fidèle comme un capitaine. Elle attendait que l'équipage soit à bord avant de se précipiter au fond de la cale.

Autant d'insistance n'offrait aucune marge de manœuvre à Jonathan. Après tout, sans l'offre généreuse de tante Émilie, aurait-il puisé la dose de courage nécessaire à l'inciter à se nourrir? Sûrement pas.

À la descente de l'escalier, la bonne saveur du bacon grillé et du café bouilli annonçait déjà l'opulence d'un festin de roi. Le parfum graisseux de la hotte du poêle replongea Jonathan dans ses millions de petites expéditions de bambin effectuées à la recherche du fameux bacon de tante Émilie. Autant de régals engloutis derrière la cravate, autant de réprimandes prodiguées par ses parents au retour à domicile. Il n'y avait rien à faire. Le bacon de tante Émilie était magique comme le Père Noël et la Fée des dents.

Que d'espiègleries et de coups pendables, tante Émilie avait supportés de la part de ses neveux et de ses nièces. Malgré les assauts répétés des petits morveux, elle n'avait jamais cédé à une sainte colère. Pire, lorsque par mégarde, les visites de la meute s'espaçaient trop, elle semblait céder à la déprime. C'était, en quelque sorte, sa dose de morphine secrète pour mieux se garder en forme.

Chère tante Émilie...

Le retour de Jonathan à Québec, sans une escapade jusqu'au bacon de tante Émilie, aurait été un affront impardonnable au guide des bonnes pratiques. L'accroc diplomatique aurait mis l'art culinaire dans tous ses émois.

Quelques bouchées confirmèrent que tante Émilie détenait encore le secret du bon goût inégalable de son bacon d'antan. La tartine au beurre d'arachide ajouta la touche finale au recul vers les joies de l'enfance de Jonathan.

Le bonheur!!

Non, rien n'avait changé...

L'allure de la cuisine de tante Émilie correspondait point par point aux clichés de ses souvenirs. Le petit comptoir étroit, recouvert de carreaux de céramique jaune, était toujours garni d'un petit évier creux accompagné de sa champelure antique. Les armoires suspendues se fermaient encore avec leurs portes coulissantes cravatées d'un éclairage de néons. Oui, tout correspondait à ses souvenirs: le mobilier de la cuisine avec ses pattes chromées, la vieille chaise berçante ancestrale en provenance d'une génération oubliée depuis longtemps, et la statue de la bonne Sainte-Anne régnant sur la tablette spécialement ancrée au mur en son honneur.

C'était la belle époque des années folles et des lendemains sans soucis transformés par la jeunesse. Alors, pourquoi vieillir? Lorsque la vie baigne dans l'huile, il faudrait pouvoir arrêter le temps... Se laisser bercer par la brise légère des jours heureux...

Misère!

Il ne fallait plus se berner. Jonathan ne baignait plus dans l'huile imbécile heureuse de son enfance. Sa marmite bouillait à gros bouillons. La soupape menace de s'envoler à tout instant! Méchant dégât en perspective! Fini la douceur enveloppante du bacon de tante Émilie. La vie avait changé son fusil d'épaule. Et le virage ne présageait rien de jojo...

Jonathan retomba dans la déroute de sa nuit de galère sans sommeil, sa brassée d'angoisses et le pâté à la haine de ses frères et soeurs. L'impossibilité de revoir sa mère mourante le remit définitivement en scelle sur sa grisaille du mal de vivre. Sa dérive le charria au diable vauvert. Il perdit le contrôle. La sensation du désespoir exhiba sa puanteur difficile à respirer. Il aurait désiré hardiment éloigner la veuve noire de son quotidien. Impossible! C'était rêver en couleur!

Misère...

Petite vie de triple merde, relish moutarde!!

Jonathan tournait en rond sur le chemin du désir inassouvi de voir sa mère. Son équilibre mental menaçait de s'écrouler.

-*Je rends visite à ta mère tous les matins. Aujourd'hui tu pourrais me remplacer,* proposa tante Émilie en marge de la tourmente généralisée qui submergeait Jonathan. *Ce serait une satanée surprise! Elle serait tellement heureuse de te voir.*

La trouvaille de tante Émilie enthousiasma Jonathan, illico. Il reprit le goût à la fête. Mais qu'en penseront ses frères et soeurs?

Misère!

-*Sois tranquille, ta famille ne sera pas là. Ils travaillent tous. Tu sais parfaitement que le travail et l'argent comptent plus pour eux que l'agonie d'une mourante,* ajouta tante Émilie afin de dissiper la reprise des hostilités des inquiétudes de Jonathan.

La finale de la mise en scène de tante Émilie tomba à pic. Elle redémarra les festivités. Jonathan accepta le rôle proposé par tante Émilie mais il dévia sa course vers l'évier, en guise de participation au lavage de la vaisselle. Tante Émilie déclina le partage des tâches ménagères. Rien à faire. Jonathan demeura intraitable.

Ainsi soit-il, encaissa tante Émilie en s'embrayant en sixième vitesse dans le récurage des chaudrons, des bols, des assiettes et des ustensiles. Elle donna l'impression de vouloir finir le boulot avant de l'avoir entamé ou de vouloir tout casser avec le désir nébuleux de remplacer sa vaisselle.

Un fois la corvée terminée, elle glissa un sac de linge propre entre les doigts de son neveu. Elle demanda de l'échanger avec le sac de linge sale qui l'attendait à l'hôpital. Aucun problème, considérez votre demande comme comblée à l'avance, clama Jonathan en décollant comme une balle.

Il répéta le trajet à pied vers l'hôpital à la hâte. Il retrouva son chemin jusqu'à la chambre tant convoitée, dont l'accès lui avait été interdit la veille par son clan familial. Le désert humain qui régnait à la porte rassura Jonathan et l'inquiéta aussi. Malgré les promesses solennelles de tante Émilie, il redoutait toujours de tomber sur un combat extrême avec les muscles de son beau-frère. Si c'était le cas, il n'était pas mieux que raide mort!

Petit à petit, l'absence d'un comité d'accueil se confirma. La dernière barricade des soupçons de Jonathan céda le pas à plus d'assurance. Aucun problème. Le terrain était dégagé. Jonathan pouvait continuer sa montée.

Sa cage thoracique retenait difficilement les soubresauts de son coeur parti en peur. Encore quelques pas et il atteignait la porte de la chambre. La folle balade de son coeur prit des proportions exagérées.

Toujours personne à l'horizon.

Tante Émilie avait prédit juste. Ses frères et ses soeurs vaquaient à leurs occupations pécuniaires.

À tout hasard, il envoya un ultime regard, en vol de reconnaissance, vers le lit. La photographie du mariage de ses parents s'avéra l'indice décisif confirmant qu'il touchait sa cible. La voie vers sa mère était définitivement libre.

Jonathan en perdit tous ses moyens. Ce moment précieux, raconté maintes et maintes fois à son imagination d'exilé, devenait domaine du possible. L'accomplissement de la légende le baignait dans la sueur, de la tête jusqu'aux pieds.

-*Émilie,* chuchota une voix alitée.

Le choc d'entendre la voix de sa mère paralysa Jonathan. Ces jambes tombèrent en lambeaux. Un mince filet de courage renfloua juste assez la flexion de ses genoux pour permettre à Jonathan de finir sa course en déposant son visage au-dessus de celui de sa mère.

-*Émilie,* chuchota à nouveau la voix alitée.

Dieu! Qu'elle avait vieilli! Ses cheveux ébouriffés, ses yeux enfoncés, la blancheur verdâtre de sa peau et l'absence d'un dentier plaidaient la cause d'une fragilité au bord de la mort. Devant l'ampleur du sinistre, Jonathan capta d'un trait que la maladie était nettement en avance sur la vie.

Une fois la première onde de choc traversée, Jonathan identifia formellement la petite maman haute comme trois pommes (taille d'un peu moins de 1,4 mètres) qu'il reconnaîtrait entre mille. Il bascula un baiser sur son front, les paupières chargées de sueur.

-*Jonathan...* identifia la voix alitée.

Malgré les mutations infligées par le rythme du temps, malgré la faiblesse contractée avec la maladie, elle possédait toujours la faculté de le reconnaître au premier coup d'œil. Jonathan en cracha presque son coeur (et son dentier s'il en avait eu un).

-*Salut maman,* baragouina-t-il.

Jonathan succomba au charme d'une étreinte confortable qu'il aurait désirée immortelle. Le manque de vitalité de sa mère et sa légèreté la transformaient en porcelaine fragile entre ses bras. Il n'osait pas trop l'enlacer solidement, par peur de la blesser. Au bout d'un instant ou deux d'intenses émotions, l'étreinte céda le pas à la croisée des regards hypnotisés. Les mots pour le dire ne venaient pas mais le bavardage silencieux des paroles du coeur émettait un son que les oreilles n'ont point besoin de capter. L'échange muet termina sa course avec des sourires qui en disaient long sur la teneur de leurs conversations invisibles.

Jonathan gagnait enfin le sentiment bienheureux d'être vraiment revenu à la maison pour la première fois depuis son arrivée à Québec. Son vague à l'âme le quittait. Il ne regrettait plus la décision de son retour.

De fil en aiguille, la conversation passa à un stade plus terre à terre.

-Je suis heureuse de te revoir...

La mère se baignait dans l'abondance de la présence de son fils. La seule idée de le voir la rendait déjà plus forte à affronter la déchéance de son cancer généralisé.

- *Lorsque je suis arrivé hier, tante Émilie m'a informé de ton état de santé. Je me suis rendu à l'hôpital à toute vitesse. Je désirais tellement te voir. J'ai eu la malchance de tomber sur le copain de Nathalie qui m'a formellement interdit d'entrer dans ta chambre. Je n'ai jamais pu le convaincre de me laisser passer,* expliqua Jonathan.

Il n'était pas nécessaire d'en raconter davantage. La mère comprenait le malheur de la force répulsive de la haine déployée par sa progéniture contre Jonathan. Elle connaissait aussi très bien l'ampleur de la force herculéenne vindicative que pouvait déployer son gendre.

*-C'est bien que tu sois revenu...*répéta la mère en se vautrant toujours dans la présence de son fils.

-Après trois mois d'appel sans réponse de ta part, je n'en pouvais plus de n'avoir aucun signe de vie. Un mois de plus et j'étais juste bon pour la casse. Avant de péter mes derniers plombs, j'ai décidé de sauter dans l'avion et de venir vérifier sur place ce qui n'allait pas. C'est là que tante Émilie m'a tout déballé la vérité sur ton état de santé. Pourquoi n'as-tu pas demandé à tante Émilie de m'avertir que tu étais malade, gronda Jonathan, malheureux d'avoir été mis à l'écart du mélodrame familial.

-Personne ne t'a pas appelé, s'étonna à peine la mère en se mordillant les lèvres.

Elle avait pourtant tellement insisté auprès des frères et soeurs de Jonathan afin qu'ils l'informent sur le cancer qui la ravageait à petit feu. La mère comprenait soudainement que sa requête était restée lettre morte. La vieille blessure de la mort précipitée du père formalisait toujours l'instabilité de la fibre familiale. Il aurait été préférable qu'elle s'acquitte elle-même de la transmission du message de sa maladie. Dommage, c'était justement cette maladie qui avait épuisé les forces nécessaires en vue de loger un appel outre-mer. Jonathan avait raison. Il aurait été cent fois mieux de confier la tâche d'annoncer la mauvaise nouvelle à tante Émilie. Avec elle, la besogne aurait été accomplie dans les règles de l'art.

-*Personne ne m'a appelé,* rouspéta Jonathan, toujours insulté comme un chien sans son os.

La confirmation par Jonathan d'un bris des communications légalisait la tragédie familiale dans son déploiement le plus scabreux.

-*Ils t'en veulent toujours pour la mort de ton père,* renseigna la mère, le malheur à fleur de peau.

-*Je le sais. Ils pensent tous que c'est moi qui l'ai tué...* marmonna Jonathan.

La mère était tellement fatiguée de toutes les chinoiseries de ces chicaneries fraternelles. Ces baisers empoisonnés démolissaient sa quiétude depuis des années. Le bonheur avait quitté la maison sans espoir de retour. Une vie ballottée par la tourmente d'un climat aussi malsain ne valait plus la peine d'être vécue. Oui, la mort était maintenant devenue une heureuse délivrance.

-*Ton départ précipité en Europe a drôlement nui à prouver ton innocence. Normalement, ce sont les coupables qui quittent la scène du crime. Tu as un peu couru après le trouble en t'enfuyant,* résuma la mère.

Le ton se voulait mi-figue mi-raisin. La mère se désolait toujours d'avoir perdu son fils de vue pendant toutes ces années. Elle se désolait aussi de la frivolité des agissements de Jonathan qui avaient volontairement détourné les soupçons vers lui.

Jonathan encaissa la remarque comme une accusation.

-*Je n'ai pas tué mon père !* hurla-t-il. *Si je suis parti, c'était pour éviter que tu sois soupçonnée de meurtre,* ajouta Jonathan, n'en pouvant plus d'être accusé par sa propre mère.

La réplique de Jonathan fit son oeuvre. La mère piqua le nez dans sa couverte. Elle savait beaucoup trop que son fils s'était sacrifié en servant d'appât au système judiciaire.

-Calme-toi. Je sais que tu étais incapable de tuer ton père, rassura la mère avant que son fils grimpe davantage dans les rideaux.

-Ouf! Tu me rassures. Pendant un léger moment, j'ai cru que tu basculais, toi aussi, dans le clan des personnes qui m'accusent du meurtre de papa, constata Jonathan avec bonheur en se relaxant les puces.

-Sois tranquille. Je ne douterai jamais de ton innocence. L'idée ne m'effleure même pas l'esprit d'un poil. D'ailleurs, je ne te remercierai jamais assez d'avoir détourné les soupçons vers toi pour me disculper, ajouta la mère en saluant toute la noblesse de la hauteur du sacrifice filial.

-Je n'ai fait qu'écouter mon coeur, signala Jonathan en déposant un baiser sur la tête de sa mère.

Le climat passa donc au rose bonbon. Le rose des coeurs qui s'aiment sans quémander de retour. Le rose de la magie des gestes qui étalent l'attachement unique d'une mère pour son enfant et d'un enfant pour sa mère. Le rose du bonheur malgré les aléas.

Puis, le rose céda lentement sa place à la réalité du drame inachevé de la mort du père.

-Je ne comprends toujours pas pourquoi tu as été obligé de tout prendre sur tes épaules. Ton père m'avait pourtant juré qu'il avait bien préparé son coup. Personne n'était supposé d'être accusé de son meurtre. Il avait écrit une lettre prouvant qu'il s'était suicidé, expliqua la mère en toute pudeur.

Jonathan s'étonna! Sa mère était au courant! Pendant toutes ces longues années, il croyait dur comme fer avoir été le seul et unique détenteur du secret de la volonté d'en finir de son père. Le partage le soulageait un peu du fardeau accolé à sa nuque.

-Papa t'avait aussi informée de sa décision de mettre fin à ses jours?

-Oui. Mais je n'ai jamais trouvé sa lettre, expia sa mère dépitée.

-Moi non plus. J'ai pourtant fouillé dans les moindres recoins de la chambre. Je n'ai jamais trouvé un seul morceau de papier écrit de sa main. Il n'y avait rien d'autre que son corps inanimé, étendu sur le lit avec une seringue au bout des doigts. Je me rappellerai toute ma vie de son regard lorsque je suis entré dans la chambre. Il semblait me supplier d'accepter sa mort. Je me

suis approché de lui. J'ai fermé ses yeux. Je l'ai embrassé sur le front. Je lui ai pardonné son geste. Et j'ai crié de douleur. Il avait eu beau me préparer mentalement à sa mort, il ne pouvait pas me préparer à vivre la torture du vide de sa disparition.

Jonathan avait mimé les mêmes gestes accomplis six ans auparavant lors de sa découverte macabre. Il tremblait. Il pleurait. Il aurait encore hurlé. La détresse revêtait toujours la même amplitude qu'autrefois.

-*Le vide. C'est le vide qui est le plus difficile à apprivoiser. Surtout après trente-cinq ans de mariage,* ajouta la mère en pleurant.

L'arrivée soudaine de l'infirmière s'installa au beau milieu des accolades consolatrices d'une mère et de son fils.

-*Bonjour madame Lassonde. Je viens vérifier si vous avez besoin de quelque chose,* entama-t-elle, en arpentant les cadrans de l'attirail qui était connecté sur la mère de Jonathan.

Elle mesura la cadence du pouls et le niveau de la pression...

-*Suis-je toujours vivante?* demanda la mère de Jonathan avec un sourire espiègle encadré de larmes.

-*Oui, vous êtes très vivante, madame Lassonde,* ajouta l'infirmière en emboîtant le pas à la plaisanterie de cette petite dame agréable qu'elle aimait bien soigner. *Vous devez être un peu fatiguée. Je crois que vous venez juste de recevoir un traitement de chimiothérapie,* ajouta-t-elle.

L'infirmière consulta le dossier de la bénéficiaire afin de valider son affirmation. Positif. Le traitement s'intercalait bel et bien dans l'horaire des soins prodigués dans les derniers vingt-quatre heures.

-*Franchement parler, je n'irai pas danser ce soir,* annonça la mère de Jonathan en roulant un clin d'oeil d'humour.

Jonathan renouait avec la personnalité amusante de sa mère. Pourquoi prendre la vie au sérieux? Personne n'en sort vivant. Vaut mieux en rire qu'en pleurer. Ces slogans familiaux, même s'ils s'enfonçaient dans un cynisme abrasif, ne pouvaient pas tomber en terre plus fertile.

Ah! La vida!

Trève de plaisanteries, l'infirmière insista pour que la mère de Jonathan se lève de son lit. L'opération contribua à effectuer un changement de jaquette, une marche à la toilette et l'ordonnancement des oreillers.

-*C'est mon fils qui habite en Europe,* glissa fièrement la mère en exhibant une main en direction de Jonathan.

-*Vous devez être heureuse de le voir, encaissa l'infirmière.* Elle captait toute l'importance de la missive de la dame. Le retour de Jonathan demeurait certainement la primeur du siècle.

Puis, malgré sa tâche alourdie, tout en vaquant à ses nombreuses occupations, l'infirmière prit la peine de s'adresser à Jonathan. «Votre mère m'a tellement parlé de vous. Elle s'inquiétait de ne pas avoir de vos nouvelles ». Sa phrase était à peine dilapidée qu'elle s'envola prodiguer ses soins aux chambres voisines après avoir prononcé « *Bonjour Madame Lassonde. N'hésitez pas à sonner si vous avez besoin d'aide* ».

Après le départ de l'infirmière, la mère de Jonathan ferma presque les yeux. L'effort de se lever, sa promenade et les émotions de la conversation avec son fils avaient mis ses batteries à plat.

Jonathan comprit que le temps était venu de se retirer. Il échangea les sacs de vêtements, il transféra un dernier baiser et il s'éclipsa en promettant d'embrasser tante Émilie de la part de sa mère.

Avant le départ définitif, Jonathan prononça « bonne nuit maman». Cette phrase arrivait de la lointaine chasse-galerie de son enfance. Lorsqu'il était petit, Jonathan avait contracté une peur bleue que sa mère meure pendant la nuit. Pour détruire les fortifications de ses craintes, sa mère avait inventé la formule magique «bonne nuit maman». Si la formule magique était prononcée avant de se coucher, elle permettait d'être encore de ce monde au lever du soleil.

Jonathan et sa mère se séparèrent emmitouflés dans les couvertes bien chaudes de leur «bonne nuit», persuadés d'être encore vivants au prochain lever du soleil.

En empruntant le corridor vers l'ascenseur, Jonathan récapitula le mécanisme de chacune des comptines du bonheur qui l'avaient ramené jusqu'à sa mère. Son arrivée fracassante d'hier s'estompait peu à peu sous le choc de sa visite enchantée à l'hôpital. Maintenant, il en savait plus au sujet de l'avancement de la maladie de sa mère. Il avait accroché l'infirmière au vol. Les connaissances de Jonathan en médecine avaient permis un échange fructueux très détaillé sur l'évolution du cancer. C'était confirmé. Sa mère s'éteignait peu à peu. Il fallait profiter de chaque instant qui passe au maximum avant que l'interrupteur tombe à off.

-Hé! Monsieur! Embarquez-vous? demanda un ténor engouffré dans l'ascenseur, visiblement pressé de partir.

Jonathan se sépara partiellement de ses rêvasseries solitaires. Il accepta de suivre son bon samaritain en se faufilant au fond de l'ascenseur.

En entrant dans l'ascenseur, les papilles olfactives de Jonathan décodèrent une sensation de déjà vu. Jonathan fouilla autour de lui. Pourtant, rien ni personne ne correspondait à un visage ou à un fait connu. Étrange, il aurait juré qu'il détectait réellement une sensation de déjà vu. Malheureusement, il ne parvint pas à mettre le doigt sur la signification de ce parfum familier. Par contre, cette sensation de déjà vu, qui l'agaçait encore, amplifia son état d'allégresse déclenché par la visite de sa mère. Le plaisir à la hausse de son bonheur questionna davantage Jonathan. Vraiment étrange! Il ne parvint toujours pas à mettre un nom sur cette satanée sensation de déjà vu!

De plus en plus étrange!

Bof! Son manque de sommeil se moquait encore de lui avec une entourloupette de son cru en ré majeur.

Quelques étages au-dessus de la tête de Jonathan, sa mère souriait à belles dents déployées. Elle connaissait la face cachée de la sensation de déjà vu, coupable du nouveau déclic heureux qui agaçait tant son fils.

Simplement étrange...

La porte de l'ascenseur s'écarta et les passagers se glissèrent à l'extérieur, pressés de réintégrer le chemin de leurs préoccupations routinières.

-Monsieur Jonathan Lassonde?

Jonathan sursauta! En levant les yeux, il nota que le questionnement était émis par une dame policière. La dame entretenait un air malsain qui étalait rien de bon à se mettre sous la dent.

-C'est moi, avoua Jonathan en guise de confirmation de son identité.

Diable! Comment cette policière savait-elle déjà que Jonathan était ici? Les seules personnes informées de son retour au Québec étaient tante Émilie, sa mère, ses frères et ses soeurs... Et le beau-frère! Bien sûr. Le beau-frère avait certainement embrigadé la troupe familiale dans sa chasse aux sorcières contre Jonathan. Il était parvenu à les persuader de livrer Jonathan en pâture aux policiers. C'était inévitable. La haine du beau-frère demeurait une bombe à retardement prête à voler en éclats d'un instant à l'autre. Jonathan était pris au piège. Cul-de-sac assuré sans espoir de fuite par en arrière.

-Veuillez me suivre au poste de police. Nous avons quelques questions à vous poser concernant la mort suspecte de votre père, ajouta la policière.

Nul doute. C'était bel et bien le beau-frère qui avait balancé Jonathan en pâture dans la fosse aux lions. Le chien galeux! Il aurait pu avoir la décence d'attendre un peu avant de manigancer son complot à la Judas Iscariote! Jonathan aurait nettement préféré respirer un peu avant que l'enquête de la mort de son père le rattrape. Il n'avait pas le goût de passer à la moulinette d'un interrogatoire. Avait-il le choix? Quand même, il aurait bien aimé emprunter un détour avant de s'approcher de la table des questions. Son hésitation activa l'impatience de la policière. Encore un peu, et elle le menottait pour l'entraîner jusqu'à l'auto-patrouille. Jonathan ne lui donna pas cette occasion en or. Il la suivit à la queue leu leu comme un petit oisillon docile.

Courtoise, la policière. Elle ouvra la portière arrière afin de faciliter l'entrée forcée de Jonathan dans l'auto-patrouille. Que de bonté!

Disons que la courtoisie se borna à l'ouverture et à la fermeture des portières. Le voyage vers le poste de police se déroula dans un silence sidéral. La policière et son collègue se délièrent la langue uniquement lorsqu'ils entrèrent dans le petit local dédié à l'interrogatoire. Jonathan posséda donc tout le loisir de se faire un sang de coq de grade supérieur.

-Votre famille nous a signalé que vous étiez de retour au Québec, débuta la policière.

Bingo! Ceci confirmait le nom des coupables qui l'avaient balancé à la justice. Le renseignement en disait long sur la nature de l'accueil « coup de pied dans le cul » de sa famille. Pourquoi était-il revenu? Ah! Oui! Sa mère... sa pauvre mère malade...

-Comme vous le savez, vous demeurez le principal suspect dans le cadre de notre enquête concernant la mort de votre père, expliqua le collègue de la policière.

-*Oui,* enfila Jonathan sans rouspéter.

Il le savait. Il portait la marque de la bête sur son front. Rien à faire. Sa culpabilité se répandait comme un fléau d'Égypte. Impossible de dissimuler les préjugés favorables à sa condamnation sous le tapis. Il était perdu avant de revendiquer son innocence.

Triste journée.

-*Votre retour au Québec va nous permettre de compléter notre enquête. Votre fuite en Europe a drôlement compliqué notre tâche,* grogna la policière, la voix submergée de reproches acidulés.

L'entrée en matière de la première question alimentait un ressac d'accusations tirant à bout portant sur le côté louche de son départ précipité. Jonathan n'apprécia pas, alors là pas du tout, les présomptions de culpabilité portées contre sa réputation.

-*Avant d'aller plus loin dans notre interrogatoire, je tiens à vous informer que vous pouvez toujours refuser de répondre à nos questions. Vous pouvez exiger la présence d'un avocat. C'est votre droit le plus légitime. Que décidez-vous?* demanda le collègue de la policière, inquiété par la réponse en devenir.

-*J'accepte de coopérer,* informa Jonathan. Il n'avait rien à cacher surtout pas la preuve irréfutable de son innocence. Irréfutable... Le mot était peut-être un peu trop prétentieux...

-*Est-ce vous qui avez fourni à votre père la recette de l'élixir de la mort?*

Plus direct que çà et tu meurs! L'accusation pouvait difficilement péter un meilleur score! Une vraie bombe Kamikaze! La sérénité de Jonathan flamba sur le champ!

-*Jamais de la vie! Je suis médecin! C'est contre mon serment,* s'insurgea Jonathan en cabrant ses mâchoires.

De là à affirmer hors de tout doute qu'il avait strictement rien à voir avec la recette mortelle, il y avait quelques nuances à traverser. Mais grosso modo, il n'était pas coupable.

-Est-ce vous qui avez manipulé la seringue qui a injecté la dose mortelle à votre père?

Un fou! Jonathan n'aurait jamais osé penser, ne serait-ce une seule minute, tenir la seringue mortelle entre ses doigts. La simple présomption du méfait le rendait complètement malade. Et si par hasard, Jonathan avait tenu la fameuse seringue, pourquoi l'avouerait-il sans la présence d'un avocat? Un fou!

Est-ce vous qui avez manipulé la seringue qui a injecté la dose mortelle à votre père? répéta le policier en chatouillant le début de son impatience.

La répétition du libellé de l'accusation plongea Jonathan dans un profond mal à l'aise. L'insistance des policiers le plaçait en porte-à-faux entre dire toute la vérité rien que la vérité et rafistoler une version remaniée de l'histoire officielle plus nuancée. La vraie réponse obligeait Jonathan à fouiller dans la plaie béante du processus ayant mené son père à la mort... Le coup bas du compte à rebours était trop douloureux. Jonathan se leva de sa chaise. Il gaspilla quelques pas au hasard. L'échappée acheta un peu de temps. Désormais, Jonathan devait peser chacune de ses paroles. Sinon, gare à sa remise en liberté!

Les policiers s'échangèrent des clins d'oeil. Ils festoyaient déjà devant la certitude d'avoir percé l'écrin de sûreté d'un aveu sur le point de sortir des entrailles de leur interrogatoire. À leur grand désarroi, les réjouissances ne durèrent que pendant un très court laps de temps.

-Jamais de la vie, cria Jonathan en jetant un regard féroce en direction des policiers. *J'aimais trop mon père. J'aurais été incapable de le tuer. Au contraire, j'aurais tout fait en mon pouvoir pour le tenir en vie. Oui. C'est vrai. Il m'a demandé de mettre fin à ces jours des centaines de fois. Mais je vous jure que j'ai toujours refusé de l'aider. J'étais incapable d'accepter,* sanglota Jonathan en serrant les poings.

La douleur le transperçait de bord en bord. Jonathan sanglotait en revivant les assauts répétés de son père quémandant un coup de pouce dans l'accomplissement de son désir de mettre fin à ses jours. Il revoyait encore et encore le visage de son père le suppliant d'accepter de lui asséner le coup fatal. Jonathan se balançait encore et encore dans l'inconfort déchirant du choix à faire entre la volonté d'obéir à son père et le refus de devenir un meurtrier par compassion.

-Pourquoi votre père désirait-il mourir? demanda la policière, flairant le quelconque alibi d'un scénario empestant le meurtre à cent milles à la ronde.

-Vous ne le savez pas, s'exclama Jonathan.

-*Non,* répondirent les policiers à l'unisson.

Pour les policiers, la volonté de mourir du père constituait le chaînon manquant dans la compréhension complète du drame. Jusqu'à présent, aucune personne interrogée à ce sujet n'avait osé fournir l'explication tant convoitée.

Jonathan ne comprenait pas. Personne n'avait avantage à taire le fil directeur qui avait poussé son père à s'enlever la vie. Sauf si les personnes interrogées considéraient la raison du père comme un secret à ne pas révéler en respect pour sa dépouille. La maladie d'Alzheimer n'a jamais eu la cote dans la société.

-*Mon père avait appris qu'il était atteint de la maladie d'Alzheimer,* révéla Jonathan.

-*Ah,* prononça la policière un peu perplexe.

-*Mon père s'était renseigné sur le sort qui l'attendait. Il a même rencontré des personnes atteintes aux divers stades de l'évolution de la maladie. Avez-vous déjà vu des personnes atteintes de la maladie d'Alzheimer?* demanda Jonathan en voyant les yeux des policiers nager dans une incompréhension totale.

Les policiers signalèrent que non.

-*Imaginez des personnes sans paroles déambuler dans les corridors comme des zombies. Imaginez votre père qui ne vous reconnaît plus. Imaginez une personne recroquevillée sur un lit qu'il faut nourrir à la seringue. Mon père était un homme très fier. Il ne pouvait pas accepter d'être réduit à l'état embryonnaire de la maladie. Il avait décidé de partir pendant qu'il avait encore toute sa tête. C'est pour cette raison qu'il s'est suicidé,* expliqua Jonathan en revenant s'asseoir à la table des tortures de son interrogatoire.

La policière examina son collège. La maladie d'Alzheimer était l'explication la plus scientifique qu'elle avait entendue dans la bouche d'un meurtrier. Peu importe. Maintenant que le lapin était sorti de son chapeau, la policière pouvait passer en mode offensif.

-*Si je comprends bien, votre père ne désirait pas vivre tout le processus de sa maladie. Il vous a demandé de l'aider à se suicider. Au début, vous avez refusé. Il a insisté. Et vous avez fini par céder à sa demande.*

La policière jubilait devant sa théorie on ne peut plus parfaite de la mort assistée par compassion. Elle tenait enfin le début du bout du nez d'un aveu potentiel.

Jonathan n'apprécia guère la version à côté de ses pompes exhibées fièrement par la policière. Elle dépassait les bornes. Un mot de plus, et Jonathan répondait par la bouche de ses canons. Il se leva brusquement en signe de protestation afin de remettre les pendules à la bonne heure.

-Non! J'ai toujours refusé d'aider mon père. Je vous le jure. Il s'est suicidé par lui-même!

Jonathan ne savait plus comment se contenir avant de placer un bon coup de poing entre les deux yeux de la policière.

Malgré la tension qui grondait, la policière osa propulser ses accusations vers des hauts sommets. Dans le jargon, on appelle cela taquiner le poisson avant qu'il saute sur l'hameçon de la confession.

-Savez-vous que l'euthanasie est illégale, souligna-t-elle avec un sourire narquois.

La coupe était pleine. Jonathan esquiva un signe de vengeance. La riposte secoua ses poings. La colère monta comme du bon pain, puis Jonathan stoppa la course folle de ses machinations. Il retomba dans sa chaise, le visage entièrement détendu.

-Vous n'avez aucune preuve que j'ai été impliqué dans le suicide de mon père, répliqua-t-il avec un sourire insolent.

La quiétude soudaine de Jonathan évacua la colère vers le camp adverse. La policière gagna l'envie d'étrangler son suspect. Elle avait presque mis la main au collet d'un meurtrier. Damnation! Le coupable continuait sa cavale. Quel gâchis! Elle rageait de voir les aveux la narguer en s'envolant derrière le sourire insolent de Jonathan. Le bandit! Il tapait sur le seul point sensible qui avait toujours donné du fil à retordre à son enquête. Il avait raison. Le dossier ne contenait aucune preuve capable de coffrer Jonathan. Sans cette maudite lacune, il y aurait plusieurs lunes que Jonathan moisirait derrière les barreaux d'une prison. Il fallait se rendre à l'évidence que sans preuve, il n'y avait point de salut!

-Vous avez raison, encaissa le collègue de la policière. Nous avons relevé uniquement les empreintes de votre père sur la fiole de l'élixir de la mort et

sur la seringue. Mais attention! Ne jouez pas au plus malin avec moi! Nous savons tous les deux qu'il y a plusieurs façons de maquiller un meurtre par compassion en suicide. Dans ma longue carrière de détective, j'ai déjoué bien des petits futés comme vous qui pensaient être au-dessus de tout soupçon. N'oubliez pas qu'il y a toujours une faille dans chaque crime parfait. Si vous êtes coupable, je trouverai le moyen de vous faire condamner!

Le message en disait long sur la suite du long métrage. Jonathan commença à perdre pied. Les menaces nuisaient au passage de la salive dans sa gorge. Il commençait à douter de son innocence malgré la certitude d'être blanc comme neige. Blanc comme neige, l'affirmation était un peu exagérée. Il tirait un peu sur le gris... Un gris pas trop rassurant... Cette nuance commença à communiquer un rire jaune sur les lèvres de Jonathan.

-*Je vous jure que je suis innocent,* clama-t-il.

Le répétait-il pour parvenir à convaincre les policiers ou pour parvenir à se convaincre lui-même? Allez savoir!

-*J'espère que vous nous dites vraiment la vérité, monsieur Lassonde,* mentionna la policière avec une pointe de soupçon, prête à lacérer sa proie.

Tout comme son collègue, la policière n'entendait pas à rire. Jonathan sentait fouetter sur son visage le souffle de l'urgence de résoudre l'affaire. Les mailles du filet se resserraient sur lui. Le jeu du chat et de la souris avait assez duré. Le chat commençait à se tanner de son léchage de babines! La récréation était terminée.

-*Puisque vous êtes de retour au Québec, auriez-vous l'obligeance de nous donner votre passeport? Bien entendu, il va de soi que nous vous enjoignons de ne pas quitter la ville sous aucun prétexte,* exigea vigoureusement le collègue de la policière, les sourcils placés en garde-à-vous.

Jonathan ramassa le passeport qui se blottissait dans sa poche de pantalon. Il le déposa docilement sur le bureau qui le séparait des policiers. La policière le ramassa d'un seul bond.

Bizarre. Jonathan se sentit pris dans une souricière. La perte du passeport et l'interdit de quitter la ville de Québec jouaient un air truffé de fausses notes.

-*Nous allons entamer des procédures afin de vous accuser formellement du meurtre assisté de votre père,* informa la policière avec une dentition garnie d'un sourire sadique.

Jonathan se noya dans la chair de poule de ses transpirations. Le couperet des accusations le vidait de ses énergies. Le choc bousculait tout sur son passage. Il ne réfléchissait plus. Ses neurones se révoltaient. Ce n'était pas vrai. Il était piégé comme un vulgaire gibier de potence. Les policiers ne jouaient pas franc-jeu. Détenaient-ils des informations secrètes capables de l'incriminer? Non! Impossible! Les policiers bluffaient! C'était la dernière trouvaille qu'ils avaient imaginée dans l'espoir de pousser Jonathan à commettre un faux pas. Non! Ils n'auront pas le plaisir de le voir tomber tête baissée dans un panneau aussi visible que le nez au milieu d'un visage!

-*Vous n'avez pas le droit de m'accuser! Je suis innocent,* réclama Jonathan une fois de plus.

-*Ce sera à vous de prouver votre innocence,* ajouta la policière, toujours heureuse du succès de la finale de son concerto.

L'arrogance mesquine de la policière rimait avec une vengeance douce au coeur de l'indienne. Elle croyait dur comme fer asséner le dernier coup de massue sur le clou innocent de son suspect. Il verdissait à vue d'oeil.

À la limite, Jonathan se foutait d'être accusé ou non. Si sa culpabilité pouvait servir à ajouter des gallons à des policiers avides de mousser leur carrière, tant mieux pour eux. Il acceptait le sacrifice. Par contre, sa préoccupation voguait vers la réaction de sa mère en apprenant la nouvelle de la condamnation de son fils. Le drame va accélérer le dénouement de son agonie! Les policiers ne pouvaient pas tout démolir par malice de clore un dossier gênant. Ils ne pouvaient pas arracher Jonathan à son désir de veiller au chevet de sa mère mourante. C'était trop cruel! Et crac! Avant de céder le pas à la panique en règle, Jonathan pensa à négocier avec le diable.

-*J'aurais une faveur à vous demander,* proposa Jonathan au bord de l'abîme d'une crise exponentielle.

Le quémandage indisposa les policiers. Ils n'aimaient guère accomplir la dernière volonté du condamné à mort. Ces entourloupettes n'étaient plus à la mode. Coupure budgétaire, modernité, appelez cela comme bon vous semble!

-*Que désirez-vous?* demanda sèchement la policière.

Malgré leur assurance, les policiers savaient trop qu'ils ne détenaient pas un dossier en béton à l'épreuve des balles des avocats de la défense. Il y avait tout à gagner de donner libre cours au discours du suspect.

-Ma mère est atteinte d'un cancer, annonça Jonathan, le trémolo au fond de sa voix. J'aimerais éviter qu'elle soit mêlée à vos procédures. Je désirerais aussi avoir la chance d'être auprès d'elle pendant toute la durée de sa maladie. Pouvez-vous attendre qu'elle soit morte avant de porter vos accusations, supplia Jonathan avec des larmes roulant dans le fond de ses yeux. Il n'était pas venu en terre canadienne dans le but de vivre le déclin de sa mère à partir d'une prison.

La policière examina son collègue. Le trémolo de la situation avait fortement tendance à l'attendrir. La requête valait la peine d'être analysée. Le collègue abonda dans le même sens.

-Nous y penserons, annonça la policière, sans geler ses promesses.

Toutefois, l'annonce du cancer de la mère alluma une ultime étincelle de soupçons dans le regard des policiers.

-Ne vous avisez pas à tenter de tremper dans le meurtre assisté de votre mère pour abroger les souffrances de son cancer. Nous vous gardons à l'oeil. Cette fois-ci, vous ne nous échapperez pas, signifia fermement le collègue de la policière.

-Vous êtes fous! L'idée de tuer ma mère n'oserait même pas m'effleurer l'esprit, protesta Jonathan ébahi devant l'avertissement.

C'était agaçant, à la fin, cette manie d'être soupçonné de tuer tous les patients en phase terminale. Jonathan était innocent. Il n'était pas l'acteur de la mort de son père. Il n'avait surtout pas l'intention d'abroger l'agonie de sa mère. Il désirait plus que tout au monde que sa mère vive le plus longtemps possible. Il avait un tas de choses à lui confier. Elle devait être en mesure d'entendre ses confidences jusqu'au dernier mot.

Les policiers stoppèrent l'interrogatoire. Ils restèrent sur leur appétit. Toutefois, ils se consolèrent en demeurant confiants d'avoir ébranlé sévèrement la nonchalance de leur suspect. En effet, Jonathan titubait sur des pas incertains lors de sa sortie de la salle d'interrogation. Les policiers eurent l'amabilité de ramener Jonathan à la maison. Le trajet du retour se passa dans un silence aussi sidéral que le voyage entre l'hôpital et le poste de police.

Jonathan exprima un soupir de soulagement en débarquant de l'auto-patrouille. Avant de quitter les policiers, il ne parvint pas à les remercier de l'avoir raccompagné à son domicile. Les formules de politesse cadraient mal avec les résidus épineux de son interrogatoire. L'entrevue avec les policiers injectait toujours un goût amer au fond de son gosier.

Par chance, malgré le périple au poste de police, Jonathan n'avait pas perdu le sac de linge sale récupéré lors de sa visite à l'hôpital. Il sonna à l'appartement de tante Émilie.

-*Entrez, c'est ouvert,* déclama une voix ressemblant à celle du frère de Jonathan.

La résonance de la ressemblance avec la voix de son frère restait annonciatrice d'un mauvais aloi. La corrosion du sortilège se confirma lorsque Jonathan poussa la porte. Sa famille l'attendait avec impatience. Ils étaient tous agglutinés autour de la table de la cuisine : son frère Sylvain, sa soeur Nathalie avec son armoire à glace de mari et Jocelyne, sa soeur aînée. L'heure était grave. Ils avaient tous quitté leur travail pour venir ici.

Triste journée! Un «spécial deux pour un» aujourd'hui!

Tante Émilie se tenait debout sans savoir que faire de ses deux bras. Son regard atterré partait dans toutes les directions. Elle se dirigea vers Jonathan afin de le débarrasser de son sac de linge sale.

-*Bonjour,* osa risquer Jonathan sans espérer de réponse en retour.

Le bonjour de Jonathan sembla indisposer davantage le comité d'accueil. La familiarité ne cadrait pas avec la rage qui grondait dans les regards dirigés vers lui.

-*Nous n'avons pas apprécié que tu te rendes à l'hôpital à notre insu,* désapprouva fermement Sylvain. Il expulsa une paire d'yeux chargés de reproches en direction de tante Émilie. La tante grimaça en se sautillant le derrière.

Décidément, c'était confirmé. La journée maintenait la combustion lente de son brasse-camarade. Jonathan aligna un à un les visages de mère supérieure des ses frères et soeurs et de son beau-frère préféré. L'échafaud était dressé.

-*J'imagine que c'est grâce à vous si je me suis ramassé au poste de police,* avança Jonathan.

Tante Émilie monta ses garcettes en l'air en ouvrant la bouche sans prononcer une seule parole.

-*Oui bonhomme! Tu ne feras pas subir à ta mère le même sort que tu as réservé à ton père,* cracha l'armoire de muscles du beau-frère en reculant sa chaise avec la ferme intention de ruer dans les brancards.

-*Je n'ai pas tué mon père,* clama encore et encore Jonathan.

Il en avait par-dessus le dos de clamer son innocence. Pourquoi tant se battre? Ce serait si simple de plaider coupable! Non! Il ne fallait pas céder! Il était innocent!

-*Permets-moi de douter de l'honnêteté de ta face de sainte nitouche, bonhomme,* hurla le beau-frère en raclant lourdement ses poings sur la table.

Sylvain flatta l'épaule de la bête en l'enjoignant de respirer doucement par le nez.

Tante Émilie dansa une course folle sur le plancher en ne sachant plus quel saint invoquer à la rescousse de son neveu.

-*Nous ne te cacherons pas que ta présence ici ne fait pas notre affaire,* ajouta Sylvain.

Difficile de le cacher. Jonathan avait remarqué que le torchon brûlait dès son premier pas dans la pièce. Il n'y avait plus grand-chose à tirer de cette équipe de mercenaires parés à le lyncher au moindre mouvement de travers.

-*Je peux ramasser mes bagages et me louer une chambre à l'hôtel,* suggéra Jonathan.

-*Fais donc ça, bonhomme. Tu nous rendrais un grand service en vidant la place,* cria l'armoire de muscles.

Tante Émilie tomba à la renverse dans son fauteuil berçant. Elle priait la bonne Sainte-Anne en silence. Elle se débattait comme une âme perdue se consumant dans les flammes éternelles de l'enfer.

Sylvain gronda le beau-frère. Il allait un peu trop loin dans son désir de se débarrasser de Jonathan.

-*Sois tranquille. Nous n'avons jamais eu l'intention de te chasser. Puisque tante Émilie insiste, tu peux continuer d'habiter dans l'appartement de maman. Nous croyons aussi qu'il serait égoïste de notre part de t'empêcher de visiter maman. Toutefois, nous exigeons que Nathalie soit présente lorsque tu iras à l'hôpital. Nous ne tenons pas à faire encore les manchettes des journaux comme ce fut le cas lors du décès de papa. Est-ce que c'est clair?* demanda Sylvain.

Les instructions étaient claires comme de l'eau de roche.

-*Oui,* encaissa Jonathan.

Ouf! Il remportait une manche de la partie malgré l'animosité de l'atmosphère à couper au couteau. Il y avait toujours le beau-frère qui se tenait en position de combat. Par chance, Sylvain le contrôlait.

Tante Émilie respira à nouveau en remerciant le ciel de ses bienfaits.

-*Maintenant, tu nous excuseras. Nous allons retourner travailler,* finalisa Sylvain en se levant de table, suivi par le reste de la troupe.

Ils défilèrent un à un devant Jonathan. L'armoire de muscles le bouscula au passage. Tante Émilie observa la scène en donnant une raclée à sa chaise berçante.

Lorsque la porte se referma derrière le dernier lien de parenté, Jonathan ramassa sa première bouffée d'air pur depuis sa sortie de l'hôpital. Il tira une chaise et il vint s'asseoir à côté de tante Émilie.

-*Bonne Sainte-Anne. Tes frères et soeurs m'ont fait passé un mauvais quart d'heure. J'ai eu la pire fessée de ma vie! Ils m'ont brassée comme un pommier. Mon petit garçon, ils ne te portent pas en haute estime au fond de leurs coeurs. Ne compte surtout pas sur leur témoignage devant le juge. Tu risques d'être pendu avant le début de ton procès. Ne compte pas plus sur la divine providence. La protection du bon Dieu ne pourra pas t'éviter le châtiment de ta damnée famille,* témoigna tante Émilie.

Des signes évidents d'étourdissements se lisaient au creux du regard de la tante. Ses démêlés épiques avec le clan familial de Jonathan l'avaient sévèrement ébréchée. La coiffure en chamaille de tante Émilie reflétait bien le crêpage de chignon découlant de son initiative d'avoir décidé d'envoyer Jonathan à sa place à l'hôpital.

-*C'est normal que mes frères et soeurs se défendent contre moi. Ne paniquez pas trop vite. Ils ne sont pas malins pour cinq cents. Nous aurions certaine-*

ment la même réaction si nous étions à leur place, encaissa Jonathan avec un calme digne d'une bonne sentinelle.

Son explication n'était pas un plaidoyer en bonne et due forme à la défense de ses moribonds de frères et soeurs. Jonathan tentait tant bien que mal de modérer la tempête allumée dans le regard de sa tante. Puis, finalement, il savait que la discorde fraternelle se brodait sur un fond d'amour qui ne demandait qu'à éclore.

-*Et la police, mentionna soudainement tante Émilie en revenant à l'une de ses hantises menaçant le bien-être de son neveu. Qu'est ce qu'ils ont raconté?* ajouta-t-elle, avide de la primeur la plus croustillante.

Jonathan frôla la main de sa tante. Le geste apeura davantage, au lieu de réduire la panique.

-*Ils m'ont informé qu'ils vont m'accuser d'avoir aidé papa à se suicider,* expulsa Jonathan avec tact.

-*Bonne Sainte-Anne! C'est la fin du monde,* hurla tante Émilie. Elle ne savait plus quelle position adopter. Assise dans sa chaise berçante. Debout à arpenter sa cuisine. Sur le balcon à remplir ses poumons en panne. Rien à faire. Seule une litanie calma un peu le tremblement de ses mains.

-*Je leur ai demandé d'attendre que maman soit décédée avant de porter leurs accusations officielles,* ajouta Jonathan, pas mal fier de sa trouvaille.

Mince consolation. L'ajout ne réconforta pas tante Émilie. Elle se sentit vaciller de gauche à droite et de l'avant vers l'arrière. Une vraie quille folle ne sachant plus de quel côté tomber. Devait-elle avouer sa part dans le déroulement du suicide du père de Jonathan? Impossible. Elle avait juré le secret absolu auprès du mari de sa soeur. Attention! Il y avait une limite aux cachotteries. Tante Émilie jura de respecter son serment à la condition que Jonathan ne déambule pas devant elle, menottes aux poings.

-*Si seulement nous avions pu trouver la fameuse lettre que ton père avait promis de laisser derrière lui sur son lit de mort,* se désola tante Émilie.

La tante restait inconsolable. Elle se tenait la tête entre les deux mains. Jonathan écarta les yeux! Comment tante Émilie avait-elle appris le secret du pacte du suicide signé par son père?

-*Papa t'avait révélé son désir de mourir,* s'étonna-t-il en flattant la main de sa tante.

-*Oui mon petit garçon. Ton père m'avait choisie comme confidente. Il cherchait une oreille compatissante capable de l'écouter sans le juger. Comme tu sais que j'ai un coeur débordant de bonté, c'est normal que ton père m'ait annoncé son désir de mettre fin à ses jours. Et malgré les apparences, tu sauras que je sais garder un secret,* jura tante Émilie en retroussant son nez en l'air comme un soldat prêt à mourir pour sa patrie!

D'apprendre que Jonathan se joignait aussi au club des chanceux (si chance, il y a), informés du désir du père de mourir, soulagea grandement tante Émilie. Elle portait le terrible fardeau d'en savoir plus et d'être obligée de se taire depuis la mort du père de Jonathan. De longues années d'agonie sans la permission d'échapper un traître mot. Pour tante Émilie, c'était un exploit digne de mention! Par contre, elle en savait davantage que la simple révélation du désir du père de mourir. Toujours impossible d'en dire davantage... Terrible! Elle devait encore endiguer quelques chapitres de l'essence des conversations cachées avec le père. Quel supplice!

-*C'est inquiétant. Ni maman, ni toi, ni moi avons trouvé la fameuse lettre promise par mon père. J'en viens à me demander si quelqu'un ne l'a pas volée,* suggéra Jonathan.

Tante Émilie trembla de frayeur. Oui! C'était une hypothèse plus que plausible! Quelqu'un pouvait avoir arraché la lettre des mains du mort! C'était macabre comme geste! Malheureusement, à bien y penser, il y a des gens peu scrupuleux capables de dépouiller qui que ce soit, mort ou vivant! Oui! C'était de plus en plus la clef du mystère. Pourquoi n'avait-elle pas pensé à cette éventualité avant aujourd'hui?

-*Oui mon petit garçon. Tu as mille fois raison. C'est sûrement ça qui est arrivé. Ton idée me confirme que j'avais raison d'être convaincue que ton père était un homme de parole. Bonne Sainte-Anne! Qui a volé la lettre? J'en ai froid dans le dos à la seule pensée que quelqu'un ait osé dépouiller ton père sur son lit de mort!* imagina tante Émilie, éberluée.

-*La personne qui a volé la lettre désirait peut-être détourner les soupçons vers moi,* ajouta Jonathan.

La conclusion fort logique de Jonathan passa proche de procurer une syncope à tante Émilie. Elle fut submergée par une bouffée de chaleur digne d'une excellente ménopause. Les frères et soeurs de Jonathan étaient incapables de subtiliser la seule pièce à conviction qui innocentait leur frère. Tante Émilie le jurait sur sa tête! L'armoire à glace de beau-frère avait beau rugir comme un lion en cage, il n'était pas démoniaque au point de dépouiller un mort. Tante Émilie s'engouffra dans un cul-de-sac. La lettre avait-elle été volée par un pur étranger? Un client insatisfait de la clinique médicale où travaillait Jonathan avant la mort de son père? Un ennemi que Jonathan ne soupçonnait pas? Tante Émilie s'écroula de fatigue devant les tenants et les aboutissants de son enquête de moine.

Jonathan proposa d'ajourner la course au trésor, fatigué de se vautrer dans le décès de son père comme si c'était du bon vin.

Tante Émilie tenta d'attiser le débat. Elle désirait tant soulager sa conscience en mettant la main au collet d'un coupable. Rien à faire. Jonathan démissionna. Après moult tentatives, tante Émilie lâcha prise. Quel soulagement! Jonathan parvint enfin à s'échapper du logis de sa tante. Il effectua une petite marche de santé dans le quartier en humant l'air d'été de cette triste journée.

Jonathan profita de sa sortie en ville pour se ravitailler avec quelques emplettes de subsistance : lait, beurre, pain, oeufs, soupe, légumes, fromage, jambon, boeuf haché et aspirines.

Le reste de la journée s'étiola en époussetant peu à peu la poussière malfamée de ses réflexions. En début de soirée, au lieu d'accepter l'invitation à souper de tante Émilie, il confectionna un sandwich aux tomates avec du fromage, de la laitue et une double ration de mayonnaise. Le repas se voulait léger afin de faciliter le travail de la digestion jusqu'à l'appel de l'oreiller.

Dormir...

Le rêve en multicolore...

Dormir...

Impossible! Malgré une volonté lancinante et pénible de dormir, la seconde nuit dans le logis de sa mère se présenta sous le même angle récalcitrant que la veille. Jonathan conserva son agitation malsaine de jeune premier. Son passage devant la chambre de ses parents repartit le bal à l'huile des tremblements de la panique du passé. Jonathan fut obligé de s'éloigner une seconde fois de la chambre maudite. Il effectua un repli vers le divan du salon en espérant s'assoupir.

Dormir...

Inutile! Les rêves troubles de Jonathan le propulsèrent au milieu d'un procès fétiche l'accusant du meurtre de son père. Le débat entre le bien et le mal était alimenté par son père, jouant le rôle de l'avocat de la défense, et l'armoire à muscles de beau-frère, tenant le rôle du représentant de la Couronne. À chaque fois que le juge demandait le verdict au jury, composé par ses frères et ses soeurs, ils le déclaraient coupable à tour de rôle. Le juge rendait toujours un jugement identique en condamnant Jonathan à la pendaison. Le cauchemar se terminait toujours lorsque Jonathan montait sur l'échafaud et que le beau-frère, dans le rôle du bourreau, actionnait la manette faisant fuir le plancher. C'était l'éveil brutal assuré à tout coup en hurlant de terreur!

La satanée ritournelle mortelle du procès et sa promenade fatidique vers la potence tournèrent en rond sans arrêt pendant toute la damnée nuit. Difficile de récupérer le repos du juste avec un vacarme mental de la sorte.

C'est ainsi que Jonathan se retrouva une fois de plus sur le banc du balcon aux petites heures du matin. Le bruit rouillé d'une porte l'avait encore arraché à son semblant de sommeil. Cette fois-ci, il savait que le bruit n'était pas le fruit de son imagination vagabonde. Il avait entendu un bruit de porte rouillée, et le bruit était bel et bien réalité de ce monde.

-Je le jure sur la tête de...!

En s'avançant vers la rampe du balcon, Jonathan surprit tante Émilie déambulant sur la pelouse gorgée de rosée, jaquette sur le dos et pantoufles dans les pieds. Elle se dirigeait vers le hangar qui occupait l'arrière de la cour, à la limite du terrain du voisin.

L'étonnement de Jonathan toucha le faîte de son apogée lorsqu'il remarqua l'assiette fumante, chargée de nourriture, emmitouflée au creux de la main droite de sa tante. Que se cachait-il sous ce petit manège matinal? Le contenu de ce plat majestueux ne s'adressait certainement pas à un chat ni à un chien!

À qui d'autre?

Tante Émilie déposa l'assiette sur une pierre plate servant de perron devant la porte du hangar. Elle se retira en douceur avec l'habilité d'un bon éclaireur, parti devant, à la recherche d'un indice fatal pouvant avantager son équipe contre l'adversaire. Sur le chemin de son repli stratégique, elle faisait le guet de gauche à droite, de l'avant à l'arrière, afin de détecter si quelqu'un l'avait aperçue accomplir son délit.

Jonathan avait évité d'être repéré de justesse en se faufilant sous le banc juché sur le balcon du logis de sa mère. Même si sa cachette de fortune le mettait à l'étroit, il n'osa pas en sortir, ni émettre un son, avant d'avoir entendu tante Émilie repousser la porte rouillée de son logis, ce qui na tarda pas.

Enfin! La voie était libre! Tante Émilie ne rôdait plus dans les parages.

Jonathan retourna à sa vigile en bordure du balcon. Il espéra revoir l'assiette avant son kidnapping vers un «je ne sais où» par un «je ne sais qui».

Quelle chance!

L'assiette croupissait encore au pied de l'entrée du hangar.

Jonathan concentra son attention sur le sort de l'assiette sans broncher plus d'une paupière à la fois.

Peu à peu, le zoom sur le vieux hangar célébra le retour des bons moments passés en sa compagnie. Enfant, ce hangar était vite devenu son terrain de jeux préféré avec ses frères, ses soeurs et les copains du quartier. Il avait servi d'église, d'école, de maison et de magasin général. Des balançoires avaient été suspendues à l'une de ses poutres. C'est aussi dans ce hangar que Jonathan avait connu le baptême des premiers baisers maladroits de ses amourettes d'adolescent.

Oups!

L'incursion de Jonathan dans le passé l'empêcha d'être témoin de la volatilisation de l'assiette de nourriture déposée par sa tante.

Tant pis!

Chose certaine, impossible qu'un chat ou un chien se soit bêtement emparé de l'assiette. Jusqu'à présent, mis à part les sketches des bandes dessinées, les bêtes ne mangeaient pas encore comme les humains.

À qui était donc destinée cette popote roulante?

Jonathan quitta son avant-poste. Il se glissa silencieusement jusqu'à la porte du hangar.

Il se plaça en garde-à-vous, prêt à sauter sur la restitution de l'assiette. Sa manoeuvre se nourrissait uniquement du dessein bien orchestré de débusquer le mystère de la randonnée matinale de sa tante dans l'herbe mouillée.

Le temps de l'attente s'écoula avec la lourdeur d'une lenteur qui fit l'agace-pissette à l'impatience de Jonathan.

Au bout d'un certain moment, Jonathan rumina avec le désir d'abandonner son guet. Il entamait à peine l'idée d'un retrait qu'un bras, tout ce qu'il y a de plus humain, restitua l'assiette vidée de son contenu. Sans trop réfléchir, il se rua sur la porte entrouverte. Sans réfléchir davantage, il se propulsa corps et âme à l'intérieur du hangar.

Un froissement de vêtements et un cri sidéré résonnèrent dans tous les sens. Le mouvement fuyant de l'être traqué sembla se ralentir dans l'ancien atelier de menuiserie. Jonathan osa additionner quelques pas, à tâtons dans la demi-noirceur, en refilant la chance à sa vue de s'accoutumer à l'éclairage déficient de la pièce.

Plus un bruit.

Jonathan risqua encore quelques pas avec le but insatiable de courtiser un faux geste de la part de sa proie.

La stratégie rafla le gros lot du super 7!

Un second mouvement fuyant déclencha un froissement de vêtements. Le faible bruit aida suffisamment Jonathan dans la détection de la position de sa proie. Il se précipita à cent à l'heure vers le froissement à peine audible.

Alouette! Il immobilisa un corps entre ses bras.

C'est à ce moment précis que, pour la première fois, Jonathan jongla avec une pochetée de frissons froussards.

L'inconnu qui se débattait entre ses bras se révélerait-il un criminel notoire en possession d'une arme blanche? Dans l'affirmative, il ne donnait plus cher à sa peau.

Foutaise!

Tante Émilie ne nourrirait pas un bandit! Elle était peut-être bonne mais elle n'était pas bonasse!

La droiture du bon jugement de tante Émilie rassura Jonathan. Il transporta sa proie de peine et de misère jusqu'aux rayons du soleil qui s'engouffraient par la porte du hangar. L'éclairage permit de mieux découvrir la véritable identité du ténébreux personnage auquel il avait affaire.

L'inconnu se débattait comme un diable dans l'eau bénite. Jonathan passa proche de l'échapper à deux occasions.

-*Du calme! Du calme! Je ne vous veux aucun mal! Je désire simplement vous parler!* quémanda Jonathan, désireux de servir des bonnes intentions à sa victime, en signe d'amitié.

-*Oncle Jonathan!* poussa une voix étouffée par l'étreinte de son arrestation.

La récupération imprévue d'une fibre familiale déstabilisa Jonathan. Son disque dur vira à plein gaz. Il partit à la recherche d'un mot clé capable d'identifier le nom correspondant au mode vibratoire en droit de l'appeler «mon oncle». Il prit un peu de recul par rapport au visage inconnu, caressé par un halo de soleil.

-*Martin!* s'exclama-t-il.

Jonathan ne s'attendait pas une miette d'avoir capturé son filleul. Quelle surprise! Bonne ou mauvaise. Il fallait attendre la suite de l'histoire avant de connaître la teneur de la mise aux enchères du butin.

À vrai dire, avec le recul, la visite de reconnaissance du fameux butin se buta sur l'état lamentable qu'était devenu le filleul.

Triste journée. Finalement, un « *spécial trois pour un* » aujourd'hui.

Le spectacle de désolation assomma Jonathan comme un coup de massue. L'étendue des dégâts le poussa à s'enfuir en criant aux loups! Au fait, que forniquait Martin, terré dans le hangar comme une belette? Était-il inscrit sur la liste noire des policiers? Avait-il quelque chose de grave à se reprocher?

-*C'est full capotant de te voir ici! Tu n'es pas sensé être en Europe?* interrogea Martin, vivement étonné de tomber sur une vieille connaissance qu'il croyait retirée du marché.

Les deux congénères sortirent à l'extérieur du hangar.

Les yeux du filleul se rapetissèrent devant le trop-plein de soleil qu'il semblait ne plus côtoyer. Quelle sorte d'oiseau de nuit était devenu Martin?

-*Je suis arrivé hier, informa Jonathan. J'étais sans nouvelles de ma mère depuis plusieurs mois. J'ai donc décidé de venir jusqu'ici afin de découvrir pourquoi mes appels restaient sans réponse. C'est comme ça que j'ai appris que ma mère était mourante,* finalisa Jonathan afin de justifier sa présence en terre canadienne.

Bizarre. Le débit de ses paroles justifiant son arrivée soudaine au Québec concordait avec son obsession grandissante de ne plus repartir. Pourtant, la foire aux malheurs qui ne cessait de l'accabler depuis son arrivée rimait plutôt avec la nécessité de repartir les jambes au cou. Malgré le rejet structural de son épopée peu glorieuse, la sensation de s'incruster le rendait radieux. Pourquoi? Peu importe les raisons de sa fête, c'était si bon de se réjouir un brin en cette journée triste du « *spécial trois pour un* »...

-*Je suis full désolé pour ta mère,* chuchota Martin. *Ce qui lui arrive est hyper bad tripant. Bienvenue quand même au Québec.*

Le ton du timbre de la voix de Martin trahissait une faillite de vivre juste bonne à jeter par-dessus bord! À vrai dire, le ton expulsait le désabusement merdique de quelqu'un qui en avait plein le dos. Le cocorico d'un coq en train de se faire égorger paraissait fade à côté du glougloutement défaillant de Martin. L'état décapité de sa complainte rejoignait l'état pitoyable de ses vêtements en lambeaux. Un mégot de tissu pendouillait sur son corps chétif, recouvert d'une peau blanche comme neige. Cette peau épousait à merveille le relief de la charpente de son squelette osseux. Ses yeux étaient encavés dans les os de son visage. Une tuque, solidifiée par la saleté et la sueur, dissimulait des cheveux abandonnés. Ses orteils chatouillaient les trous d'une vieille paire de chaussures trop usées, probablement récupérées je ne sais où.

Comment en était-il arrivé là?

En arrière-plan, au fond du hangar, quelques bouteilles de vin vides trahissaient l'odeur ivrogne du petit bambin qui suce son pouce pour anesthésier ses peurs avant son dodo.

Tous mes cauchemars passent à six heures à la télévision. Je vous en supplie! Changez de poste ou passez à un autre appel.

Jonathan ne savait plus à quelle planche de salut s'accrocher.

L'épave de son filleul échouée sous ses yeux le terrassait. L'image dégoulinante l'expédiait dans la fatalité de ce qu'il aurait pu devenir si la décision de fuir le pays ne l'avait pas séduit six ans auparavant. Dieu merci, il avait choisi le bon chemin. Attention, ce bon chemin n'avait pas toujours été un bon compagnon de voyage. À ces débuts en terre étrangère, Jonathan avait emprunté le dérapage incontrôlé de la défaillance morale. Heureusement, la voix de la raison avait sonné ses cloches juste à temps. Aujourd'hui, il était un gaillard solide habité par l'espoir de vivre. Par chance que cet espoir le tenait en vie parce que les derniers vingt-quatre heures l'auraient anéanti depuis longtemps.

Trêve de plaisanterie, revenons au pauvre Martin.

-Dis-moi. Pourquoi as-tu échoué ici? se renseigna Jonathan.

Bien qu'innocente et pavée de doigté, la demande de Jonathan appâta un mauvais accord dans la corde sensible de son filleul.

-Crois-tu que c'est pour le fun que je végète ici comme un légume? Je ne suis pas maso. Ce n'est pas de ma faute à moi si c'est full plus facile de vivre en vagabond que d'essayer de m'adapter à votre méga monde de cons!

Le mot « *con* » avec ou sans «s» bondissait dans les pavillons des oreilles de Jonathan comme un écho. La cacophonie rimait avec l'amertume de quelqu'un qui ne veut plus rien savoir de l'ordre établi des « *cons* » de ce monde. Martin parvenait à le hurler malgré son état anémique. Comme il devait empester la souffrance...

-Un instant, précisa Jonathan. Je ne cherche pas à te dénigrer. Je désire simplement connaître les raisons qui t'ont obligé à échouer ici?

Jonathan barbouillait son réquisitoire avec un baume de calme. Il espérait désamorcer la tension qui dépeçait son filleul.

Peine perdue.

L'insistance de Jonathan sur le pourquoi de la transformation de son filleul en loque humaine agaça trop le bobo de la tornade dépressive de son filleul. Un fiel toxique s'apprêta à sortir à pleine porte. Martin maintint le cap vers la tourmente de ses complaintes orageuses. Le grondement de sa rancune vibrait de plus en plus fort, comme le klaxon d'un chauffeur coincé dans la circulation. C'était la première fois que quelqu'un réclamait le manifeste des injustices de sa vie. Hé bien! Il sera servi! Le con!

Attention mon cher oncle! Attache ta tuque bien serrée avec de la broche. Tu vas en pisser dans tes culottes!

-Ton capoté de frère, mon poche de père, m'a chassé de la maison. Il m'a déshérité. Je suis un fils full indigne de sa confiance. Je manquais full d'ambition parce que j'ai refusé de prendre la relève à la tête de sa compagnie de merde. Il me fait chier le con! Sa compagnie ne m'intéresse pas plus que mon cul!

Le filleul s'accorda une pause en appuyant son corps frêle contre le hangar. Ses sourcils montaient et descendaient sous l'effet du raz- de-marée de sa rage.

Jonathan resta sens dessus dessous. Son frère ne pouvait pas avoir renié sa progéniture devant une anicroche aussi futile. Martin était dans les patates jusqu'au cou! Oui, il se trompait. Il fallait qu'il se trompe...

-J'ai énormément de difficulté à croire que Sylvain t'ait abandonné. Es-tu certain que tu as bien compris ce qu'il t'a dit? questionna Jonathan en refusant toujours de prendre l'intransigeance de son frère pour du cash.

Jonathan préférait croire au malentendu avant de voter en faveur de la rupture père et fils.

Le visage de Martin se décomposa devant l'incrédulité de son oncle.

Jonathan regretta d'avoir confronté la parole de son filleul. Il semblait si fragile. La moindre contradiction pouvait l'achever.

-Oui. J'ai full compris ce que ton con de frère exigeait de moi. Il désirait que je sois une marionnette méga docile obéissant à ses ordres de con. Tu sais très bien que je ne suis pas le style à agir sans me poser de questions. J'ai full le droit de défendre ma liberté! Que tu le veuilles ou non, tu dois te mettre à l'évidence que ton con de frère m'a jeté à la rue parce que je refusais de me plier à ses quatre volontés de con, jura Martin en épousant de plus en plus la forme du mur du hangar.

-Ouais, expulsa Jonathan avec peu de conviction.

La pointe incisive du sarcasme de la voix de Jonathan sembla anéantir le filleul. Il glissa un peu vers le bas du mur du hangar. Jonathan amorça le mouvement de porter secours à son filleul. Martin déclina l'offre en repoussant le bras de Jonathan. Il continua l'amorce de sa glissade jusqu'au moment où ses fesses touchèrent le sol.

Le moment était pathétique. Martin donnait l'impression de vivre ses derniers balbutiements.

-C'est inutile de continuer à me battre! Je suis full perdu. Même toi, tu ne me crois pas. Le monde entier refuse de me croire. Je suis une ordure. Tant pis. Vous pouvez tous vous étouffer avec vos idées de cons. Je refuse de participer à vos méga manigances de riches qui font crever les deux tiers de la planète. Vous me faites full vomir avec vos guerres pourries qui cherchent uniquement à protéger vos portefeuilles de con! Vous méritez bien de bad tripper au cube quand vos tas d'argent s'effondrent. Vous n'avez pas honte de vous faire soigner dans des hôpitaux full équipés pendant que les pays sous-développés n'ont pas les moyens de payer leurs médicaments. Vous n'êtes pas full gênés d'augmenter vos cotes à la bourse en exploitant des enfants? Allez-vous arrêter de bousiller l'environnement avant que nous soyons exterminés? Avez-vous déjà pensé que c'était nous, les jeunes, la génération sacrifiée qui va bad tripper avec vos pots cassés pendant que vous allez prendre une retraite full dorée au soleil? Je préfère crever plutôt que d'être complice de vos conneries, expia Martin en râlant comme un mourant.

Impossible de démolir les mailles serrées du tissu des accusations de Martin! Bon Dieu! Que s'est-il passé pour que la planète déraille à ce point? Comment avons-nous fait pour gâcher le beau rêve des années soixante, pour dilapider la tombée de la guerre froide avec la chute du communisme et l'expansion de la liberté avec la démolition du mur de Berlin? Tous ces tournants flamboyants de l'histoire étaient porteurs d'un message de paix et d'amour en continuité avec le mouvement hippie qui, finalement, n'aura été qu'une mode temporaire au lieu de devenir un vrai mode de vie. Autrefois, Martin aurait été à la tête d'une armée de manifestants qui auraient bloqué toutes les rues de la ville. Il aurait été à l'origine d'un mouvement mondial dénonçant l'ordre mal établi. Les autorités auraient été à la merci du pouvoir du peuple! Aujourd'hui, hélas, nous en sommes réduits à un silence de peureux. Chacun dans son trou! Sauvons notre peau d'abord! Laissons crever les autres! Qu'ils se débrouillent! Notre fierté et notre solidarité ont été livrées pieds et poings liés aux lois du marché! Notre rôle de citoyen mène une vie bien rangée au fond d'un tiroir. La société moderne nous a forgés comme des bons soldats. Il faut prêter allégeance à la performance, courir après la gloire, engranger les succès, soigner notre image, peser la portée de nos paroles, rentabiliser nos efforts et, surtout, en oublier notre être. Plus de place à l'initiative, à la différence ni à la créativité. Pas étonnant qu'une horde de personnes épuisées et dépressives s'entassent dans des thérapies à n'en plus finir. Il faut bien que la soupape évacue un peu de vapeur de temps à autre. C'était ça tout le drame de Martin! Il n'échappait pas à la pression de la modernité. Il en était même un peu l'enfant chéri...

Martin appuya sa tête contre le mur du hangar. Jonathan s'inquiéta de l'éventualité de plus en plus assurée de voir son filleul s'effondrer sans connaissance.

-*Tu as raison. Je ne suis pas fier des erreurs que ma génération de cons a commises. Toutefois, ce n'est pas en te cachant dans un hangar que tu vas régler le sort du monde,* reprocha Jonathan. Il regretta un peu son sermon. Trop tard. Le coup était parti.

-*Je n'ai plus le goût de vivre. Je me dégonfle. C'est inutile de me battre pour changer les choses. J'abandonne. Vous êtes trop cons! Vous ne comprenez rien. J'ai tout essayé. Comme résultat, je me suis ramassé sur le cul dans la rue sans un sou ni personne pour m'aider. Ma vie est full plate! Vous êtes trop cons pour savoir quoi faire avec moi. J'ai toujours été de trop. Vous m'écoeurez au cube! Pourquoi avez-vous décidé de me mettre au monde si vous refusez de m'écouter? J'ai l'impression de n'être qu'un accident de parcours d'une petite soirée de jambes en l'air. Avec vous, tout va bien à la condition que nous soyons soumis comme des petits chiens parés à lécher vos bottes de cons. Il ne faut jamais protester. Jamais réclamer notre indépendance! Vous ne nous avez jamais aimés. Jamais! Jamais!*

-*Personne ne m'aime...*expia Martin en intercalant sa tête entre ses deux mains, le coeur rongé par la solitude.

-*Personne ne m'aime,* répéta-t-il en pleurant comme les entailles des érables pendant les plus beaux jours d'avril.

Placé au centre de la chute des maux de son filleul, Jonathan se sentit interpellé par cette défaite d'un monde meilleur à venger, cette planète en perdition à sauver, ce mythe de la tyrannie de l'argent à démolir, le rejet des futures générations à réhabiliter... Il était d'accord pour dire qu'il y avait un coup de barre à donner pour redorer le blason des bévues de sa génération de cons. Mais, il refusait complètement le manque d'amour de son filleul. Il l'avait toujours aimé et il l'aimerait toujours jusqu'à son dernier souffle. Il se désolait à l'idée que Martin était trop aveuglé pour reconnaître le parfum de l'amour des fleurs qui l'entouraient et qu'il avait apprivoisées comme le petit prince.

Jonathan regagna lentement la position de son filleul en plongeant des yeux de compassion dans le regard mal aimé en pleurs de Martin. Il le ramassa. Il l'entoura avec la tendresse de ses bras pour le consoler comme un enfant qui a une grosse peine. La terre entière ne pouvait pas être ingrate. Le monde ne pouvait pas être si pourri. Il fallait garder espoir ou partir en croisade. Baisser les bras devenait la pire stratégie à adopter. Ceci donnait le champ libre à l'injustice des cons!

-*Tu te trompes. Il y a encore des personnes qui t'aiment,* insista Jonathan. *Malgré les apparences, je mettrais ma main dans le feu que ton père se fait du souci pour toi. Moi aussi je t'aime et tante Émilie ne s'éreinterait certainement pas pour t'apporter à manger à chaque jour si elle ne t'aimait pas. C'est déjà un bon début pour des vieux cons,* ironisa Jonathan.

-*Oui mon petit garçon. C'est bien vrai,* approuva la voix de tante Émilie qui se mêla à la conversation.

Elle avait assisté à la scène pathétique du défoulement de Martin, avec discrétion, sans en manquer une seule virgule ni en interrompre le déploiement. Des larmes éparpillées sur son visage usé trahissaient les ravages de la tragédie grecque qui se déroulait sous ses yeux.

Tante Émilie avait toujours porté un coeur fragile face aux sensibleries de la vie.

Jonathan continua à consoler son filleul. Il l'invita à venir élire domicile au logis de sa mère. La rencontre des deux solitudes aiderait peut-être à panser les plaies de l'un et de l'autre.

-*Je ne peux pas. Si mon père me voit chez grand-maman, je suis full cuit,* protesta Martin carrément atterré.

Jonathan plaça les points sur les «i» et les barres sur les «t».

-*Ton père n'a pas un traître mot à dire sur ce qui se passe ici. La maison appartient à tante Émilie. Si elle est d'accord pour que tu habites chez ta grand-mère, personne ne peut s'y opposer. N'est-ce pas, tante Émilie?*

-*Ouais. Ouais,* approuva tante Émilie en se dandinant le derrière dans un profond mal à l'aise. Elle détestait être impliquée dans les chicanes de famille mais, une fois de plus, elle succomba aux beaux yeux mielleux de Jonathan. Il la faisait craquer à tout coup.

Jonathan revint à la charge auprès de son filleul et il renouvela son invitation à élire domicile au logis de sa mère. Maintenant qu'il le savait dans la dèche, il ne pouvait plus survivre à l'idée de l'abandonner à son triste sort.

Au bout du compte, les arguments de Jonathan tuèrent le dernier bastion de résistance de son filleul, qui accepta l'hébergement.

Bravo!

Tante Émilie trouva que l'arrangement lui allait à ravir. Dans le fond, elle était un peu fatiguée de son rôle de porteuse de pain à la sauvette. La rosée du matin ne plaisait plus à ses vieux os bourrés d'arthrite. Quelque part, elle remerciait la bonne Sainte-Anne d'avoir envoyé quelqu'un réformer Martin, avant que sa réclusion le transforme en paquet d'os.

Jonathan inaugura le retour à la vie normale en indiquant le chemin de la douche à son filleul. Pour l'habiller plus convenablement, il le fit choisir dans sa garde-robe personnelle. Les vêtements étaient un peu grands pour la taille de Martin mais le look reflétait bien la mode de cette nouvelle génération. Il ne manqua plus qu'une paire de souliers neufs et un passage chez un coiffeur. La cure était on ne peut plus complète.

Ne vous méprenez pas. Jonathan n'était pas dupe. Il savait que le lifting de la cuirasse de son filleul n'était que le début du processus lent de la guérison. Il restait à soigner l'âme. La tâche à affronter s'avérait plus ardue. À la longue, le temps pouvait arranger les choses. Par contre, l'accumulation du tic tac de l'horloge ne pouvait pas s'avérer l'unique remède au mal de vivre. Il y avait fort à parier qu'un ricochet chez un psychologue à l'écoute soit incontournable. Pour l'instant, Jonathan profitait plutôt d'un bon déjeuner en compagnie de Martin et de tante Émilie. La séance chez le ramoneur des âmes pouvait attendre son tour.

Entre deux répliques, Jonathan proposa à Martin de l'accompagner lors de la visite de sa mère à l'hôpital. Tante Émilie ronronna devant l'initiative céleste de Jonathan. Quelle belle surprise ce serait. Un deuxième revenant, en autant de jours, servirait toute une bonne jambette à la progression du cancer de sa soeur. Décidément, les rebondissements se succédaient à un rythme effréné.

Tante Émilie avait bien deviné.

La visite de Martin s'avéra un plat de résistance digne d'un grand cuistot pour la mère de Jonathan. Elle n'en finissait plus de bavarder en embrassant Martin au passage. Le déballage des baisers insistait sur son amour de grand-maman gâteau.

Nathalie, la soeur de Jonathan, fidèle à son poste de chaperon désigné par la famille, participa aux réjouissances des retrouvailles. Elle avait appris de la bouche de Sylvain toute la péripétie du dumping de Martin à la rue. Elle appréciait de voir Martin frais et dispos. Jonathan supplia Nathalie de garder le secret du rapatriement de Martin au logis de la mère. Un seul mot à Sylvain et c'était le Vietnam! Il retournerait Martin à la rue pour une deuxième fois.

Nathalie accepta de se taire au grand plaisir de tous.

Jonathan profita également de sa deuxième visite pour offrir une potion magique à sa mère. C'était un cocktail de son cru fabriqué avec des plantes médicinales. Le traitement visait à reconstruire les ravages causés par les traitements de chimio et de radiothérapie.

Nathalie s'opposa au geste de Jonathan. Elle imaginait déjà sa mère étendue raide morte. Jonathan avait aidé son père à mourir : il pouvait le refaire avec sa mère.

La mère et Jonathan ramassèrent des centaines d'arguments afin de convaincre Nathalie du bien-fondé du traitement. Martin ajouta son grain de sel en appuyant son oncle sans ménagement.

À la fin, Nathalie céda contre son gré.

Jonathan passa la fiole à sa mère. Elle avala la potion d'un seul trait.

Nathalie ferma les yeux. Elle voyait presque Jonathan déguisé en sorcier malfaisant émettant des rires démoniaques. Elle voyait aussi sa mère succomber à la torture d'une potion maléfique et se transformer en crapaud galeux!

Rien ne se passa d'aussi grave. Même après trente longues minutes égrenées une à une par Nathalie avec inquiétude, la mère se porta toujours en parfaite condition. Les sourires se bousculèrent sur des rires à en plus finir. Le diable était aux vaches et aux veaux. Nathalie finit par croire à la vérité des bonnes intentions de Jonathan, tout en conservant un soupçon nerveux dans ses arrière-pensées d'Halloween.

Puis, tout à coup, le climat de festival passa au neutre. Une véritable vague de froid balaya les réjouissances de l'atmosphère.

La mère de Jonathan ne trouva plus que le bal du carnaval était amusant. Elle prétexta une fatigue extrême afin d'expulser ses invités.

Nathalie commença à paniquer. Si la potion de Jonathan était coupable de la réaction de la mère, son mari la battrait comme un chien mal dressé! Nathalie inspecta le sort qui l'attendait sous tous ses angles.

L'infirmière de passage désamorça l'atmosphère de panique en indiquant que les signes vitaux de la mère allaient bon train. Il n'y avait pas lieu de s'inquiéter outre mesure. La mère cédait simplement à une fatigue bien normale lorsque le cancer vous ronge la santé.

Jonathan intercepta un clin d'oeil de connivence entre l'infirmière et sa mère. Le scénario visant à se débarrasser de Martin et de Jonathan était de la poudre aux yeux. Jonathan passa outre le complot et il délesta sa mère de sa présence en acceptant la comédie de l'arrivée soudaine de sa supposée fatigue. En son for intérieur, il aurait désiré rester mais le confort de sa mère primait sur son lien filial.

Le départ imminent des convives sembla apaiser la mère de Jonathan.

Le bienfait confirmait le complot crasse de la mère. Jonathan avait cru remarquer que l'infirmière se réjouissait aussi que la feinte de la fatigue chasse les invités à temps.

Lorsque la porte de l'ascenseur glissa vers la gauche, Jonathan renoua avec une autre bouée, oubliée dans le sillage du long fleuve tranquille de son exil. Le visage d'une femme sorti droit de son passé se précipita presque sur lui.

-Isabelle!

-Jonathan!

-Que fais-tu ici? lancèrent-ils à l'unisson.

Décidément aujourd'hui, les vedettes surprises n'en finissaient plus de sortir de leur chapeau de magicien : d'abord son filleul et, maintenant, Isabelle.

-Je suis venue voir ta mère, informa-t-elle, toujours étonnée par le coup de théâtre de sa sortie de l'ascenseur.

Lui, ici! Isabelle ne savait plus comment respirer. Elle ne pensait plus jamais revoir le beau Jonathan en chair et en os. Quelle incantation mystérieuse l'avait balancé ici? Peu importe, c'était une heureuse surprise.

-Je croyais que tu étais en Europe, ajouta-t-elle.

-Je suis revenu avant-hier, chantonna Jonathan. *Je ne parvenais pas à rejoindre ma mère depuis plusieurs mois. Je n'en pouvais plus d'être sans nouvelles. J'étais terriblement inquiet. J'ai décidé de sauter dans un avion. Et me voilà,* résuma Jonathan.

Il plongea dans les yeux de la belle Isabelle. L'adrénaline le jeta sur le nuage d'un septième ciel chargé d'électricité. La belle Isabelle. Heureuse rencontre. La vie est belle. Alléluia en pyjama!

-*Ta mère doit drôlement être contente,* ajouta Isabelle en se murmurant à elle-même « *moi aussi* ».

-*Oui,* souffla Jonathan.

Un silence marqua la panne de l'échange. Trop de choses à dire sans savoir par où commencer. Il ne resta plus que les regards braqués l'un sur l'autre. La pose aurait pu s'éterniser. Mais le moment était mal choisi.

-*Bon, je me sauve. Ta mère m'attend. Salut,* annonça Isabelle, pressée de se défaire du piège agaçant du hasard de sa rencontre.

Jonathan ne voulait pas interrompre le film, mais aucune inspiration ne lui procura une raison capable de retenir la belle Isabelle à ses côtés.

Dommage!

Il s'en sépara une fois de plus...

-*Salut,* expia Jonathan en ratant presque l'ascenseur avant de croquer un dernier cliché d'Isabelle.

Isabelle…

La belle Isabelle…

La magie opérait toujours… Malgré toutes ces années, le magnétisme de son charme l'attirait toujours.

Que de souvenirs…

Soudainement, Jonathan revint sur terre.

Était-elle mariée? La probabilité confirma ses dires. Il avait cru apercevoir un petit garçon au bras d'Isabelle.

Était-il trop tard? Avait-il perdu la partie?

Merde!

Le mauvais oeil du doute de sa rencontre avec la belle Isabelle ramenait la tornade de sa foire aux malheurs. La déprime reprenait le dessus sur le bonheur de son moral.

Triple merde, moutarde relish!

Heureusement, l'agacerie de son filleul au sujet de son air enjôlé, suite à son croisement avec la belle Isabelle, tira Jonathan de sa torpeur.

Il recommença à rire.

Mais ce parfum…! Oui, c'était ça!

Il reconnaissait le parfum d'Isabelle qui embaumait l'ascenseur

C'était l'odeur de cet élixir magique de déjà vu qu'il avait reconnu la veille en venant visiter sa mère.

Drôle de hasard!

Et, normalement, les hasards font bien les choses.

Jonathan s'accrocha au gousset de ce vieux dicton afin de soutenir l'insatiable légèreté de son désir de revoir Isabelle.

La belle Isabelle...

CHAPITRE TROIS
La rencontre de deux solitudes

En revenant de l'hôpital, Jonathan avait proposé à son filleul de vadrouiller de gauche à droite en ville, sans but précis.

La virée avait permis de rebrancher les deux hommes sur le diapason des transformations opérées par leurs six années de séparation. Il fallait se rendre à l'évidence qu'après toutes ces années, les choses avaient bel et bien changé. En effet, Martin avait fait son entrée au Parthénon du monde des adultes. La conversation de Jonathan devait constamment s'ajuster à ce nouveau contexte. Le banc d'un parc et la terrasse d'un petit bistro avaient favorisé la transition entre l'adolescence et l'âge adulte de son filleul. Bien entendu, le ton s'en tenait au très superficiel, dans le style du temps qu'il fait, du contenu du souper à venir, des agissements des passants. À chaque fois que le chagrin effleurait les amygdales, la discussion stoppait automatiquement la montée des émotions fortes. Le temps des grandes confidences n'était pas encore digne de ce monde.

L'atterrissage final au logis de la mère de Jonathan ne se consomma pas sans un arrêt obligatoire chez tante Émilie. Sans grande surprise aucune, même pas pour vous, elle obligea Martin et Jonathan à déguster un copieux souper fidèle à sa bonne réputation, que vous connaissez déjà.

Entre les aller-retour des fourchettes vers les assiettes, Tante Émilie redémarra son étourdissant jeu questionnaire du «comment allait ta mère» sous toutes ses coutures. Elle s'amusa de la découverte de la rencontre de Jonathan avec Isabelle. La taquinerie, déclenchée par la révélation de Martin, replongea Jonathan dans sa spirale dépressive. Un mal de tête carabiné l'assomma de plein fouet. Sauvé par la cloche! La migraine procura un prétexte rêvé afin de se soustraire aux sarcasmes de sa tante et de Martin. Le départ précipité arriva juste à temps avant que la tournure des aveux menace d'être trop indiscrète.

Dommage, pensa tante Émilie. Elle commençait drôlement à s'amuser en cuisinant Jonathan. Il commençait à bien mijoter. Vraiment dommage.

La sortie hors du logis de tante Émilie s'avéra une délivrance.

Jonathan rêva à nouveau à une bonne nuit de sommeil moelleuse. Il prépara le lit de Martin. Il le borda quelques minutes. Puis, il l'abandonna à ses chimères de misère. De son côté, il prit ses précautions en vue de livrer bataille à une nuit blanche. Il refila une lecture abondante à son cerveau afin de distraire la fertilité de son ruminement. Avec ce rituel, il avait caressé l'éventualité réconfortante de s'endormir...

La toupie nocturne du malaxage à haute vitesse des mille et une pensées refit son apparition. Par contre, cette fois-ci, le bric-à-brac de son remue-méninges montra le côté plus rigolo des surprises de la journée : récupération de son filleul, effleurement de la belle Isabelle. L'heureux mélange parvint à l'éloigner de son anxiété maladive de la mort de son père, provoquée par chacun de ses passages devant la chambre à coucher de ses parents. Il s'enlisa enfin dans la joie du sommeil sur le lit de la chambre de son enfance.

Son sommeil, même saccadé par une pluie d'intermèdes décousus, se révéla réparateur.

Le premier rayon de soleil l'avait toutefois tiré du lit sans ménagement. Peu importe, la tombée partielle de ses paupières représentait déjà une grande victoire.

En défilant devant la chambre de son filleul, il constata que ce dernier était toujours solidement cloué à son lit. Martin dormait comme un nouveau-né entre ses boires. Jonathan quitta la chambre sur la pointe des pieds. Il effectua une visite au frigo. Il empoigna une pomme au vol avant de se caler dans un divan. Son regard engourdi explora le butin en ruine de son filleul qui jonchait le plancher du salon. Un cahier spiralé, gisant en équilibre précaire, éveilla sa curiosité. Il le ramassa. Il écarta la couverture.

Tout à coup, le côté indiscret de la peur d'être tombé sur un journal intime paralysa le geste fouineur de son bras. Jonathan s'en voulait de fureter dans un tiroir secret sans mandat officiel. La découverte d'un recueil de poèmes apaisa les remords de sa conscience pudique.

L'assemblage des mots couchés sur le papier vibra à l'unisson avec les expériences personnelles de sa propre existence. Le premier poème gratta la dernière couche de vernis de ses cordes sensibles. Il inspira son âme de musicien. Impossible de résister à l'appel de s'approcher du piano. Jonathan s'amusa à composer une mélodie digne de la poutine poétique de son filleul. Au comble de l'émotion, il commença à fredonner une chanson complète.

En cours de route, la voix de son filleul, qui se joignait à la sienne, augmenta le volume de la magie des mots rassemblés en la mémoire d'un morceau d'écorchure humaine. Jonathan bouscula les notes du piano avec plus d'ardeur. Le filleul augmenta aussi le timbre de sa voix. L'émotion toucha son comble au fur et à mesure que chacun identifia des atomes crochus entre le message véhiculé par les paroles chantées et les rebours rencontrés dans le parcours de leur vie.

Je suis là!
Mais vous ne me voyez pas!
À quoi bon me battre?
Ma vie
Résonne
Comme un grand vide.
Un grand vide.
Il ne me reste plus qu'à attendre que la mort
Me dévore.
Ma vie
N'intéresse plus personne.
À quoi bon me battre?

Au lieu d'attirer
Un réconfort
De votre part,
Je récolte l'insolence
De votre indifférence.
Vous préférez
M'ignorer,
Au lieu d'écouter
L'appel au secours
De mon manque d'amour.

Si je tends la main,
Votre regard
M'accuse à tort
D'être un bon à rien.
Inutile de me défendre.
Vos oreilles ont des murs.
Vous refusez d'entendre
La nature de la morsure,

Qui m'a jeté
Sur le pavé.

Vous me chassez
Loin de vos tours dorées.
Vous crachez
Sur ma déchéance.
Avez-vous peur
Un jour de connaître le malheur?
Vous préférez m'oublier,
Parce que je menace d'éveiller
La face cachée
De vos consciences.

Je rêvais
D'une place au soleil,
Une petite place au soleil.
Un petit coin tranquille,
Pour me sentir utile.
Je rêvais
De changer le monde,
D'entrer dans la ronde
Des célébrités.
Que m'est-il arrivé?

Je suis là!
Mais vous ne me voyez pas!
À quoi bon me battre?
Ma vie
Résonne
Comme un grand vide.
Un grand vide.
Il ne me reste plus qu'à attendre que la mort
Me dévore.
Ma vie
N'intéresse plus personne.
À quoi bon me battre?

La communion entre les deux hommes ne pouvait pas être mieux ajustée. Chacun y pigeait sa passion mi-amère mi-sucrée. La suite du récital ne pouvait que déboucher vers un petit déjeuner-causerie, concentrant ses efforts sur des sujets d'actualité plus poignants que la pluie, le beau temps ou le résultat des sports.

L'ouverture des vannes interdites contribua enfin à libérer l'horreur accumulée dans le réservoir des déboires de chacun.

Jonathan récapitula la série noire de son départ de Québec : l'étau de son coeur en sanglots, son atterrissage perturbé en Europe, sa noyade dans une culture inconnue et le black-out!

Oui. Il avait connu son gel en profondeur de la paralysie de vivre. Pendant des semaines et des semaines, il avait oublié de manger, de boire et de danser. C'est un miracle qu'il ne soit pas entré dans les faits divers des corps à réclamer avec un couteau planté dans le dos. À l'époque, même cette menace de mort ne l'apeurait plus. Les branchements positifs et négatifs se touchaient et court-circuitaient la totalité de ses neurotransmetteurs. C'est une sensation un peu fantastique de toucher ainsi à la nuit des morts-vivants.

Qu'est-ce qui l'avait sorti de sa léthargie?

Il ne faisait pas un bon camé! En fait, il ne prenait pas de drogue, un peu de vin de temps à autre. Rien de plus. Sa drogue, c'était la tristesse, l'effondrement de ses rêves, la tuerie de sa raison de vivre, ... Un travailleur de rue l'avait confié à un psychologue qui l'avait aidé à démêler le mécano de ses bogues mortels. Par chance, la déprogrammation avait mis de l'ordre dans ses chagrins et ses regrets. Pas la totalité des ses chagrins et de ses regrets. Juste assez pour que la vie vaille encore la peine d'être vécue.

Dans les premiers centimètres de sa réinsertion sociale, il s'était abreuvé à la saga des petits emplois. Il en avait essayé plusieurs lots. Il en avait aussi quitté une tonne. Pourquoi? Par manque de motivation. À cause de la mise à pied de dernier embauché. L'attrait du départ, pour l'envie d'aller voir ailleurs si j'y suis. L'obligation de chasser le mal du pays. La peur de trop s'habituer aux meubles et de revivre encore une rupture épouvantable. Bref, le stage chez le psychologue n'avait pas tout réglé.

Après deux années de vagabondage sans domicile fixe, il en était venu à se prendre pour un cirque ambulant.

Heureusement, la roue de sa vie avait croisé des personnes qui l'avaient remis sur la bonne voie de la rentabilité humaine. Ce groupe lui avait redonné l'opportunité et la joie de revenir à son métier préféré qu'il avait quitté en se séparant du Québec : la médecine. Mais le retour proposé revêtait une forme alternative : produit naturel, homéopathie, énergie, acuponcture et tout le tralala des sciences infuses allant à l'encontre de la société bien pensante du haut savoir médical officiel. Les quelques années de pratique en médecine en sol québécois et sa formation alternative avaient créé une alchimie fort appréciée des personnes accablées par la maladie. Il était vite devenu la coqueluche du coin que tous voulaient consulter. Il faut dire que l'accent «canadien» ajoutait une touche exotique. Mais ce n'était pas le seul secret de son succès. Les sciences alternatives avaient donné à Jonathan une approche soignante plus complète du corps et de l'esprit. La pharmacie élargie avait complété ce je ne sais quoi qui lui manquait tant au début de sa carrière médicale et qu'il ne pouvait pas porter au compte de son manque d'expérience.

D'une consultation à une autre, il s'était implanté pas à pas dans une petite communauté française. La petite communauté l'avait adopté sans condition, sans poser de questions sur le pedigree du passé de leur recrue. Ils l'avaient aimé autant pour son savoir-faire que pour sa personnalité enjouée qui aimait bien participer à la vie communautaire. Jonathan avait mordu à la complicité de son nouveau foyer comme dans une bonne tarte aux pacanes ou une tarte au chocolat.

En cours de route, Jonathan s'était associé financièrement à une équipe locale. Ensemble, ils fondèrent une petite fabrique d'huiles et d'onguents possédant des vertus thérapeutiques. La recette et l'usage de ces huiles et de ces onguents provenaient d'une civilisation plus ancienne que l'empire romain. Quelques potions de la fabrique s'étaient avérées des succès commerciaux insoupçonnés. Petit à petit, l'effet boule de neige de la bonne marche des affaires de l'entreprise l'avait mis à l'abri des problèmes financiers. Cette indépendance monétaire avait allégé son statut d'exilé.

Jonathan s'était finalement tourné vers des expéditions des médecins sans frontières. Il avait participé à un bon nombre de camps de réfugiés. C'était la contribution la plus efficace qu'il avait trouvée en guise de partage de sa vie de château avec les cendrillons de la planète.

Face à l'impossibilité de soulager le désarroi des déportés, il s'était donné comme mission de transmettre les trucs de la médecine douce à ces êtres dépouillés de toute dignité humaine et matérielle. La médecine douce avait l'avantage d'être accessible à tous. Avec une bonne paire de mains et les plantes locales, il devenait possible de concocter des traitements gratuits afin de mettre un peu à l'abri les pauvres de ce monde contre l'exploitation mercantile des industries pharmaceutiques des pays riches.

Finalement, Jonathan s'était laissé bercer par les bras du rythme confortable d'une petite vie bien huilée, partagée entre son foyer d'adoption français et ses missions.

Ce n'est que dernièrement que le duvet de son nid douillet avait frayé avec des fausses notes.

La difficulté de rejoindre sa mère par téléphone ou par courrier avait chaviré son jardin de roses en jardin de givre. L'absence d'explications sur la raison de la rupture de la communication régulière qu'il entretenait avec sa mère, à un rythme minimal de deux à trois fois par mois, avait achevé la culbute de sa sérénité.

C'est à cause du vide de la transmission d'une réponse qu'il était sauté dans l'avion, qu'il avait passé l'accueil maladroit de la douane canadienne et qu'il avait abouti au beau milieu du vacuum familial de la maladie de sa mère.

Martin avait écouté le récit de son parrain avec l'intérêt d'un bon conte de fée bien peaufiné. Il admirait l'histoire vécue de son oncle. Le récit était digne du vieux rêve américain, à la différence près que Jonathan axait son aide vers l'écoute de l'autre plutôt que par l'imposition de la religion et de ses idées à la grandeur de la planète.

Les quelques cafés avalés lors des discussions offrirent une dose assez forte de caféine à Martin. Il passa volontiers à son tour sur le banc du jeu de la vérité.

Il commença par le récit de ses interminables altercations verbales avec son père concernant son avenir, son manque d'ambition, son indifférence envers les êtres qui l'ont mis au monde, l'ont éduqué, l'ont hébergé, l'ont habillé, l'ont nourri, l'ont amusé... La monture parfaite du transfert parental de la culpabilité par le biais de l'ingratitude filiale. Le cocktail idéal pour tuer la confiance en soi. Le poison divin pour le pourrissement complet des relations père et fils, à citer en exemple à un psychologue à l'affût d'un filon médiatique à diffuser aux heures de grande cote d'écoute.

Martin rêvait simplement de s'impliquer auprès des jeunes comme travailleur social de rue. Il avait toujours eu le tour de ramasser les canards boiteux et de les remettre sur pied en deux temps trois mouvements. Le «beat» des relations humaines l'intéressait nettement plus que le «beat» des relations avec les billets verts des montages financiers des projets immobiliers de son père.

-Que voulez-vous?

Il n'avait pas hérité de la bosse des affaires. Il était plus proche des valeurs artistiques que des valeurs marchandes. Son joli recueil de poèmes, que Jonathan avait découvert, démontrait le brio de son talent dans ce domaine.

Artiste et ramasseur de carcasses humaines déglinguées, Martin empruntait vraiment la bonne voie de la désapprobation de son adulte de père. Difficile d'inventer un arrangement plus à rebrousse-poil. Tous les ingrédients de l'affrontement étaient réunis.

Au bout du compte, les nombreux affrontements s'étaient cognés la tête dans le cul-de-sac d'un ultimatum. Martin avait eu le choix de rentrer dans les rangs et de suivre les traces de son père ou de ramasser ses paquets et de partir.

Il passa à trois centimètres d'accepter de s'associer avec son père.

L'horreur s'unissait à l'erreur!

Il se voyait cloîtré dans un rôle dont la taille était mal ajustée à ses aspirations. Quel en aurait été le résultat? Un vieillissement prématuré. Un sentiment grandissant d'être mal dans sa peau. La boisson. La drogue. La dépression. Le grand jeu théâtral de la façade sociale du garçon ayant réussi en affaires. Dans les coulisses, la sensation d'avoir raté sa vie! *J'aurais voulu être un ... pour pouvoir faire mon numéro...*

Non merci!

Martin avait ramassé son baluchon. Il avait quitté la cage dorée de son père.

En y pensant encore, il approuve toujours sa décision d'oublier la maison, amis, confort et réconfort. La virginité de ses convictions en valait le sacrifice.

Le saut hors du nid avait étonné son père. Mais il n'avait esquivé aucun geste du désir de le retenir... Il s'était replié sur l'espoir clandestin que Martin reviendrait après sa confrontation avec l'incommodité de quelques nuits à la bonne étoile.

Triste histoire!

Un enfant de plus à la rue!

Martin n'était jamais revenu. La greffe imposée par l'offre paternelle demeurait incompatible. Il ne voulait carrément pas du rôle du garçon modèle.

Il avait pensé, à tort, que son départ favoriserait à long terme un changement d'attitude de son père. Son chantage se transforma en sacrifice inutile. Son père se cantonna sur ses positions sans broncher : des études en administration, un stage à la présidence de sa compagnie et la relève à la barre de l'entreprise familiale. Sinon, la porte!

C'est ainsi que Martin avait glissé graduellement vers le statut d'itinérant à Montréal et à Québec.

Il avait choisi le chemin difficile de ses convictions, mais il gagnait le respect de sa fierté.

Les expériences de la rue avaient été une école à aire ouverte détrônant la réforme la plus osée du Ministre de l'Éducation. Il avait côtoyé les êtres les plus amochés de la société : personnes seules sans famille, psychiatrisés désinstitutionalisés laissés à eux-mêmes, joueurs compulsifs ruinés, ivrognes, prostitués, chômeurs désabusés par le système, jeunes en fugue, toxicomanes...

La rue avait mis son instinct de survie à lourde épreuve. Elle avait tricoté ses mailles parmi les harcèlements des policiers interdisant de mendier ou de dormir sur un banc de parc, les avances sexuelles d'hommes excités par son corps de puceau, les repas volés dans les déchets des restaurants ou des supermarchés, les journées froides à éviter l'engourdissement du sommeil, les filées d'attentes devant les refuges.

À la longue, son moral en avait pris pour son rhume.

Martin avait longuement songé à céder au remède libérateur du suicide. L'attrait grossissait avec son mal qui le transperçait de plus en plus à chaque jour.

Oui. Martin avait tenté de se suicider à plusieurs reprises. Lors de sa première tentative, il avait décidé de se jeter en bas du pont Jacques-Cartier. Comble de malchance, une clôture impossible à grimper l'avait arrêté. Ce suicide raté avait attisé davantage sa soif de mourir au lieu de la tarir. Il avait essayé une seconde fois en se jetant en bas du pont de Québec. Cette fois, un policier l'intercepta avant son départ dans le vide. Décidément, c'est toute une sinécure de tenter de se suicider! Martin avait été placé temporairement en prison. Cette mise au rancart visait à le dissuader. Rien à faire. À sa sortie de prison, Martin avait pensé de se jeter devant le métro. Il n'a jamais réussi à trouver un moyen de faire le voyage Québec-Montréal. Le manque de moyens l'avait empêché de commettre l'irréparable mais l'idée de mourir le hantait à chaque jour. La vie était injuste. Il désirait crever alors que sa grand-mère malade désirait vivre. Allez comprendre?

Dernièrement, la revitalisation du quartier Saint-Roch avait donné le dernier coup de pied au cul à Martin. Il en avait attrapé sa claque de se battre contre une ville qui refoulait et refoulait les pauvres afin de les éloigner des quartiers centraux devenus à la mode. Ils appellent cela de la revitalisation urbaine. Ouais! Revitalisation mon cul! L'effort est mis sur la carcasse : les beaux condos, les rues bordées d'arbres, les parcs, les restaurants aux devantures subventionnées et la ruée vers les nouvelles technologies de la nouvelle économie. Ils appellent cela la mondialisation. Que fait-on des gens qui habitaient dans le quartier parce que le coût du loyer était abordable? Je crois que quelqu'un a oublié d'ajouter des logements communautaires à la gamme « *high class* » des condos de luxe. Les pauvres gens ne peuvent plus se reloger. Ils perdent leur lieu de vie, leurs voisins, leurs amis, leurs passe-temps. C'est la galère! Il y a encore bien moins de place pour les itinérants. Ils sont vraiment de trop dans le beau tableau revampé du centre ville.

On aura beau dire que la nouvelle économie crée de l'emploi, il ne faudrait pas que le but visé soit de déporter la pauvreté à des endroits moins visibles. Ce serait triste de décider de se débarrasser des moins nantis au lieu de chercher une solution à leurs problèmes.

À la fin du printemps, Martin avait rôdé dans le coin de tante Émilie qui avait contracté une sainte syncope en le voyant. Elle avait été impressionnée par le déclin du garçon. N'écoutant que son grand coeur en or, elle l'avait invité à se réfugier chez elle. Martin avait refusé. Il aurait été attristé d'attirer des ennuis à tante Émilie. Il savait que si son père passait dans les parages, tante Émilie le regretterait pour le reste de ses jours. Puisque son père n'avertissait jamais avant de se montrer le bout du nez, le risque d'un affrontement était trop élevé.

À bout de ressources, tante Émilie avait offert à Martin le hangar comme monnaie d'échange. Le garçon avait hésité. Tante Émilie insista tellement qu'à la fin Martin accepta de résider dans le gîte de fortune proposé.

Par contre, depuis quelques temps, la solution du hangar pesait sur le dos de Martin. Sa condition ressemblait à une sentence dans un cachot. Il trouvait que son avenir se bloquait de plus en plus. La conversation avec son ange gardien ne suffisait plus à débloquer les embolies de ses cauchemars. Il croupissait sous les verrous d'une impasse. La maladie du suicide s'en prenait à nouveau à son goût de vivre. Il était sur le point d'en finir. Quelle délivrance que Jonathan soit parvenu à l'arracher à l'inertie de sa réclusion.

Dans toute cette histoire, Martin se disait que les pas de danse de son parcours d'itinérant avaient solidifié les fondations de son existence. Il en sortait vainqueur, muni d'une force spéciale capable d'affronter toutes les formes de tempêtes de la vie, du dedans au dehors. Le dépouillement de son errance avait bien démontré l'inutilité de la course aux biens matériels. Il suffisait de s'abreuver à l'essentiel de nos besoins corporels, intellectuels, spirituels et émotionnels.

Aujourd'hui plus que jamais, il croyait que son choix de carrière, travailleur de rue, restait ce qui cadrait le plus avec son être. Son expérience personnelle de sans-logis en faisait un candidat idéal. Il était convaincu qu'il était venu sur terre pour exercer ce métier et se consacrer à aider les autres.

En plus, il renouait des liens avec son parrain, son oncle préféré.

Qui aurait prédit qu'il aurait osé redire un jour que c'est beau la vie!

Merci parrain.

Les suicides avortés de Martin ramenèrent Jonathan sur la voie de la fin tragique de son père. La conversation dévia immanquablement vers la mort du père, du grand-père...

Jonathan raconta son sentiment d'impuissance devant la maladie d'Alzheimer qui grugea son père peu à peu. Les problèmes de la mémoire s'étaient attaqués aux choses essentielles de la vie. Son père, un excellent électricien, arrêta de pratiquer son métier parce que les déconnexions du cerveau retiraient peu à peu les apprentissages qui étaient nécessaires à l'accomplissement sans faille de son travail. Il lui arrivait, de plus en plus souvent, d'oublier la date, l'heure, les gestes commis pendant la journée. Sans aide, il aurait dîné deux fois d'affilée sans s'en rendre compte. Le rappel sur la réduction de l'être dans son fonctionnement normal apportait encore une grande tristesse à Jonathan. Ce n'est pas facile de voir les capacités mentales de ton père s'effeuiller une à une. C'est un dépeçage terrible qui donne un bien triste spectacle. Le héros de ton enfance prend toute une débarque en bas de ses échafauds.

Jonathan tenta d'expliquer la déprime de sentir l'existence d'une relation père et fils s'écrouler doucement. Perdre les échanges et les connivences. Chaque étape est pavée de larmes et de deuils. Le pire, c'est qu'au fur et à mesure que son père perdait des bouts de sa mémoire, Jonathan avait l'impression que ses souvenirs rétrécissaient comme une banquise prise d'assaut par le réchauffement de la planète. Que de tristesse accumulée à chaque perte d'un morceau du puzzle du passé...

Le suicide. Jonathan s'enfargea dans l'acte final des suppliques incessantes de son père. Son désir de mettre fin à ses jours avant que la maladie retire les dernières onces de l'essence de son être. Le déchirement. Refuser ou accepter. La douleur, le coup de poignard en plein coeur, le désespoir. Et impossible de revenir en arrière. Il faut avancer vers le précipice, un pas, un tout petit pas et hop le pied dans le vide!

Martin demanda si Jonathan avait peur un jour d'être atteint par la maladie. C'est vrai que l'hérédité augmentait les chances de l'avoir. Jonathan ne se formalisait pas de cet avantage. Il est vrai qu'au début, il avait jonglé avec la peur de subir le même sort que son père. Avec le temps, il avait appris à apprivoiser cette possibilité. En fait, il n'était pas obligatoire d'être malade parce que les chances augmentent. Il traverserait la rivière lorsqu'il serait rendu à la rive. Pas avant. D'ici là, un remède miraculeux pouvait être découvert. Alors pourquoi se ronger les sangs avant de tuer la peau de l'ours?

-*J'ai quelque chose de capotant à te dire,* annonça Martin en interrompant les jongleries entourant la mort de son grand-père. *Je ne l'ai jamais raconté à personne mais je suis probablement la dernière personne qui a vu grand-papa vivant avant sa mort.*

Le cheveu sur la soupe de la déclaration de Martin figea Jonathan. La belle affaire! Une aubaine en or massif de cent carats! Jonathan parviendrait-il à retirer les marrons du feu avant que l'arrestation pour le meurtre de son père s'écrabouille sur lui? Tombait-il enfin sur un témoin crédible capable de corroborer les faits prouvant la thèse du suicide non assisté? Jonathan remercia doublement le destin qui avait permis d'épingler Martin dans le hangar.

-*Est-ce que papa t'a confié quelque chose de particulier?* demanda Jonathan surexcité.

La suite du récit devenait une réponse de vie ou de mort. La réclusion à perpétuité ou la liberté.

Martin raconta candidement la dernière scène de sa rencontre avec son grand-père. Le tempo de ses paroles sombra dans des eaux troubles. À chaque mot débité, ses yeux se couvraient de larmes.

-*Lorsque je suis arrivé dans l'appartement, grand-papa m'a demandé de le rejoindre dans sa chambre. J'ai trouvé son invitation full bizarre mais je ne me suis pas trop posé de questions. Grand-papa était un hyper joueur de tours. J'ai finalement accepté de le rejoindre en étant full certain de triper au cube avec lui. Lorsque je suis entré dans la chambre, grand-papa était allongé sur son lit. Je l'ai trouvé wear. J'ai failli me dégonfler et partir. Mais j'ai tenu le coup et je suis resté dans la chambre. C'était la première fois que je voyais grand-papa aussi full amoché. Au début, j'ai pensé dans ma tête qu'il me jouait une comédie full platte. Je lui ai demandé si quelque chose allait de travers ou si son petit jeu poche était une farce plate. Il m'a répondu qu'il était malade. J'ai bad trippé au cube! Grand-papa n'était jamais malade. Il a attrapé ma main et il m'a expliqué le méga sort pas cool que lui réservait la maladie d'Alzheimer.*

Martin gela momentanément le débit de son reportage afin d'effacer le brouillard de larmes qui voilait sa vue. Après dix longues secondes, il continua son monologue.

-Grand-papa m'a annoncé qu'il avait décidé de mettre fin à ses jours avant que la maladie lui vole toutes ses capacités mentales. J'ai pété une méga crise pas belle à voir! Une chance que grand-papa m'a consolé avec des paroles full rassurantes. Il m'a expliqué que, de toute façon, la maladie le rendrait aussi zombi qu'un mort ambulant. Puisque jusqu'ici sa vie avait été extraordinaire, pourquoi la gâcher avec une fin aussi full déshonorante? J'ai fini par accepter son point de vue.

Martin gela encore le débit de son reportage. Il ne fournissait plus à retirer le brouillard qui obstruait sa vue. Il respira profondément et il termina son discours.

-Grand-papa m'a dit qu'il nous aimait tous. Il m'a embrassé sur le front. Il m'a demandé de partir. J'étais full contre l'idée de partir. Grand-papa a insisté. J'ai fini par céder. Je suis parti. C'est la dernière fois que je l'ai vu vivant.

Martin pleurait à chaudes larmes. La tristesse le secouait de chaos en chaos. Il était enfin soulagé d'avoir expulsé ce secret tragique qu'il n'avait jamais été en mesure de confier à qui que ce soit depuis sa dernière audience auprès de son grand-père. Il avait refoulé ce chagrin pendant des années. Maintenant, la cage était ouverte. Il se sentait libéré d'un poids qui n'en finissait plus de dévorer.

Tout en compatissant avec la dégelée de son filleul, Jonathan resta sur sa faim. Le récit de Martin, aussi tendre soit-il, n'ajoutait rien de croustillant à se mettre sous la dent en vue d'étoffer une défense contre les accusations de meurtre qui pendouillent au-dessus de la tête de Jonathan. Le bonheur initial versa dans le malheur des fausses joies. Jonathan lança une dernière question au travers du désordre larmoyant de son filleul.

-Est-ce que tu as vu la lettre que papa était censé écrire afin de prouver que personne ne l'avait aidé à se suicider? demanda-t-il.

Martin écarquilla ses yeux bouffis.

-Oui. Grand-papa m'a montré la lettre. Elle était à côté de lui avec une seringue et une petite fiole. Il m'a dit que cette lettre éviterait que nous soyons accusés de meurtre, renseigna Martin.

La fête de Jonathan recommença sa pétarade. La lettre promise par le père avait bel et bien existé. Avec le témoignage de Martin, Jonathan tenait enfin la preuve de l'existence de la fameuse lettre mystérieuse que personne n'avait retrouvée sur le lit de mort de son père. Jonathan n'avait jamais douté de la loyauté de son père. Le petit pas de quadrille du témoignage de Martin était cent fois préférable à la dérape du verdict de meurtre qui sniffait la ligne de vie de Jonathan. La soupe commençait enfin à refroidir.

-*Pourquoi diable cette lettre a-t-elle disparu?* questionna Jonathan.

-*C'est full vrai. Je n'y avais jamais pensé. Cette lettre n'a jamais été retrouvée,* constata soudainement Martin en tombant des nues. *Pourquoi?* ajouta-t-il.

Jonathan n'aima pas l'odeur nauséabonde du mystère de la lettre volatilisée sur le lit d'un mort.

-*J'entrevois une seule possibilité,* lança-t-il, inquiet.

-*Laquelle?* demanda Martin.

-*Quelqu'un l'a volée,* proposa Jonathan.

-*Qui?*

-*Je paierais cher pour le découvrir avant que la police ne m'arrête,* souligna Jonathan.

Martin recula de trois pas. C'est ainsi qu'il apprit que des accusations de meurtre seraient portées sous peu contre son parrain. La mauvaise nouvelle donna un choc full bad tripant à son cerveau!

CHAPITRE QUATRE

Retour à l'heure normale

Avec le temps, Jonathan et Martin avaient établi une complicité dans la vie courante de leurs tramways quotidiens. Ils avaient gravi une à une les marches de l'Everest de leur petit côté sauvage. Peu à peu, un rythme routinier de chaque chose à sa place et du partage des tâches ménagères s'était installé sans trop déranger la bulle vitale de chacun. Même tante Émilie était parvenue à tirer son épingle du jeu en jouant à la perfection son rôle de la troisième roue du carrosse, sans foutre en l'air l'harmonie de la bonne marche des affaires courantes.

Jonathan avait continué la fréquence de ses visites à l'hôpital. Il avait bichonné sa mère avec des onguents. Il l'avait gavée avec ses potions naturelles à boire. Il avait injecté des filtres magiques dans ses veines. Nathalie avait vécu chaque traitement avec une anxiété maladive. Elle avait été incapable de s'habituer à accepter le rituel des soins prodigués par Jonathan. Les poches de résistance de Nathalie s'estompèrent uniquement avec une preuve évidente de la remise sur pied graduelle de la santé de la mère.

Le recul mystérieux de l'agonie de la mourante dérouta non seulement Nathalie mais également la médecine officielle. Jonathan et sa mère s'amusèrent devant la bonne fortune du diagnostic imprévu d'une rémission de la maladie. Pour eux, le résultat ne recelait aucun secret. Ils savouraient avec joie la récompense des millions d'entourloupettes qu'ils avaient manigancées afin que Jonathan administre ses soins en catimini.

Aujourd'hui, l'effort soutenu des dernières semaines recevait sa cerise sur le sundae : la mère de Jonathan sortait de l'hôpital.

C'était la fête au village!

Jonathan et Martin avaient décrassé l'appartement de fond en comble sous la gouverne de tante Émilie. Un vrai ménage du printemps. Plus une graine de poussière habitait le logis de la mère de Jonathan. Chaque objet, même futile, reposait à sa place attitrée.

Tante Émilie n'en finissait plus de réviser l'efficacité du ménage. Elle alignait les erreurs à corriger à n'en plus finir. Jonathan et Martin se promenaient au bout de la corde des ordres de leur tante, comme des chiens fous, sans trop réfléchir. Après la centième fois d'un faire, défaire et refaire, Jonathan accosta doucement sa main sur l'épaule de sa tante. Il balança un sourire en murmurant «Tante Émilie, l'appartement brille comme un sou neuf. Je me demande vraiment ce que tu trouves qui ne va pas dans notre barda? Ce n'est pas le pape qui vient nous voir!»

Tante Émilie avait pouffé de rire. Elle s'était excusée d'avoir trop bousculé les deux garçons. Jonathan disait vrai. La mère de Jonathan n'était pas le pape. Par contre, son retour inespéré relevait d'un exploit digne du génie de la lampe. Le rock and roll de l'accomplissement du voeu de tante Émilie de revoir sa soeur à la maison lui en donnait des fourmis plein les jambes. Elle était si heureuse à la pensée de la revoir. Elle voulait tellement que son accueil exprime le feu d'artifice de joies que cela lui procurait. Par contre, il ne fallait pas beurrer trop épais.

Bonne Sainte-Anne. Le temps courait à grand pas. Il restait encore à cuisiner le dîner avant l'arrivée de la miraculée. Tante Émilie décida de basculer sa nervosité dans les chaudrons, au grand soulagement des garçons qui préférèrent passer à l'épluchage des légumes, question de tenter de se détendre.

Tante Émilie fut tout de même incapable de s'empêcher de gérer les garçons avec son torrent de conseils dans l'art de bien découper les légumes. Un petit rappel humoristique de la part de Jonathan, imitant l'allure de mère supérieure de sa tante, parvint à mettre un point final à son ingérence.

Enfin, presque le point final...

Juste au moment où Jonathan fut tenté de céder à une petite sieste après la matinée de corvées, tante Émilie le réquisitionna pour une vague d'emplettes de la dernière minute. Sa liste d'achats le charria dans un tas de magasins. Il se retrouva vite les bras surchargés par une marmaille de sacs.

En passant devant le «Spécialiste de la Fête», Jonathan céda à l'idée d'apporter une banderole de «Bienvenue» et un paquet de ballons gonflés à l'hélium.

Question d'en ajouter davantage à sa surcharge, il céda aussi à l'achat d'un bouquet de fleurs. La dernière acquisition mit la marche de Jonathan en équilibre précaire, au grand étonnement de la plupart des passants qu'il croisait de peine et de misère.

Lorsque tante Émilie ouvrit la porte, elle tomba sur un drôle d'arbre de Noël. Dans la confusion, elle prit Jonathan pour un vendeur itinérant. Elle referma aussitôt la porte en criant qu'elle n'avait pas de temps à perdre. Jonathan cogna à la porte une deuxième fois en chantant. Il espérait que sa tante reconnaisse le timbre de sa voix avant de lui refermer la porte au nez. Par chance, le stratagème fonctionna à merveille. Tante Émilie s'empressa de le dépouiller en se confondant en cinquante-six mille excuses.

À première vue, tante Émilie trouva que son filleul avait trop dérogé de la tournée du magasinage qu'elle avait ordonnée. Mais elle finit par admettre que le petit air de carnaval du décor complétait bien l'heureuse circonstance du retour de sa soeur.

Elle s'empressa rapidement de déverser encore mille conseils à Jonathan et Martin sur l'art de déployer les ballons, les fleurs, la banderole...

Jonathan n'écouta plus le torrent des ordres de sa tante. Il les outrepassa une fois de plus avec une petite pincée d'espiègleries. Tante Émilie ne pouvait pas le gronder. Les yeux mielleux de son neveu la faisaient encore et encore craquer.

Après la milliardième mise au point des éternels menus détails dans l'arrangement plus-que-parfait de l'allure des accessoires et des acteurs, les trois mousquetaires, qui dans le cas présent étaient vraiment trois, contemplèrent le joli panorama avec un joyeux pincement de satisfaction.

Il aurait fallu que vous soyez là afin de contempler la beauté du logis transformé en salle de réception sans pareille. Imaginez la plus belle des «surprises-parties» que vous auriez toujours désiré avoir. Une pure merveille!

Pour sa part, Jonathan était plus que satisfait du plus-que-parfait résultat du travail accompli. Maintenant, tout était en place pour la turlutte de l'arrivée de la grand-mère, de la mère, de la soeur... Il ne restait plus qu'à aller chercher la jubilaire.

Jonathan appela un taxi. Il monta à bord, les nerfs tendus comme un fil sous le pas du funambule.

À l'hôpital, sa mère l'attendait dans ses habits du dimanche. Elle était assise sur la chaise qui bordait son lit. Jonathan ramassa son butin. Il embarqua ses vêtements dans sa vieille valise de carton qui datait de la guerre. La première guerre, pas la deuxième. C'était un legs de sa défunte mère.

La mère et le fils n'échangèrent aucun mot supplémentaire que le simple rituel des bonjours. Le reste de la conversation se contenta de la plénitude du croisement intense des regards et du déclenchement saccadé des sourires. Chacun dégustait bouchée par bouchée l'enthousiasme de la récupération de la vie à sa normale. Cet instant délicieux aurait duré une éternité que personne n'aurait osé protester, de peur de perdre ce cadeau magique qui tombait du ciel. Trêve de rêveries, le compteur du taxi, qui tournait sans arrêt à l'extérieur, bouscula un peu la cadence vers la sortie de l'hôpital.

Tout en ménageant la fragilité du moment présent, Jonathan accrocha sa mère à son bras jusqu'au taxi qui était dans la vigie de la porte de l'entrée principale de l'hôpital. Ils s'engouffrèrent sur le siège arrière, laissant derrière eux les médecins à leur gang de malades.

Allez hop!

En route!

À la maison. Et que ça saute!!

Sur le chemin du retour, la mère de Jonathan contempla la procession des images de la ville en se vautrant dans un profond recueillement. Elle contempla les moindres nuances de son coin de pays. Les probabilités d'avoir droit à un deuxième tour guidé de son vivant demeuraient nulles sans l'ombre d'un moindre doute. Elle comprenait maintenant toute la signification du slogan «la vie est un prêt à court terme». Lorsque le banquier du ciel décide de faire un retrait. Pouf! C'est fini. Le cancer sommeillait dans ses veines. Elle ne savait pas quelle était l'heure ni le jour de son départ mais elle savait que la maladie reviendrait la faucher de ce monde à jamais. L'urgence de découvrir toutes les conjugaisons gagnantes du verbe vivre l'habitait en roi. Elle ne s'accordait plus la permission de trébucher sur une virgule, au détriment de dilapider l'essentiel d'un alinéa. Pourquoi la vie se consume-t-elle aussi vite qu'un feu de paille? Nous avons à peine le temps d'apprendre à vivre que paf! le fil est coupé! Il faudrait avoir sept vies à vivre comme un chat afin d'avoir l'opportunité de faire le tour de l'incandescence de vivre. Il y a tant de temps perdu à chercher ce qui est pourtant si simple à trouver. C'était difficile pour la mère de savoir dur comme fer que ce serait la dernière fois que la vie lui permettait de revoir les images familières du quartier qui l'avait vue grandir. La mère continua à contempler la procession des images de la ville en se vautrant dans un profond recueillement.

Jusqu'à un certain point, Jonathan vibrait à la même fréquence que l'état d'esprit de sa mère. Le regard en alerte, qu'elle portait vers la ville, l'aiguillait vers le feeling de son arrivée récente à Québec. C'est lorsque nous perdons les personnes et les choses les plus significatives de notre vie que nous réalisons le côté précieux de leur importance. S'accrocher au matériel était si peu de choses à côté de la richesse d'aller à la rencontre des gens. Pourquoi? C'est trop bête. En venant au monde, il faudrait déjà posséder la sagesse de mieux profiter du moment présent, d'exprimer plus intensément l'attachement que nous vouons aux êtres qui nous font du bien. Le temps, la course folle de nos responsabilités nous enferment dans un piège mortel qui nous écarte de l'essentiel. Tout va tellement vite!

Jonathan posa un baiser sur la joue de sa mère.

Merci au bon Dieu ou à tout Être suprême qui lui prêtait à nouveau l'allégresse de réintégrer un menu fragment de sa petite vie, en compagnie de sa mère. Le temps qu'il restait demeurait un don précieux à savourer avec modération. Le verre devait se vider lentement, très lentement.

Il était si heureux de ramener sa mère à la maison!

Au tournant d'une rue, Jonathan expliqua à sa mère qu'il ne se joindrait pas aux festivités du retour à la maison. Ses frères et soeurs avaient parfaitement signifié qu'ils ne désiraient pas le voir se joindre à la fête. La mère se désola. Elle insista auprès de Jonathan afin de quêter sa présence. Jonathan déclina l'invitation du revers de la main. Il expliqua que le dîner prendrait une tangente très indigeste si sa mère l'ajoutait à la liste des invités.

La mère trouva malheureux que la fissure familiale nuise à son bonheur d'un bon repas en compagnie de tous ses oisillons.

Jonathan ajouta qu'il ne fallait pas oublier Martin. Il ne pouvait pas être présent à cette réunion familiale. Le père de Martin ne devait pas apprendre que son fils habitait chez sa grand-mère. L'interdit d'assister au dîner pour Jonathan lui permettait ainsi de se consacrer à Martin. Le hasard n'était pas si malin qu'il ne paraissait.

La mère accepta son sort. Elle aurait quand même aimé réunir tous ses petits oisillons autour de la même table, une dernière fois avant de mourir.

-*Ce n'est que partie remise,* avait conclu Jonathan.

La promesse d'un jour meilleur avait satisfait la mère. Il fallait toutefois que la prophétie s'accomplisse avant longtemps. Le cancer n'attendrait pas toute la vie avant de récidiver.

Une fois de plus, les regards complices du fils et de la mère se croisèrent sous une cascade de sourires avec des hauts et des bas.

La taxi s'immobilisa en bordure du trottoir.

Déjà arrivés!

C'était vraiment une belle journée ensoleillée : chaude à point avec une brise légère à souhait. Difficile de demander mieux.

À la sortie du taxi, la mère de Jonathan replongea dans sa rencontre du troisième type avec les arbres, le hangar, la maison, l'allée fleurie, l'escalier, la rue, le quartier. Chaque pixel portait en elle un petit ride et un éclat de rire de sa vie de femme, d'épouse et de mère. C'était si bon de revoir ses compagnons de tous les jours!

Jonathan accompagna sa mère jusqu'en haut de l'escalier. Tante Émilie tira la porte. Elle ramassa la valise et elle trouva bien malheureux que ceux qui avaient préparé la fête soient châtiés de la maison.

-*Nous reviendrons pour la vaisselle,* lança ironiquement Jonathan en espérant amuser tante Émilie.

En arrière-plan, les voix entonnaient déjà à l'unisson « *Bienvenue à la maison* ».

La mère de Jonathan se renfrogna derrière un geste timide. Elle n'avait pas l'habitude des feux de la rampe. Ils étaient tous fous de s'être donné tout ce mal de chien à enguirlander le logis. Elle n'était pas la reine d'Angleterre.

Émilie inonda sa soeur avec des étreintes qui la secouèrent comme un plumeau à dépoussiérer. Elle était trop emportée de la revoir sur pied qu'elle en oubliait sa fragilité. Au diable les entourloupettes! Après tout, elle avait bien le droit d'exprimer sa joie sous toutes ses formes. Il ne fallait pas attendre que sa soeur soit couchée dans sa tombe avant d'exprimer son amour. L'accolade humidifia abondamment les yeux des deux femmes. Elles se séparèrent en ramassant les quelques larmes qui dégoulinaient en bordure de leur nez.

Ensuite, toute la famille passa afin de décharger une rafale de baisers. Trois fois passera, le dernier ou la dernière...

Tante Émilie commença à aligner les accolades d'un mauvais oeil en se demandant si la soupe pouvait être servie. Son ventre gargouillait depuis déjà une bonne demi-heure. Elle décida d'interrompre les effusions de tendresse.

-*À table,* lança-t-elle. *J'ai faim, tabarnache!*

Le ton coloré de l'invitation à manger déclencha une ribambelle de rires.

Au même moment, Jonathan se mettait en route vers le point de ralliement convenu avec Martin. Avant de partir, il aurait pourtant voulu être un détecteur de mensonges et débusquer celui ou celle qui avait volé l'enveloppe déposée par son père sur son lit de mort. Il était formellement convaincu que le ou la coupable s'empiffrait avec la bonne bouffe de tante Émilie.

Le visage en déconfiture de Martin arracha Jonathan à ses récriminations. Son neveu penchait vers une mise en orbite sans équivoque de sa crise de nerfs la plus féroce depuis sa sortie du hangar. Il était persuadé que son père apprendrait toute la vérité sur son concubinage avec son oncle au logis de sa grand-mère. La catastrophe!

Jonathan expliqua de long en large que toutes les personnes informées de sa présence dans le logis de sa grand-mère avaient juré de se taire.

Martin accepta un tantinet de se calmer.

Le redoux dans les inquiétudes de Martin donna l'occasion à Jonathan de se recentrer sur l'essentiel : casser la croûte.

Bon appétit!

CHAPITRE CINQ
C'est votre tour de vous laisser parler d'amour

Martin avait continué à se promener entre le calme et la terreur, dépendamment qu'il parvenait à se convaincre ou non que son père n'apprendrait rien sur sa présence dans le logis de sa grand-mère. C'est avec un torrent de difficultés que Jonathan avait fini par convaincre Martin d'avaler une bouchée malgré les tensions qui le tenaillaient du dedans au dehors.

Le hasard avait guidé les deux acolytes vers un restaurant asiatique. Jonathan avait espéré que l'exotisme du décor et des plats déjoue la déprime de Martin. Il avait espéré aussi que l'exotisme l'aide à dépayser sa propre déception face à l'interdit d'assister au succulent repas familial soulignant le retour de sa mère à son bercail.

Après la dernière bouchée avalée, les deux larrons, surtout pas en foire, avaient éprouvé une immense difficulté à tuer le temps. Finalement, Jonathan avait appelé chez sa mère vers la fin de l'après-midi. Il avait demandé avec humour si le temps était venu de laver la vaisselle. La farce du lavage de la vaisselle tomba entre de mauvaises mains. Tante Émilie débarqua tous les saints du ciel de leur piédestal. La troupe ingrate des frères et soeurs de Jonathan avait déserté les lieux sans offrir à débarrasser la table ni à laver la vaisselle. Maudite vaisselle! Jonathan amadoua la crise de tante Émilie en ordonnant d'attendre la venue des renforts.

À l'arrivée de Jonathan et de Martin sur les lieux, la mère tentait courageusement d'aider tante Émilie à empiler les assiettes sur le comptoir. La fatigue extrême se lisait sur son visage. Tante Émilie refila immédiatement le torchon à Martin et à Jonathan en rouspétant toujours contre l'ingratitude des convives.

Jonathan exerça un massage des épaules de tante Émilie en demandant poliment qu'elle accepte de se calmer afin de ne pas gâcher la fête du retour à la maison de sa sœur. Tante Émilie succomba encore aux yeux mielleux de Jonathan. Un coup la tigresse apprivoisée, les deux garçons passèrent immédiatement à l'action autour et dans l'évier de la cuisine.

La mère de Jonathan demanda la permission de succomber à un roupillon dans sa chambre. Permission accordée! Tante Émilie accompagna sa sœur. Les deux femmes amorcèrent une jasette. Au bout d'une quinzaine de minutes, plus un son.

Jonathan et Martin s'approchèrent de la chambre avec des sabots de fer dans des pas de velours. Tante Émilie avait aussi cédé à la tentation du petit roupillon de l'après-midi. Ils s'amusèrent de la détente des deux femmes endormies, côte à côte, la bouche grande ouverte, prête à avaler la première mouche disponible.

Les deux dames ne s'éveillèrent même pas au souper. Elles s'étonnèrent de se retrouver dans la même position aux petites heures du lendemain matin.

Un nouveau jour venait de se lever. Et ce n'était pas un jour ordinaire comme les autres pour Jonathan. C'était la fête nationale des Québécois, la Saint-Jean-Baptiste. Sa mère avait particulièrement bien sélectionné le jour de son retour à la maison.

Jonathan incita fortement la famille à plonger dans la frénésie des festivités. Son séjour à l'extérieur du Québec l'avait privé de célébrer la Saint-Jean tant de fois qu'il ne pouvait plus passer son tour. Il en avait des papillons dans ses fleurs de lys.

Il faut dire que Jonathan était devenu un adepte de la fête nationale à partir du jour où Lise Payette avait donné un vrai sens à la fête en la dressant sur le Mont-Royal, avec la chanson du « vous laisser parler d'amour » de Gilles Vigneault. Jadis, il avait toujours mis l'épaule à la roue de l'organisation des célébrations dans son quartier. C'était magnétique, à chaque 24 juin, toutes les pores de sa peau vibraient à l'unisson d'une nation québécoise, le trip inachevé de René Lévesque. Ne pas faire la fête en terre québécoise aurait été à l'encontre de ses convictions les plus reculées.

Tante Émilie connaissait la ferveur du culte patriotique de son neveu. Elle savait que rien au monde ne pouvait freiner la détermination de Jonathan de brandir sa fierté d'être Québécois. À vrai dire, elle ne désapprouvait pas ce petit penchant pour la chose nationale. Oui, elle cultivait clandestinement une petite flamme souverainiste toujours prête à se sortir la tête de l'eau.

Après tout, patriote ou pas, réunir un peuple une fois par année ne pouvait que devenir une obligation à transmettre aux autres générations. La fête nationale demeurait aussi l'occasion unique de fraterniser ensemble en éliminant les barrières des religions, des langues, de la couleur de la peau et des opposants politiques. Presque le monde idéal.

Jonathan proposa un pique-nique party dans la cour arrière. La température le permettait et les repas à l'extérieur constituaient une convention de la fête, pratiquement aussi archaïque que les spectacles en plein air et les feux de joies.

Jonathan et Martin se chargèrent de l'organisation de la terrasse alors que tante Émilie insista, bien entendu, pour la confection du lunch.

La vieille table à pique-nique qui dormait dans le hangar fut libérée de sa quarantaine. Au premier regard, elle paraissait en forme mais le siège céda sous le poids de Jonathan lorsqu'il tenta de s'y asseoir. La débarque rigolote obligea à tester la solidité du mobilier. L'assemblage de planches pourries ne décrocha pas la note de passage nécessaire à son utilisation. La table s'avéra plutôt prête à être sacrifiée au bûcher. Comme solution de rechange, Jonathan proposa de sortir les meubles de la cuisine du logis de sa mère, au grand désarroi de tante Émilie. Malgré les protestations, Jonathan débuta en sortant les chaises. Finalement, tante Émilie dut tenir la porte ouverte afin de faciliter le départ de la table.

Comme d'habitude, tante Émilie savait trop qu'elle ne pouvait rien refuser aux beaux yeux mielleux de Jonathan.

Le drapeau du Québec eut droit à sa niche accrochée au balcon, juste au-dessus de la table. Conformément à la tradition, la nappe était bleue (drap volé à l'insu de tante Émilie qui le reconnut avec un pincement au coeur en plaçant les assiettes). La musique d'occasion s'ajouta en fond de scène. La petite famille se retrouva ainsi autour d'un pique-nique arrosé avec une bonne bouteille de vin.

Les passants qui déambulaient sur le trottoir reluquèrent l'organisation champêtre. L'idée enrôla plusieurs adeptes. Le pâté de maison en entier succomba à la tentation d'organiser son pique-nique improvisé. Peu à peu, le boucan des dialogues émanant des balcons et des petits coins de pelouse donna l'impression d'un festival populaire. Les voisins, amis de longue date, se pointèrent avec leurs victuailles. Ils demandèrent à se joindre au groupe de Jonathan. Personne ne s'opposa à ajouter plus de fous du roi à la kermesse.

Vive la Saint-Jean!!

Le goûter en plein air rappela à Jonathan les nombreux pique-niques familiaux organisés, les dimanches, à explorer les routes du Québec. Que de jeux il avait improvisés avec ses frères et soeurs sur l'herbe des haltes routières, d'un parc municipal ou d'une église. Chère époque insouciante du « *un pour tous et tous pour un* ». C'était bien avant que le temps démêle sa sauce délicate de la vie adulte.

La fête de la Saint-Jean se déplaça doucement vers le logis avec des chansons à répondre que Jonathan stimula avec le piano. Les verres de vin, qui avaient accompagné l'escadron, inspiraient la chorale portée par les airs du cahier de la bonne chanson : *À la claire Fontaine, Ah! si mon moine voulait danser, Marie-Madeleine a des cuisses de velours, Sur la route de Berthier...*

Emportée par le levain du tempo, tante Émilie poussa presque Jonathan en bas du banc du piano. Elle commença à jouer l'air connu et reconnu de « *Gens du pays* ». La chorale en profita pour entonner sa plus belle prestation à tue-tête. Jonathan captura sa mère. Il esquissa une valse délicate du salon vers la cuisine. La danse appuya à fond sur l'amplificateur de la chorale.

Soudainement, une étreinte solide bloqua le mouvement au bon milieu du virage d'un pas de danse. Jonathan tenta de se dégager. Son élan resta coincé. Il leva les yeux. Il tomba sur le visage déconfit de son frère Sylvain, le père de Martin, en proie à une crise nerveuse au sommet de sa gloire.

-*Avez-vous perdu la tête? Toute la rue vous entend hurler comme une bande de loups affamés!* beugla-t-il. Ses yeux partaient en guerre, prêts à torpiller le premier éclat de rire osant mettre son fou en liberté.

La musique se renfrogna dans son coin. La chorale figea son arpège de méchant garnement. L'un, l'une et les autres masquèrent leur rire jaune, de peur d'attiser davantage l'appétit du loup vers la bergerie. Pour le moment, la situation tournait à leur avantage puisque les bulles de la rage du père de Martin se jetaient sur Jonathan.

Les voisins s'éclipsèrent en prétextant une raison quelconque pour les sortir du pétrin.

-*C'est la Saint-Jean,* informa Jonathan en se dégageant de l'emprise de son frère. *Nous avons bien le droit de nous amuser,* réclama-t-il.

Le mécréant. Pour une fois que la maison ne ressemblait pas à une veillée mortuaire, il fallait bien que quelqu'un vienne tout foutre en l'air! Jonathan n'appréciait pas du tout, mais alors là pas du tout, l'interruption de sa première fiesta nationale en terre québécoise depuis son exil.

-*Tu n'as pas honte de brasser notre mère comme ça? As-tu oublié qu'elle est gravement malade? Dans son état, elle devrait plutôt être couchée au lieu de danser la valse. Tu vas l'achever!*

Jonathan fulminait contre l'accusation gratuite de son frère. Comment pouvait-il l'inculper de tuer sa mère puisque la maladie s'en chargeait déjà? Même en la chouchoutant dans une bulle à température contrôlée, aucun produit de conservation pouvait éviter la tombée du couperet de la mort du cancer. Tant qu'à mourir, il demeurait inutile de passer à la censure du « *ne fais pas ceci, ne fais pas cela* ».

-*À ce que je sache, notre mère est majeure et vaccinée. Elle n'a pas de compte à rendre à personne. Si elle désire profiter du temps qui lui reste en s'amusant, c'est son droit,* proclama Jonathan en se positionnant en bouclier entre sa mère et son frère.

La réplique réveilla le rugissement du démon. L'air vicié de la charge du taureau s'expulsait des narines du père de Martin. La chorale cessa ses respirations.

-*C'est vrai que tu n'en es pas à un mort près,* ajouta le père de Martin avec sarcasme.

Le « *deux pour un* » des accusations de mort de son frère serra les dents et les poings de Jonathan. Il voulait le frapper, l'animal! Mais la Saint-Jean, la fête de l'amour, arrêta la frénésie de sa frappe.

-*Je n'ai pas tué notre père,* hurla-t-il.

C'était indécent à la longue toute cette insistance de refiler à Jonathan la camisole de force de la culpabilité de la mort de son père. Il était innocent! Non coupable votre honneur! Je vous le jure!

-*Il faudrait que tu sois en mesure de prouver ton innocence,* rétorqua le frère de Jonathan avec un scepticisme tenace.

Prouver son innocence. Jonathan ne demandait que ça! Facile à dire, pas facile à faire. Mettez-vous à ma place!

En voyant le lait surir entre les hommes, la mère s'insurgea avec la phrase classique de sa pierre philosophale de la vie.

-Les garçons. Cessez de vous chamailler comme des enfants! Il ne faut pas prendre la vie trop au sérieux. Personne ne s'en sort vivant!

Le sermon sur la montagne de la mère ébranla à peine les regards guerriers de ses fils.

Jonathan bouillonnait toujours devant les accusations de meurtre portées contre lui. Pour sa part, le père de Martin se trouvait fort satisfait d'avoir vidé son venin sur Jonathan. Il détourna son attention vers la chorale. Les chansonniers redressèrent les épaules, anxieux d'être le prochain à passer dans le collimateur. Une seule gaffe et le mouton fautif passait dans la moulinette du dentier du loup!

-Bonjour Sylvain, souffla tante Émilie en accrochant nerveusement une note du piano.

Le frère de Jonathan effleura à peine l'accueil de sa tante. Son regard assommoir se précipita plutôt sur Martin, son fils. Le trouver ici ajoutait l'ingrédient essentiel au débordement en règle de sa colère à l'extérieur de sa plaine inondable.

-Je vois que la fête de la Saint-Jean est le rassemblement des vauriens de la planète, ajouta-t-il avec dédain.

Martin encaissa mal le coup dur du regard assommoir lancé dans sa direction. L'entrée imprévue de son père l'avait déjà aspergé d'un tremblement désastreux. Maintenant, l'attaque officielle de son père décapait la dernière protection de sa panique. Ses jambes ramollissaient comme de la guenille. Sans l'âme charitable d'un bon samaritain, poussant une chaise sous ses fesses, il se serait écroulé comme des quilles. Tante Émilie courut à la conquête d'une serviette d'eau froide. À son retour, elle humecta son visage dans le souci d'effacer ses pommettes écarlates. La mère de Jonathan, assise au piano à côté de sa soeur, emprunta la serviette d'eau froide afin de déblayer la sueur sur son front.

Jonathan fit diversion en récupérant la parole.

-Si c'est de Martin que tu parles, je te signalerai que nous avons décidé de l'héberger ici puisque toi, son propre père, tu as décidé de ne plus t'en occuper.

La mise au point, pourtant si bien affûtée, s'avéra un petit rond dans l'océan tumultueux de Sylvain.

-Je te signalerai à ton tour que j'ai chassé Martin de la maison parce qu'il est devenu un monstre d'ingratitude. Il préfère devenir un travailleur social et

perdre son temps en s'occupant des voyous qui traînent dans les rues au lieu d'accepter de travailler avec moi. Ma compagnie, je l'ai bâtie à la sueur de mon front. Je me suis sacrifié dans le but qu'un jour Martin prenne ma relève. C'est son héritage. Il a craché sur mon offre. Tant pis pour lui. Il a mordu la main qui le nourrissait. Qu'il assume les conséquences de ses bêtises, répliqua Sylvain en contournant Jonathan dans le but évident de mieux s'approcher de son fils.

Martin eut un sursaut du désir de se défendre. Il redressa les oreilles. Il écarta les mâchoires. Malgré toute sa bonne volonté, aucune parole ne s'échappa de sa bouche. La proximité de son père paralysait son droit de parole.

Jonathan remarqua la paralysie faciale de son filleul. Il reprit le crachoir afin d'assurer sa défense.

-Tu sais très bien que tu es un peu responsable des déboires de ton fils. Martin n'est plus un enfant de deux ans. Il n'a plus l'âge de se faire dicter ses faits et gestes. C'est un adulte comme nous qui a le droit de mener sa barque à sa façon! Même si ses choix sont différents de nos attentes, ce n'est pas une raison suffisante pour le jeter à la porte. As-tu essayé de le comprendre?

Le frère de Jonathan n'appréciait guère qu'une remise en question de son rôle de père atterrisse dans le ragoût. De quel droit Jonathan se permettait-il de lui brasser les puces? Il n'avait pas vraiment les moyens d'adresser des reproches aux autres après le tort abominable qu'il avait causé à la famille avec le meurtre de son père.

-Tu m'écoeures avec tes grands discours de « monsieur je-sais-tout *». Ton grattage de nombril est juste bon à attendrir les bonnes femmes. Dans la vie, il faut se prendre en main. Il faut foncer sur toutes les opportunités, au lieu de rêver. La vie ne te sert pas du sucre à la crème à tous les jours. Il faut trimer dur pour s'en sortir. Tu me fais vomir avec tes théories de bébés gâtés. Personne n'a le temps de se payer le luxe de vérifier si son travail est en harmonie avec sa palette de couleurs. Nous faisons souvent ce que nous pouvons, pas ce que nous voulons. Va donc chez le diable avec tes beaux discours de bonne soeur! Je me fous de ce que tu peux penser! À part de ça, pourquoi est-ce que je perds mon temps avec toi? À ce que je sache, tu n'as pas d'enfant. Comment peux-tu oser me critiquer sur ma façon d'éduquer mon fils?*

C'était un coup bas. Jonathan savait parfaitement qu'il n'avait pas d'enfant. La stérilité de sa descendance le chagrinait au plus haut degré. Par contre, ce n'est pas le manque de progéniture qui empêchait Jonathan de détenir une vision personnelle sur les méthodes à mettre de l'avant dans l'évolution des enfants, de la naissance jusqu'à leur arrivée sur le marché du travail.

-*Le métier de père ne s'apprend pas uniquement en mettant des enfants au monde,* rétorqua Jonathan, piqué dans le vif de la plaie de son manque de paternité.

Sylvain esquissa une riposte qui resta lettre morte. Pour lui, ceux qui ne partageaient pas ses idées ne valaient pas la peine d'être considérés. Il se débarrassa définitivement de Jonathan en bifurquant vers tante Émilie.

-*De toute façon, je ne suis pas venu ici pour discuter du choix de carrière de Martin,* spécifia Sylvain en effectuant des manoeuvres d'approche vers tante Émilie

Le virage de Sylvain laissa Jonathan seul avec son discours enflammé sur la manière d'éduquer les enfants.

La tension monta d'un cran sur les joues écarlates de tante Émilie. Elle passa et repassa la serviette d'eau froide sur son front. Son tour était venu de passer dans le tordeur de Sylvain. Tante Émilie s'enfonça les oreilles dans le crin. La mère de Jonathan tapota l'épaule de sa soeur par solidarité.

Martin récupéra son souffle. Il se sentit soulagé puisque son supplice dans la chambre des tortures était terminé.

Jonathan se prépara à assurer la défense de tante Émilie. Il s'approcha de la barre des témoins.

-*Je suis désolé tante Émilie,* débuta Sylvain avec un air modéré qui surprit toute la chorale. *Je suis venu vous confirmer que je prends possession de votre maison d'ici trois semaines, ajouta le frère de Jonathan. Je suis vraiment désolé. Je ne peux plus attendre. Je dois absolument commencer la démolition sinon, c'est la faillite.*

Le fracas de la prise de possession péta dans la figure de la chorale comme la misère sur le pauvre monde.

-*De quoi parles-tu?* hurla Jonathan.

D'un trait, il dévisagea tante Émilie qui flagellait son visage avec sa serviette d'eau froide en s'écriant : *Bonne Sainte-Anne, aidez-moi à m'en sortir vivante!*

-J'ai acheté la maison de tante Émilie. Je construis des appartements en condominium sur le terrain, arbora fièrement Sylvain. Je viens juste d'obtenir les permis de la ville. Ils ont même souligné la qualité exceptionnelle de mon projet.

Sylvain étalait une confiance très imbue de lui-même. Il avait raison d'être fier. Son projet était bien ficelé. En plus, les profits promettaient d'être mirobolants. Que demander de plus? Un petit chausson aux pommes avec ça? Pourquoi pas?

Martin recommença à faiblir. Son nouveau toit s'envolait en fumée. Il se voyait déjà obligé de survivre à la belle étoile.

Jonathan fixa sa tante, qui n'en finissait plus de se raser le visage avec sa serviette d'eau froide. Pourquoi n'avait-elle pas tout révélé de la vente de sa maison avant aujourd'hui?

-Il faut me comprendre, supplia tante Émilie. *Ta mère était gravement malade. Les médecins ne me donnaient aucun espoir qu'elle guérisse. Je ne me sentais plus capable de continuer d'assumer l'entretien d'une maison. Ton frère m'a présenté une offre d'achat miraculeuse. J'ai succombé à la tentation,* gémissait tante Émilie comme un voleur pris la main dans le sac. *Bonne Sainte-Anne, pardonnez-moi,* ajouta-elle, inquiète.

Jonathan regretta d'avoir effleuré l'intention de gronder sa tante. La pauvre, elle pouvait disposer de son bien à sa guise, sans rendre de compte à qui que ce soit. Il déposa la main sur l'épaule de tante Émilie.

-Vous avez pris la bonne décision. La maison vous appartient. Vous avez le droit de vendre à qui bon vous semble? Je serai bien mal venu de me mêler de vos affaires. Mais pourquoi m'avez-vous caché la vérité?

Oui. Ce qui chicotait le plus Jonathan, c'était d'avoir été mis à l'écart de la publication de la transaction.

-La bonne Sainte-Anne ne m'avait pas encore donné la force de te l'annoncer. Je voulais te ménager des soucis. Je trouvais que la maladie de ta mère te suffisait comme malheur, négocia tante Émilie en guise de pardon.

Le rappel de la mort imminente de sa mère, mêlé au pavé de bonne intention de sa tante, toucha Jonathan. Quelques larmes roulèrent dans ses yeux sans s'en échapper. Jonathan déposa un baiser sur le front de sa tante en signe de remerciement. La serviette d'eau froide tomba sur le plancher.

Jonathan se retourna vers son frère. Il jura sur son honneur que la maison serait vide d'ici trois semaines.

Remettez à César ce qui est à César!

-*Merci, marmonna le frère de Jonathan* sur un ton presque inaudible. Puis, il se retira, pressé de rejoindre la montagne de paperasses en souffrance qui l'attendait à son bureau.

Le départ du casseur de party allégea la tension. Jonathan pria la chorale de continuer à dépouiller son répertoire du cahier de la bonne chanson. Les chants ramenèrent l'esprit de la fête à de meilleurs sentiments. Jonathan proposa de confectionner des pizzas et des salades en guise de souper.

Accepté à l'unanimité!

Les assiettes ne se vidèrent pas facilement de leur contenu. Les convives digérèrent mal le branle-bas des polémiques de la journée.

Plus tard, pendant la veillée, Jonathan entraîna son filleul vers les plaines d'Abraham. Il voulait le distraire avec le spectacle de la Saint-Jean et son feu de joie.

Martin accepta de s'abandonner au pilotage automatique de Jonathan à travers un transport en commun bondé à pleine capacité. Le spectacle en plein air s'avéra à la hauteur des attentes des fêtards étalés autour de la scène. L'attirance de Martin de se joindre au délire de la foule se corroda en repensant aux avaries de la visite dévastatrice de son père.

Peu après minuit, Jonathan et son filleul rentrèrent au logis. Ils savaient pertinemment qu'il leur faudrait taquiner le sommeil un bon moment avant de mordre à l'appât de son engourdissement.

Bonne nuit quand même, s'échangèrent-ils, sans éveiller la mère de Jonathan qui roupillait déjà depuis fort longtemps.

CHAPITRE SIX

Sauvé par la peau des dents!

-Au feu!!

L'appel de détresse sonna la mort subite de «Alice au pays des merveilles» du sommeil de Jonathan. Il sursauta. L'alarme le plaça en position assise sur son lit. La noirceur l'enveloppait de la tête aux pieds avec un silence de marbre. Le déficit de l'éclairage allait à l'encontre d'un incendie. À bien y réfléchir, le cri était-il une escroquerie? Avait-il rêvé? Dormait-il toujours? La lourdeur de son corps mi-endormi mi-éveillé, se redéployant sur le lit, pointait en faveur du cliquetis trompeur d'un rêve moqueur.

Jonathan referma les yeux.

-Au feu!!

L'appel de détresse récidivait au grand galop. Un deuxième cri ne pouvait plus s'apparenter à la fumisterie d'un rêve éphémère. Jonathan écarta des paupières énervées. La froideur de la nuit l'enveloppait toujours de la tête aux pieds.

-Au feu!!

Bizarre, la voix paniquée paraissait familière.

Là, c'en était trop!

Jonathan se dégagea de son lit. L'insistance de la sonnette d'alarme démontrait sans nul doute qu'un incendie faisait rage quelque part. Où donc? Fallait-il évacuer la maison? Jonathan enfila des vêtements à la hâte. Il bondit comme le clown d'une boîte à surprise. Si une évacuation était nécessaire, il fallait qu'il porte assistance à sa mère.

Un reflet lumineux sautillant attisa l'hémisphère gauche du regard de Jonathan.

Misère à poil!

Le feu dévorait le hangar!

Au feu!!

Tante Émilie se tenait près de Jonathan, les yeux en érection sous l'effet de l'horreur du drame. Les vêtements qu'elle portait et ses cheveux ressemblaient au pêle-mêle d'un champ de bataille. La mère de Jonathan s'appuyait sur sa soeur avec une tenue vestimentaire guère mieux rangée. À bien y penser, Jonathan inspecta son accoutrement. Celui-ci reflétait aussi un sérieux fouillis merdique.

Quel triumvirat!

Au diable les habits dépareillés! La lutte contre l'incendie primait sur la parade de mode! Jonathan prit le contrôle du quartier général.

-*Avez-vous appelé les pompiers?* vérifia-t-il auprès de sa tante.

Jonathan savait que la question frôlait le ridicule. Par contre, il savait que les pires moments d'épouvante savaient très bien nous dépouiller de notre jugeote. Élémentaire, mon cher Watson.

-*Oui! C'est la première chose que j'ai faite! Je suis peut-être vieille mais je ne suis pas folle!* rétorqua tante Émilie, offusquée!

En poussant son enquête plus loin, Jonathan fit la macabre découverte qu'une personne manquait à l'appel. Pourtant, l'amplitude du cri affolant de tante Émilie avait la capacité de ressusciter des morts.

-*Martin?* cria Jonathan.

Aucun signe vital. Que forniquait-il? Que brettait-il? La réaction tardive de Martin coupa l'herbe sous le pied à l'instinct que toute la maisonnée était saine et sauve. Jonathan se précipita dans la chambre de Martin à la vitesse d'un turbopropulseur. Le lit gisait en solitaire au centre de sa chambre. Les draps n'avaient pas été bougés. Une feuille de papier griffonnée reposait sur l'oreiller.

Jonathan se torpilla d'un bond jusqu'à l'oreiller. La lecture rapide du gribouillis de Martin inaugura rien de ragoûtant.

Jonathan fila vers la chambre de bain.

La mère de Jonathan et tante Émilie marchaient dans les empreintes de l'enquête. Elles trouvèrent l'occasion bien mal venue d'en profiter pour aller chier.

Erreur sur l'intention d'évacuation des matières fécales!

Les bouteilles d'aspirine vides, enchâssées entre les doigts de Jonathan, renversèrent l'erreur de jugement des dames.

C'était épouvantable. Tante Émilie s'enfourcha immédiatement au centre des ses litanies dédiées à la bonne Sainte-Anne.

-*Vite! Appelez une ambulance!* ordonna Jonathan, le visage ravagé par l'anxiété.

Si Martin avait gobé le contenu des bouteilles d'aspirine, il s'alignait raide mort vers la morgue. Les probabilités de l'arracher au trépas étaient de une sur parmi tant d'autres.

Tante Émilie décrocha le téléphone avec fureur. Elle cafouilla une demande d'assistance immédiate.

Le temps n'était plus au papotage. Il fallait réfléchir à la vitesse d'un éclair. Les composantes chimiques du cerveau de Jonathan concoctèrent une armée de stratégies. Martin courait un grand danger. Il rôtissait peut-être déjà dans le four des flammes qui s'attaquaient au hangar.

-*Que veux-tu faire?* questionna la mère de Jonathan en voyant son fils échafauder des scénarios entre deux hochements de tête.

-*Sauver Martin!* jura Jonathan.

Chaque seconde gaspillée décuplait les chances de survie de son filleul. Il fallait agir vite.

En arrière-scène, tante Émilie se débattait tant bien que mal avec son contact téléphonique. Elle montait le ton, éreintée par l'incompréhension de son interlocutrice.

-*Non madame. Les pompiers sont déjà en route. Quelqu'un est blessé dans l'incendie. Envoyez une ambulance! A, m, bu, lan, ce,* épela Tante Émilie, exténuée par le manque de coopération de la ligne d'urgence.

Jonathan ramassa un drap et une serviette. Il s'enveloppa comme une momie. Il entra dans la douche avec tout son gréement. L'eau était froide. Peu importe, il n'avait pas le temps d'attendre l'arrivée de l'eau chaude. Il sortit de la douche sans s'essuyer. Il passa devant tante Émilie en dégoulinant comme une lavette.

Le spectacle donna un intermède au débordement de tante Émilie avec le combiné du téléphone.

-*Où s'en va-t-il?* questionna-t-elle en examinant la traînée d'eau que Jonathan oubliait derrière lui.

-*Sauver Martin, informa la mère de Jonathan,* atterrée par l'éventualité du danger qui guettait son fils improvisé en secouriste. Le feu allait-il lui arracher deux des êtres significatifs de son entourage immédiat?

Tante Émilie prit les jambes à son cou. Elle rattrapa Jonathan en glissant dans sa poche trempée une photographie de la bonne Sainte-Anne. « *Qu'elle te protège* », annonça-t-elle dans le but d'encourager son neveu. Jonathan esquissa un sourire derrière la serviette trempée qui masquait sa bouche.

L'action se déplaça à l'extérieur du logis.

Jonathan risqua de se casser le cou en se jetant dans l'escalier. À peine la dernière marche sautée, il se précipita sur le hangar pris d'assaut par les flammes. La porte était entrouverte. Jonathan la poussa sans réfléchir aux conséquences des étourderies de son geste. La porte bloqua sa course sur un objet inanimé. Jonathan étira son bras à la recherche d'une explication du blocage. Il enleva un vieux manchon de pioche qui avait certainement été placé de façon à empêcher l'ouverture de la porte du hangar. Le déblocage permit à Jonathan d'ouvrir la porte à sa pleine grandeur. Il remarqua rapidement le corps inanimé de Martin qui gisait au fond du hangar.

Le chenapan, il avait bien calculé son jeu. Toute la charpente enflammée menaçait de s'écrouler et le chemin menant à Martin était bordé d'écueils. Le filleul était d'ailleurs sur le point de flamber comme une allumette.

Jonathan esquiva un slalom périlleux entre les foyers d'incendie jusqu'au fond du hangar, au risque de se joindre au sacrifice du bûcher.

Qu'importe, l'heure n'était pas au calcul des risques d'une commission d'enquête sénatoriale. Les flammes léchaient les poutres maîtresses de la charpente du hangar. L'écroulement du bâtiment annonçait son fracas glorieux.

Jonathan attrapa le corps inerte de Martin. Il effectua un repli rapide vers l'extérieur. En s'éloignant du hangar, il sentit la soupe chaude. Le bout de son drap commençait à s'enflammer. Tante Émilie se rua sur le brasier avec un balai. Elle étouffa les flammes avec succès.

Quelle joyeuse équipe!

L'approche des sirènes du camion à incendie et de l'ambulance ajouta une surenchère au spectacle d'enfer, qui était parvenu à amasser une kyrielle de badauds. D'ailleurs, je parie que vous aimeriez, vous aussi, être aux premières loges du brasier. Désolé, ce sera pour une autre fois, je dois retourner à mon écriture.

Alors, je m'apprêtais à dire que la structure du hangar tenait tant bien que mal devant l'adversité des flammes. Rendue à bout de souffle, elle s'effondra dans un vacarme d'épouvante qui contenta l'appétit incendiaire des spectateurs. Dommage, vous avez raté le spectacle. Sans rancune.

Je disais donc que les effets spéciaux «son et lumière» de l'incendie atteignaient l'apogée de leur règne.

Jonathan déposa Martin sur un matelas ébauché à la hâte sur l'herbe. Il effectua un examen médical sommaire. Le bilan ne le réconforta pas. Le pouls était à peine palpable. Le coeur avait des ratés.

Les pompiers déployèrent leur attirail à une vitesse record. Ils commencèrent à combattre la déflagration avec ardeur. Les flammes jouèrent au chat et à la souris avec les jets d'eau qui fonçaient tête baissée dans le feu.

Les ambulanciers s'approchèrent de Martin en trimbalant une civière et une trousse portative de premiers soins. Jonathan signala que son filleul avait ingurgité une quantité phénoménale de comprimés d'aspirine. Il dressa un portrait médical sommaire de l'état de Martin. Les ambulanciers captèrent aussitôt le côté critique du drame. Ils embarquèrent le corps inerte de Martin sur la civière et ils se dépêchèrent à le transporter vers leur véhicule.

Abandonnée sur le gazon par l'équipe d'urgence, Tante Émilie larmoyait toujours ses litanies à la bonne Sainte-Anne, en compagnie de la mère de Jonathan.

Les restes calcinés du hangar lancèrent leurs derniers crépitements de douleur. La lutte contre l'incendie, menée par les pompiers, sembla être sous contrôle. Ils confirmèrent que le hangar était une perte totale.

Tante Émilie se sacrait comme en l'an quarante de l'effondrement de la cote boursière du hangar. Ce qui l'intéressait par-dessus tout, c'était de vérifier si Martin était aussi une perte totale.

L'ambulance décolla en trombe sans crier gare!

Le départ sonna la dispersion du troupeau de badauds, faute d'une attraction juteuse capable d'alimenter leur curiosité mal placée. Cette fin du premier acte dilapida un fragment des inquiétudes de Jonathan. Il se sentit soulagé pour la première fois depuis sa descente précipitée hors de son lit. Toutefois, l'apparence d'un premier tour du chapeau réussi ne garantissait pas le gain du match en faveur de Martin. Jonathan connaissait l'ampleur de la bataille qu'il restait à mener avant de l'extirper à la mise à mort des médicaments.

-*Tu trembles comme une feuille,* nota tante Émilie en examinant les lèvres bleutées de Jonathan. *Tu vas attraper ton coup de mort. Ne niaise pas ici! Dépêche-toi à te mettre des vêtements secs sur le dos,* obligea-t-elle, encore à peine remise du tourbillon des aventures de la soirée.

Avec deux malades sur les bras, Martin et la mère de Jonathan, l'hécatombe familial affichait complet. Il n'était pas le temps que Jonathan s'ajoute à l'extermination de la race avec une pneumonie. Tante Émilie se sentait trop vieille. Elle n'avait plus l'énergie nécessaire à négocier des funérailles en série.

Jonathan n'opposa aucune résistance à l'ordre de sa tante. Le linceul glacé de ses habits trempés le congelait jusqu'aux os depuis que l'incendie du hangar avait éteint sa fournaise. Il remonta l'escalier qu'il avait descendu d'un trait à la poursuite contre la montre de l'enlèvement de Martin à son immolation. Jonathan fouilla à la hâte dans ses fringues. Il échangea ses haillons transis contre des vêtements secs, après s'être réchauffé en s'enrobant dans des serviettes de bain passées à la sécheuse par l'entremise de sa mère et de tante Émilie.

Le traitement confirma la défaite du claquement de dents déclenché par son refroidissement. Bientôt remis, Jonathan décida de revenir à ses préoccupations originelles. Il se précipita en droite ligne vers le chevet de Martin.

Tante Émilie exigea mordicus le retour d'un appel téléphonique à la seconde près que des nouvelles fraîches sur la conjoncture du taux de survie de Martin seraient divulguées.

-*Oui. Oui,* avait promis Jonathan en grimpant dans un taxi.

L'hôpital!

Jonathan s'y retrouvait une fois de plus.

Tout un abonnement. Le volume de ses visites du dernier mois valait la peine de négocier un prix de gros.

Le personnel de l'urgence indiqua la position exacte des bancs disponibles à utiliser pendant l'attente de la venue du médecin responsable de rescaper Martin.

Jonathan accepta l'offre. Il n'avait surtout pas les moyens ni le loisir de la décliner.

L'attente s'étira, s'étira et s'étira entre un cortège de cafés et des randonnées à n'en plus finir dans les couloirs. Jonathan essaya de lire une revue. Le passe-temps n'amusa pas le tord-méninges de ses pensées.

Pourquoi Martin avait-il essayé de se suicider? Jonathan imaginait un tas de raisons : découragement, avenir bloqué, estime de soi dans les talons... Chose certaine, une souffrance atroce avait rongé ses forces au point d'embrasser le non-retour des bienfaits de la mort maquillée en douce délivrance.

Jonathan s'en voulait d'avoir mal interprété les signes de dépression de son filleul. Depuis la visite de son père, Martin avait farci ses paroles de ritournelles négatives. Au lieu de détecter le sens caché de la souffrance du désespoir de Martin, Jonathan avait tenté de dégainer une bonne humeur afin de juguler l'inflation pessimiste des paroles de son neveu.

Pire, la veille de sa tentative de suicide, Martin avait parlé d'un grand voyage qu'il voulait entreprendre. Jonathan avait encouragé son filleul. C'était la première fois en cinq jours qu'il parlait d'un projet d'avenir. Martin avait déclenché un fou rire devant l'encouragement de son parrain. Maintenant, il comprenait la réaction. Il avait été un gros bêta de l'encourager à entreprendre le grand voyage jusqu'à l'au-delà!

Toutefois, Jonathan avait un dernier compte à régler avec le sens tangible de la tournure funeste des événements. Quelque chose l'agaçait dans le fil conducteur de la tentative de suicide de Martin. Le geste témoignait d'un manque total de confiance que Martin avait cultivé envers son oncle. Pourquoi? Le virage raté du climat de confiance blessait Jonathan. Il avait entretenu une excellente relation avec Martin depuis la naissance du bambin. La réaction traîtresse du filleul ne pouvait s'expliquer que par l'entremise d'une vieille blessure de guerre de la relation carencée entre Martin et son père. Cette blessure avait tout emporté sur son passage!

-*Monsieur Jonathan Lassonde,* interpella une voix, cravatée par un stéthoscope.

C'était l'heure de la tombée du journal. Que racontaient les gros titres par rapport au repêchage potentiel de Martin? Jonathan croisa les doigts et les orteils.

-*Oui. C'est moi,* prouva-t-il.

Le silence, aussi court soit-il, n'en finissait plus de se prolonger indûment avant l'annonce de la ruine ou du prompt rétablissement de Martin.

Jonathan continua à se croiser les doigts et les orteils.

-*Vous avez de la chance. Votre filleul est hors de danger,* annonça le médecin avec austérité. *Il vous doit une fière chandelle. Sans votre intervention, il serait mort.*

Hors de danger!

Vous avez dit hors de danger!

Dieu merci! Jonathan ramassa la bonne nouvelle avec la transfiguration d'un fidèle aveuglé par sa piété. Il aurait désiré la clamer sur tous les toits de la ville. Je suis certain que vous entendez le son de ses cris de joie jusque dans le creux de vos oreilles.

Justement, parlant de déclarations, il ne faudrait pas oublier d'avertir tante Émilie. Jonathan fit une mise de côté momentanée de l'obligation de contacter tante Émilie. Elle pouvait attendre encore un peu avant d'être mise au parfum de la rumeur.

-*Puis-je le voir?* demanda Jonathan.

-*Bien sûr. Mais, je vous avertis, il dort,* informa le médecin devant la requête classique de la circonstance.

Jonathan hocha la tête en signe de compréhension. Il attendrait le réveil de Martin. Ce qui urgeait, c'était de le voir de ses propres yeux comme Saint-Thomas dans l'évangile.

Le médecin refila les indications capables d'amener Jonathan à la chambre de Martin. Dossier réglé. Désolé, les cinq minutes allouées sont écoulées. Le médecin tourna les talons vers la prochaine urgence inscrite à son tableau de bord.

Quoi? Que dites-vous? Il ne faut pas oublier d'avertir tante Émilie. Vous avez raison! Une chance que vous êtes là. Merci de nous le rappeler.

Jonathan gaspilla quelques minutes en pianotant sur le clavier numérique d'un téléphone public. Tante Émilie était une Marie-Madeleine comblée de joie. Elle n'en finissait plus de remercier sa bonne Sainte-Anne. Son bonheur la poussait à hurler dans le combiné au détriment de la rupture des tympans de Jonathan.

Qui aurait été en droit de se plaindre d'un tel survoltage?

Lorsque Jonathan eut enfin la permission accordée de couper la conversation téléphonique avec sa tante, il intégra la chambre de Martin.

Conforme à la prédiction, Martin dormait profondément avec des veines branchées à un spaghetti de solutés. Son visage affichait la sérénité de l'insouciance du gibier se sachant hors de la portée du tir des chasseurs.

Jonathan appuya sa main sur le front de son filleul. Martin était hors de danger. Jonathan pleura de joie afin de déverser le débordement du surcroît de son énervement.

Rassuré du dénouement heureux de l'aventure de Martin, Jonathan alla s'échoir dans une chaise offrant une vue imprenable vers son filleul.

Ses paupières devenaient de plus en plus lourdes.

Vous dormez. Vous dormez.

La nuit de sommeil houleuse de Jonathan s'emmêla dans une myriade de rêves fous. Jonathan traversa des milliers de palissades de feu. Il chercha le cadavre de Martin au moins cent fois. Le hangar parvenait toujours à s'effondrer avant qu'il ne parvienne à atteindre son filleul. Au paroxysme du cauchemar, Martin se transformait en torche humaine et il sortait du brasier en hurlant de douleur.

Rien de reposant.

À chaque fois que Jonathan relevait les paupières de ses hallucinations, Martin dormait comme une bûche. Lorsque les premiers rayons de soleil chassèrent la nuit, les rêves incendiaires de Jonathan tombèrent en grève. Il s'accorda enfin une petite relâche mentale.

-Oncle Jonathan...

Les premiers mots de Martin relevèrent péniblement Jonathan de sa chaise. C'était la conséquence directe d'une durée trop prolongée de sa position assise. Une surcharge de courbatures ankylosait les muscles de son corps.

-Oncle Jonathan, répéta Martin...

Jonathan jeta un regard paternel à Martin, heureux de le savoir vivant. Le filleul baissa les yeux devant la honte d'assumer sa tentative de suicide dans le monde des vivants.

-Tu nous as flanqué une méchante frousse! Quelle idée folle t'a traversé l'esprit?

Jonathan retenait la cristallisation du grondement de ses réprimandes. L'harnachement désirait ne pas trop effaroucher son filleul. Pourtant, il méritait une sérieuse correction. La rechute d'une nouvelle tentative de suicide de la part de Martin avait créé tout un cirque.

-Je n'avais plus le goût de vivre..., sifflota Martin.

Pas le goût de vivre. Drôle de réflexion. Comme si notre rôle de citoyen libre nous procurait le droit de décider de vivre ou de ne pas vivre en cochant une case. Pas le goût de vivre! La belle raison gravée en lettres d'or! Je n'ai plus le goût. Pouf! Je ferme le téléviseur en un claquement de doigts! La simplicité de la réponse dépassait l'entendement.

-*Pourquoi?* enchaîna Jonathan, intéressé à gratter l'abcès jusqu'à ce qu'il saigne.

-*Mon con de père n'arrête pas de me dire que je suis un bon à rien depuis que je suis au monde. Tante Émilie a vendu sa maison. Elle rêve de se dénicher une place full tripante dans un centre d'hébergement. Ta mère est sur le point d'agoniser. Je n'ai plus de place méga cool où rester. Tant qu'à me retrouver à la rue une fois de plus, je préfère aller rejoindre grand-papa au ciel. Il est le seul être vraiment cool qui peut s'occuper de moi...*

Martin larguait la dégringolade de sa démotivation dans un défoulement qui donnait le goût de vomir. Son haut-le-coeur s'abreuvait à la simple idée de revenir à la case de départ du sentier du rejet social de l'itinérance. Il ne désirait plus s'abreuver à cette fontaine de malheur! Vraiment pas! Plus question de perdre le terrain de l'estime de soi, gagné d'arrache-pied depuis son repêchage par Jonathan. Il avait accumulé une avalanche de joies pendant sa courte vie commune avec son parrain! Le contact avec l'exilé l'avait réconcilié avec lui-même. Quelques séances chez le psy et une tonne de copies de conversations avec Jonathan étaient parvenues à le convaincre que son salut débutait en apprenant à s'aimer lui avant d'aimer les autres. Au fait, la leçon avait-elle vraiment brisé le moule de ses vieilles habitudes? Pas vraiment... Vous êtes témoin! Martin ne venait-il pas de retomber dans le péché du manque d'estime de soi? N'avait-il pas douté de sa capacité à s'en sortir? N'avait-il pas baissé les bras en tentant de se suicider, aussi difficile que puisse paraître une telle décision?

-*Tu oublies que j'existe,* mentionna Jonathan, insulté d'avoir été licencié du cortège des cons, qui confinait Martin à son triste rôle d'Aurore l'enfant martyr.

-*Toi, tu risques de te retrouver en prison d'un jour à l'autre. Comment pourrais-tu m'aider?*

La réplique cinglante de Martin était sortie sans avertissement comme un bouton d'acné. Jonathan plia les genoux. Le retour du spectre maudit de son séjour probable en prison, ramassé comme justification de la tentative de suicide de Martin, devenait indigeste. C'était à son tour de vomir sur l'insolence de son filleul. Pourquoi Martin croyait-il que son oncle quitterait le navire sans se soucier de mettre le moussaillon à l'abri en lieu sûr? L'infamie s'ajoutait à l'ingratitude. Jonathan aurait mis sa vie en jeu si la survie de Martin en dépendait. Ne l'avait-il pas prouvé en le sauvant des flammes du hangar?

Martin attrapa au vol la pointe de colère en effervescence s'échappant des confins du regard de son parrain. Il regretta sa remarque maladroite brandissant le séjour prochain de Jonathan derrière les barreaux. Le gâchis qu'il venait de commettre sapa encore son moral pas très en forme par les temps qui courent. Martin aurait préféré crever dans l'incendie du hangar! Et il le désirait vraiment!

-Tu me déçois un peu, expulsa Jonathan. Je trouve que ton jugement sur ma façon de vivre est à côté de la coche. Oui, je te l'accorde. Je risque d'être emprisonné d'une journée à l'autre. Ce n'est pas une raison suffisante pour croire que je vais t'abandonner. Depuis que ton père nous a demandé de quitter la maison de tante Émilie, je n'arrête pas d'arpenter le quartier dans l'espoir de dénicher un nouveau logement. Contrairement à ce que tu penses, tante Émilie était prête à rester avec toi au lieu de se retirer dans un centre d'hébergement. Nous avions l'intention de t'aider à défrayer les coûts de tes études. Tu t'es trompé sur toute la ligne. Ton manque de confiance en nous est insultant!

Le petit nigaud, il méritait une punition! Privé de dessert et de sortie pour une semaine! Martin pouvait s'escompter chanceux de s'en sortir avec si peu de travaux communautaires.

Martin renfrogna son nez dans la couverte, paré à recevoir sa fessée de l'année.

-Tu vois. Je suis incapable d'agir sans que ça foire J'ai même réussi à te faire capoter! T'es full frustré! Je suis foutu! Plus personne ne peut m'aider. Je suis juste bon à jeter à la poubelle. J'aurais dû crever dans l'incendie du hangar!

Le filleul leva le bras comme un naufragé signalant sa présence à un navire de passage. Le cliché indiqua à Jonathan que son filleul émettait toujours un signal de détresse. Jonathan avait-il trop été généreux sur les piments forts de sa vengeance?

-Martin, je crois que c'est ton cerveau qui fonctionne mal. Je ne te gronde pas. J'essaie simplement de te prouver que nous t'aimons tous et qu'il n'est pas question en aucun temps de t'abandonner. Arrête de te déprécier comme un mauvais investissement. Tu as autant de talent qu'un autre. J'ai confiance en toi. Je t'en supplie, ne baisse pas les bras et grouille-toi les puces! Accroche-toi à tes rêves! Ne pense pas qu'ils vont se réaliser sans efforts. Tu sauras que parfois il faut trimer dur avant d'accomplir un rêve! Si tu perds la foi en ton avenir, tu es perdu!

Le tir du message de Jonathan était on ne peut plus juste. Tout de même, Jonathan regrettait de ne pas avoir mis Martin dans la confidence en ce qui concerne la recherche d'un logement et le paiement des études. L'omission avait presque tué son filleul.

-Mais..., miaula Martin, embarrassé

Le filleul ne savait plus comment se dépatouiller. La portée de ses paroles et le message de ses gestes tiraient sur les mauvais lapins. Il avait peur d'agrandir davantage la fente de son ingratitude en tentant d'expliquer les raisons qui dictaient sa conduite.

Jonathan profita de la confusion de son filleul. Il continua son attaque en règle contre l'impulsion maladroite de la tentative de suicide de son filleul.

-Imagines-tu l'impuissance que nous ressentons face à ta tentative de suicide? As-tu pensé un seul instant à la descente en enfer que nous aurions vécue si tu avais réussi? Je ne me le serais jamais pardonné. Tante Émilie en serait morte de chagrin. Si tu étais mort, nous aurions passé toute notre vie à chercher la véritable raison qui avait justifié ton geste? Nos questions seraient restées sans réponse. La douleur qui te faisait souffrir à un tel point que tu croyais l'anéantir en te suicidant, c'est nous qui l'aurions portée dans notre coeur à perpétuité. Si tous les gens qui se suicident savaient que la douleur qu'éprouveront ceux qui restent sera aussi grande que la leur, il y aurait bien des choses qui changeraient. Je te le répète. Nous t'aimons tous. Nous tenons à toi comme à la prunelle de nos yeux. Tu fais partie de la famille. Pourquoi as-tu refusé de nous parler de tes inquiétudes? Nous aurions pu dégrossir tes angoisses avant qu'elles prennent des proportions insupportables. Quand ça ne va pas, il faut demander de l'aide. Je croyais que tu savais que tu pouvais compter sur nous...

En résumé, l'imbroglio avarié du malentendu de la communication avait loupé l'arrêt du train de l'envie de mourir de Martin. Finalement, le suicide, c'est l'émeute du silence!

-As-tu déjà pensé au suicide? questionna Martin dans le but de légitimer son droit de mourir.

Jonathan s'étouffa sec! Le sans-gêne de la question retournait le couteau dans les cicatrices des anciennes famines de sa raison de vivre. L'avantage de la patinoire échappait des mains de Jonathan en faveur de Martin. Le jeu commençait à être beaucoup moins amusant.

-Oui. À vrai dire, l'idée m'a traversé l'esprit des centaines de fois.

C'est confirmé. Martin récupérait la rondelle. Jonathan avait sous-estimé la force du revers de son filleul. Le débat se déplaçait vers le terrain glissant de la tourmente. Jonathan n'avait plus qu'à chausser ses patins et à déjouer une confrontation avec sa propre déprime.

-Pourquoi n'as-tu pas essayé de te suicider? demanda Martin.

Passer à l'acte! Lui! Jonathan Lassonde! Foutaise! Penser au suicide lui convenait suffisamment même si les pierres d'angle, parées à amorcer la fringale d'en finir, ne manquaient pas. Non! Jamais le suicide n'avait enrôlé le libre arbitre de Jonathan dans son escadron de la mort. Il faut croire qu'une puissance infiniment plus forte avait volatilisé la tentation du glaive mortel. Un pressentiment invisible l'avait toujours guidé favorablement en affirmant que les épreuves semées sur sa route ne visaient pas à l'enfermer dans l'antichambre de ses mauvaises étoiles. Sa déportation en Europe, qui l'avait parachuté comme un chien dans un jeu de quille, prouvait la force positive du marasme. Les découvertes de cette période outre-mer avaient transformé sa destinée. Même si, au début, un tas de personnes s'étaient cassé les dents sur la torpeur de Jonathan, fermé comme une huître, c'était lorsqu'il avait accepté d'aller à la rencontre des mains tendues, lorsqu'il avait recommencé à bouger que tout avait changé et qu'il était devenu capable d'explorer les nouveaux créneaux des bienfaits de la vie. Il avait été obligé d'inhaler la sagesse d'entreprendre le douloureux passage étroit entre la dérive destructrice et l'abandon constructif vers l'évolution de l'être. Il en était sorti gagnant. Toutefois, il avait été obligé de forcer l'action, de ne pas attendre qu'une baguette magique s'occupe de tirer l'épingle du jeu à sa place. C'est ce qui s'appelle ne pas baisser les bras et se retrousser les manches jusqu'aux épaules! Forcer le destin!

-Me suicider! Tu es fou! J'aime beaucoup trop la vie pour me suicider! À venir jusqu'ici, j'ai toujours trouvé une raison de vivre. Dans les pires moments de mon existence, j'écrivais mes idées noires sur une feuille de papier. Je les relisais. Je froissais la feuille de papier, et je la jetais à la poubelle. Depuis que j'ai adopté cette recette, mes idées noires ont toujours disparu comme par enchantement. C'est ça la magie de vivre!

Jonathan diffusait son démo sans copyright. Il désirait tant communiquer sa conviction de vivre à Martin. Après mûres réflexions, son filleul n'imitait-il pas la recette du bonheur de Jonathan en composant des poèmes? Par chance, il ne les jetait pas à la poubelle. Martin réalisait-il que la poésie était sa planche de salut?

-Tu es full chanceux. Moi, j'ai perdu la force de me battre. Pour moi, le mal de vivre est plus capotant que la mort, répliqua Martin en s'abandonnant au creux de son lit.

Jonathan se découragea. Son discours sur la plénitude des 3 ou 4 dernières pages avait-il été vain? Devait-il tout répéter?

-Il faut toujours chercher un moyen d'éviter de se suicider! implora Jonathan. *Parler à une personne en qui nous avons confiance. Crier au secours! Écrire des poèmes. Tu es chanceux que tante Émilie ait souffert d'insomnie la seule nuit où tu as essayé de te faire flamber. Sinon, ni toi ni moi aurions la chance de se parler, ajouta Jonathan.*

Le mûrissement des 3 ou 4 dernières pages porta fruits, surtout à cause de la dernière réplique.

Jonathan s'approcha davantage de Martin. Il l'entoura avec une douce étreinte. Il le berça comme lorsque son filleul se réfugiait dans ses bras à l'âge de six ou sept ans. Le souvenir sécurisa Martin.

Un hurlement du tonnerre s'engouffra dans la chambre. Martin et Jonathan sursautèrent jusqu'au plafond.

-Martin Lassonde! Tante Émilie vient de m'apprendre que tu as essayé de te tuer! Vraiment, tu n'en finiras plus de me faire suer. Quand décideras-tu de te comporter comme un adulte? J'ai du travail plein mes culottes. Tu me fais perdre un temps fou avec tes niaiseries.

Le frère de Jonathan n'avait pas son pareil dans l'invention des réflexions à courte vue. Le travail était le nerf de sa guerre. Le temps valait son pesant d'or. Par contre, en ce qui concernait les relations humaines, il était minable. Pourtant, Jonathan savait que son frère avait un visage humain extraordinaire. Il le connaissait depuis fort longtemps.

L'irruption triomphale de son père dans la chambre ne décontenança pas Martin. Au contraire, l'apparition du matamore ajouta à son confort. Le calme enjoué de son neveu renseigna Jonathan sur la véritable raison de la tentative de suicide de son filleul. Je suis convaincu que vous vous en doutez également. Oui. C'est en plein ça. Vous l'avez! Chut! Pas un mot à personne avant les cinq prochaines pages.

-Papa, je ne voulais pas...

Sylvain congédia sur le champ les marchands du temple des explications de son fils. Pour qui se prenait-il, l'incapable? Pensait-il avoir le droit de parole?

-Minute papillon! Je ne suis pas venu ici t'entendre réciter des excuses à n'en plus finir. C'est trop tard! Le mal est fait! Tu vas assumer les dégâts causés par tes imbécillités!

Les sourcils de Sylvain se hérissèrent comme une pelote d'épingles. Il était exaspéré au point de commettre l'irréparable. L'idée de tuer son fils traversa son esprit troublé. Il se disait qu'il pourrait achever la sale besogne que Martin avait été incapable de terminer.

-Donne-moi la chance de tout t'expliquer, osa encore placer Martin, pendant que son père effectuait un temps d'arrêt entre deux respirations.

-Je t'avertis, je ne veux plus que tu viennes foutre le bordel sur mes chantiers! Mon projet d'habitations en condominium a failli avorter à cause de l'incendie du hangar. Veux-tu ma mort? demanda Sylvain, les mains sur les hanches en fixant Martin avec un air malveillant.

L'attaque de Sylvain s'avéra caduque. Martin ne broncha pas. Désormais, il avait décidé d'affronter le taureau par les deux cornes. Son père pouvait continuer à charger! Il était décidé à accomplir ce qu'il aurait dû accomplir depuis des lustres : affronter l'entêtement bêta de son père.

Jonathan décida de rejoindre le camp de Martin. À deux, ils avaient plus de chance d'abattre le refus global de Sylvain. Jonathan avança aux côtés de son frère afin de signifier la couleur de son vote. Martin accepta le coup d'épaule à la roue de sa défense avec une immense joie. La connivence attisa au lieu d'éteindre le rugissement du félin.

-Sylvain! Arrête ta comédie! As-tu déjà oublié que ton fils a tenté de se suicider? La bonne marche de tes affaires est-elle plus importante que la vie de Martin? cria Jonathan afin de discuter d'égal à égal avec le rugissement de son frère.

La mise en scène espérait amollir l'acier trempé du colosse de l'insensibilité de Sylvain. Rien à faire. La colère conservait sa place de mauvaise conseillère.

Le rugissement de Sylvain recommença de plus belle.

-Je me fous éperdument que Martin décide de s'enlever la vie. C'est son choix. Il peut agir à sa guise. Mais qu'il me sacre la paix!

C'en était trop! La barque chavirait sous le surplus de la pêche miraculeuse du venin de Sylvain. Il ne pouvait pas dire que la mort de son fils le réjouissait! Jonathan ne croyait pas une once de vérité de l'affirmation de son frère.

-*Tu mens!* cria Martin, en boxant avec ses poings sur le matelas de son lit.

La virilité du jeu n'amusa plus la galerie. Martin ragea encore et encore contre son matelas. La première phase de son scénario fonctionnait à merveille : sa tentative de suicide était parvenue à organiser un rendez-vous avec son père. Pour la deuxième phase de son scénario, l'objectif visé quittait sa trajectoire.

Sylvain hésita un peu devant l'accusation de mentir criée par Martin. Il n'était pas habitué d'entendre hurler son fils avec des phrases aussi assassines, un peu proches d'une certaine réalité. Mais, ne vous laissez pas berner, le déséquilibre ne dura pas longtemps. Sylvain reprit vite goût à son rôle de lion enragé.

-*Je ne mens pas! Je pense réellement ce que je dis. Tu peux décider de mourir si ça t'enchante. Mais je t'avertis. Si tu désires mettre fin à tes jours, ne mêle plus mes chantiers à tes saloperies. Compris!*

Sylvain attendait que Martin accepte son marché. Un con! Martin ne désirait plus pactiser avec son diable de père. Son âme valait plus chère que la promesse de ne plus embêter un être que Martin aimait : son père. Comment pouvait-il parvenir à percer le mur qui les séparait?

La lecture de la broue dans le toupet des conjonctions psychologiques de Martin signala à Jonathan qu'il devait reprendre la rondelle. Sylvain avait enfoncé sa tête dans le sable assez longtemps! Il devait finir par accepter le sans équivoque du lien affectif qui l'unissait à son fils.

-*Je suis convaincu que tu ne penses pas ce que tu dis. C'est impossible que la tentative de suicide de Martin te laisse totalement indifférent. Avoue que tu trembles de peur depuis que tu as appris que ton fils a passé à deux doigts de la mort. La preuve, si tu es un homme si occupé, pourquoi perds-tu ton temps à engueuler Martin sur l'incendie du hangar? Je ne comprends pas. Tu dis toi-même que ton projet d'habitations en condominium est sauvé.*

Jonathan était assez content de son lancer- frapper dans les parties sensibles de son frère. Dommage, Sylvain se releva de ses cendres sans que rien n'y paraisse.

-*Je pense vraiment ce que je dis. Martin peut se suicider. Je m'en fous.*

Sylvain répétait sa phrase comme un automate. Ce truc permettait de tenir le couvercle fermé sur ses tripes. En affaires, il n'y a pas de sentiments. C'est la loi du talion!

-*C'est faux. Ma tentative de suicide te fait full bad triper,* hurla Martin. Il menaça de débarquer de son lit et d'aller brasser la cage thoracique de son père.

Jonathan ramassa la rondelle et il tenta une nouvelle passe dans le coin droit du filet.

-*Arrête de te mentir à toi-même. La mort de Martin t'aurait mis à l'envers autant que moi. Avoue donc que tu es venu à l'hôpital uniquement dans le but de savoir si Martin s'en était sorti vivant?*

Jonathan approcha son nez à trois cent millimètres de celui de son frère. Il obstruait volontairement le champ de vision en direction de Martin. Ceci donnait un avant-goût de la disparition de Martin! Jonathan fixa Sylvain droit dans les yeux afin de tester la volonté réelle du courage de son frère à accepter la mort de son fils.

Sylvain se retourna face à un mur.

Martin ramassa la rondelle.

-*Papa, tu as raison. J'ai tenté de me suicider dans le hangar de tante Émilie en espérant donner un méga bogue à ton projet. J'espérais te punir en détruisant ce qui te faisait le plus full triper. Je voulais que tu te sentes aussi croche que moi quand tu me répètes que tu ne m'aimes pas. J'avais le goût que, toi aussi, tu capotes au cube. Lorsque je t'ai vu te pointer à l'hôpital, j'ai vraiment cru que tu m'aimais au bout! Je me disais que je n'avais pas sniffé la mort pour rien. Papa, m'aimes-tu? M'aimes-tu?*

En retenue. Copier mille fois la phrase « *m'aimes-tu?* ».

Sylvain resta positionné face au mur. Ses poings se crispèrent. Ses épaules levèrent vers le ciel. Préparait-il un rugissement méga féroce?

-*Pour une fois dans ta vie, avoue que tu aimes ton fils,* ordonna Jonathan en se positionnant à l'arrière de Sylvain.

En retenue. Copier mille fois la phrase « *j'aime mon fils* ».

Pour la première fois depuis l'arrivée de Sylvain, un silence mortel plana dans la chambre d'hôpital. Martin fondit en larmes en se racontant qu'il avait taquiné la mort sans parvenir à gagner la déclaration de l'amour de son père. Jonathan trouva que son filleul rendait son tablier trop vite. Même si Sylvain avait le dos tourné, le crépuscule d'un changement d'attitude dessinait un retournement prometteur de la situation.

-*Tu as raison Jonathan,* avoua Sylvain. *Aussitôt que tante Émilie m'a annoncé que Martin avait tenté de se suicider, j'ai revécu la même douleur que lorsque les policiers sont venus m'annoncer que ma femme était morte dans un accident de voiture. Je me suis précipité à l'hôpital en espérant que Martin soit sain et sauf! Je regrettais tellement nos disputes sur son choix de carrière. J'avais honte de l'avoir trop malmené depuis la mort de ma femme. J'avais honte de l'avoir jeté à la rue. J'avais peur que Martin meurt en pensant que je le détestais. Quand le médecin m'a annoncé qu'il était vivant, j'ai sauté de joie. Je ne sais pas ce que je serais devenu si le médecin m'avait annoncé sa mort. Martin, tu es le dernier pilier sur cette planète qui donne un sens à ma vie. Je t'aime.*

En retenue. Copier mille fois la phrase « *Martin, je t'aime* ».

Sylvain se retourna en pleurant. Il s'approcha de son fils. Il le regarda avec un profond respect. Martin était devenu un homme. Sylvain avait oublié de grandir avec lui. La peine de la perte de son épouse, lorsque Martin avait trois ans, avait tué le charme de sa paternité. Sylvain avait noyé son deuil dans le travail. Le remède avait évité une dépression. Par contre, la plongée dans le travail l'avait éloigné de ses obligations envers son fils.

-*Papa. Je t'aime,* râla Martin.

Le père et le fils se donnèrent une douce étreinte musclée. L'énergie qui circulait entre les deux hommes tentait de rattraper le temps perdu, qui s'était empêtré les deux pieds dans la même bottine depuis la mort de l'épouse et de la mère.

L'heure était propice au déploiement d'un tissu d'excuses.

-*Pardonne-moi, prononça Sylvain. Ce n'est pas facile de ramasser son chagrin de la perte de son épouse et de s'occuper d'un petit garçon de trois ans. Ce n'est pas de ma faute si je n'ai jamais su comment m'y prendre pour éduquer un enfant. Ta mère avait tellement le tour de s'occuper de toi. J'ai tout gaffé. Quel gâchis! Tu as failli te tuer à cause de moi!*

Les excuses de Sylvain coulaient comme une douce musique dans les tympans encore fragiles de Martin. Il planait au cube. Martin avait tant rêvé de défoncer la muraille de chagrin érigée par la mort de sa mère. Aujourd'hui, le prodige était enfin accompli. Il pardonnait à son con de père d'avoir été aveuglé par la mort de son épouse. Il pardonnait à son père les gaucheries de sa paternité. C'était normal. Il l'aimait.

En retenue. Copier mille fois la phrase « *j'aime mon père* ».

-Tu n'as pas à t'en vouloir. Personne n'est parfait. Tu as fait ton possible comme tout le monde, pardonna Martin.

Le pardon soulagea grandement l'enclume de la conscience de Sylvain. C'était bon d'enterrer la hache de guerre contre son fils.

Après un bon quart d'heure de réconciliations, Sylvain se retourna vers Jonathan.

-Tu as toujours eu plus de facilité que moi avec les enfants. Accepterais-tu de prendre soin de Martin jusqu'au moment que nous réussissions à nous apprivoiser? Je te paierais les dépenses, et je te donne carte blanche sur la façon de t'en occuper. Il pourra entreprendre les études qu'il désire. Tout ce que je souhaite, c'est qu'il soit heureux.

Jonathan fut ému par la demande d'adoption temporaire. Martin l'amadoua avec ses yeux enjôleurs quémandant une réponse affirmative. Impossible de refuser une contribution à la juste cause de la réconciliation d'un père et de son fils.

-C'est d'accord, accepta Jonathan.

La signature officielle du pacte entre les trois hommes soulagea Sylvain. Le parrainage de Jonathan ne pouvait que s'avérer un grand bien dans le rattrapage des relations avec son fils.

Sylvain effaça les coulisses larmoyantes sur ses joues. Il distribua une dernière accolade sincère à Martin.

Jonathan intercepta Sylvain avant qu'il se déguise en courant d'air.

-Dis-moi, c'est bien toi qui as signalé la mort de papa à la police? lança-t-il.

-*Oui,* encaissa Sylvain en revivant le moment fatidique de la découverte de la dépouille sans vie de son père. Une telle découverte était marquée avec un fer rouge indélébile sur les pages tristes de l'album de ses souvenirs!

-*As-tu trouvé une lettre dans la chambre?* questionna Jonathan.

-*Vous êtes achalant avec cette fameuse lettre! Tante Émilie et maman m'ont obligé à fouiller la chambre de fond en comble des centaines de fois à la recherche de cette fameuse lettre. Je crois que, finalement, cette lettre sort tout droit de votre imagination. Elle n'a jamais existé,* constata Sylvain, accablé par le côté Don Quichotte de la chasse aux lettres fantômes.

-*C'est faux,* cria Martin! *Grand-papa m'a montré la lettre avant sa mort!*

Sylvain s'étonna du témoignage de son fils. La parole de Martin signifiait qu'il avait parlé à son grand-père avant sa mort. La rencontre avait sûrement bouleversé le garçon. Sylvain se désola de savoir qu'il n'avait pas été le confident prêt à soutenir son fils suite à une expérience aussi douloureuse. À partir de maintenant, il se jurait de devenir le soutien qui accompagnerait Martin. Il le jurait sur la tête de sa tendre épouse.

-*Tu ne m'as jamais dit que tu avais vu ton grand-père avant sa mort,* gronda Sylvain.

-*Tu ne me l'as jamais demandé,* ajouta Martin.

La réplique ébranla Sylvain. Il regretta amèrement le bris des communications avec son fils.

Jonathan était trop concentré sur la disparition de la lettre. Il ne voyait pas la chamaille dans les yeux de Sylvain.

-*Où est passée cette lettre?* demanda Jonathan, toujours accablé par l'imbroglio du mystère de la lettre promise par son père sur son lit de mort.

-*Quelqu'un l'a probablement volée,* suggéra Sylvain.

Ça, Jonathan l'avait déjà deviné. Il aurait plutôt préféré que Sylvain crache un indice capable de trouver la lettre.

-*Je dois absolument mettre la main sur la lettre avant qu'un mandat d'arrestation soit émis contre moi,* indiqua Jonathan en trouvant que son frère prenait l'énigme un peu trop à la légère.

-*Quoi?* s'étonna Sylvain.

Le spectre d'une arrestation donna plus de sérieux à l'intérêt de Sylvain. Il trembla. Ne venez pas me dire que le bal du débat public autour de la mort suspecte du père va redémarrer son tapage publicitaire négatif. C'est monstrueux! Sylvain repensa à la première vague qui avait éclaboussé la famille pendant des mois suite à la mort du père.

-*La police m'a averti qu'elle a l'intention d'entreprendre des procédures en vue de m'accuser du meurtre de papa,* expliqua Jonathan.

Sylvain n'aimait pas la tournure de la suite de l'aventure de son frère. Une senteur d'égout chatouillait ses narines. Jonathan en prison! C'était impensable! La vente des habitations de son projet en condominium était lourdement menacée par l'éventualité de l'arrestation de Jonathan! Il fallait réagir!

-*C'est très grave!* déclama Sylvain, éberlué par la tourmente de la révélation.

-*En effet,* mentionna Martin, intéressé à participer au drame.

Sylvain s'approcha de Jonathan. Il plaça affectueusement sa main sur l'épaule de son frère.

-*Tu sais. Dans le fond, je n'ai jamais cru une seconde que tu avais tué notre père. Et, si par hasard tu l'as aidé à mourir, je dois te remercier. Papa n'aurait jamais accepté de voir la maladie l'anéantir à petit feu. Peu importe le rôle que tu as joué dans la mort de papa, tu as pris la bonne décision. Quoi qu'il arrive, tu pourras toujours compter sur moi. Je connais d'excellents avocats. Je ne te laisserai jamais tomber.*

L'aveu se termina par une grande accolade fraternelle entre les deux hommes.

Après un autre quart d'heure d'épanchement, Sylvain décida de se déguiser en courant d'air. Il se retira, la conscience allégée par le lestage des boulets de ses manquements humains. Étrange, il se sentait plus frais et dispos que jamais afin de se consacrer corps et âme à ses occupations journalières.

Jonathan profita aussi de la conjoncture bénéfique du moral de Martin. Il quitta la chambre. Son rôle de médiateur l'avait bouleversé. Un petit grincement asthmatique réclamait son bol de calme et d'air pur avant de céder à une crise. Un retour à pied à la maison s'imposa afin de maximiser sa ration d'oxygène.

Au hasard de sa balade, il passa devant une affiche « *Maison à vendre par le propriétaire* ». La propriété en vente ressemblait énormément à la maison de tante Émilie. Il frappa à la porte.

La visite commentée du propriétaire confirma que l'arrangement des lieux, le quartier, les arbres centenaires du terrain, les balcons, bref tout le bâtiment et son environnement répondaient aux critères de Jonathan en matière d'habitation. Le prix demandé respectait son budget. Jonathan sanctionna son désir d'acheter. Le propriétaire entérina l'offre.

Marché conclu, prise de possession la semaine prochaine. Une bonne poignée de mains et hop, vendu!

Jonathan adorait foncer comme un pur-sang dans les moments impulsifs de l'existence. Il gagnait l'impression de sculpter son destin avec un coup de pinceau imprévu qui donnait toute sa signification à la finalité de l'oeuvre. Il ne pouvait pas résister aux opportunités des prestidigitateurs de la vie. C'était son casino préféré. Et l'accoutumance ne procurait pas d'effets secondaires trop malsains.

À l'approche de l'appartement, la vue de Jonathan se trouva encombrée par la présence redoutée d'une auto-patrouille. La policière qui avait participé à son interrogatoire lors de son arrivée en terre canadienne ouvra la portière lorsque Jonathan approcha de l'auto-patrouille. Il se ferma les yeux en croyant être menotté sur le champ! Il n'en fut rien. Meilleure chance la prochaine fois. Essayez de nouveau.

-Bonjour monsieur Lassonde, déclara la policière.

Le contact se voulait moins réfractaire que lors de la première fois, à la sortie de l'hôpital. Jonathan s'installa confortablement en se rapprochant davantage de l'auto-patrouille.

-Bonjour, enchaîna-t-il.

Le ton restait poli mais peu intéressé à alimenter la conversation. La suite pouvait s'annoncer du style à l'envoyer en prison plus vite que le désirait son cœur.

-*Je tenais à vous avertir que nous procéderons à votre arrestation d'ici quelques semaines,* annonça la policière.

Voilà. Jonathan avait raison. Le moment de l'arrestation s'avérait plus vite que prévu. Il avait pourtant demandé de retarder l'échéancier jusqu'à la mort de sa mère. Personne ne comprenait ses besoins. Il devrait vivre le retour de l'assaut du cancer sur sa mère à partir d'une prison. Pas question de veiller à son chevet. C'était trop injuste.

Il avait besoin de temps. Du temps afin de vivre la sortie finale de sa mère. Du temps en partage avec le passage de vie à trépas. Du temps, si précieux...

-*J'aurais préféré que se soit plus tard,* avoua Jonathan.

-*Je sais. Je suis désolée. J'ai vraiment tenté d'allonger le délai des procédures. Mais je ne peux pas faire plus. Votre dossier est très controversé. Il y a certaines personnes qui désirent ardemment se servir de votre cas afin d'empêcher que l'euthanasie soit légalisée,* commenta la policière.

Étrange, la voix de la policière se chargeait de compassion. En quelque part, son côté humain sortait de son uniforme. Finalement, elle était moins dure qu'elle osait le prétendre.

-*C'est vrai. Que je suis bête! J'ai failli oublier de vous dire que je peux prouver l'existence de la lettre écrite par mon père avant sa mort. Mon filleul l'a vue dans les mains de mon père,* arbora fièrement Jonathan, croyant pouvoir renverser le sablier de son arrestation.

La policière hocha la tête. Elle se désolait de la naïveté de la réjouissance de Jonathan.

-*Il faut trouver la lettre. Sans cette lettre, aucun juge ne croira à votre version. Il pensera que votre filleul cherche à vous protéger,* visa la policière avec justesse.

Le coup s'avéra fatal sur le sourire de Jonathan. La policière avait raison. Il était une tête de linotte. Pourquoi n'avait-il pas pensé que sans la lettre, il ne pourrait jamais se disculper. Watson avait dormi sur la switch!

-*Damnée lettre! Pourquoi a-t-elle disparu?* se questionna Jonathan, découragé.

La policière se soucia vraiment de la naïveté de Jonathan. Elle commença à penser qu'il était vraiment innocent. Il semblait si pur et si dépouillé de toute méchanceté. Attention, les agneaux sont parfois des bêtes féroces.

-*Quelqu'un a peut-être voulu que vous soyez accusé à sa place,* avança la policière.

Un déclic résonna dans la tête de Jonathan. La déduction de la policière donna un éclat à ses beaux yeux mielleux si séduisants...

-*À quelle heure le médecin légiste a-t-il évalué la mort de mon père?*

-*Vers midi quinze,* renseigna la policière.

Elle possédait le don personnel de mémoriser ses dossiers avec une facilité déconcertante. Aucun détail n'échappait à son cerveau. Lorsqu'elle prenait une enquête, elle l'épluchait toujours jusqu'au dernier poil. Son talent avait permis à la policière de monter plus facilement dans la hiérarchie.

-*Puisque je suis arrivé à peine quelques minutes après la mort de mon père, si quelqu'un a volé la lettre, je l'aurais surpris en flagrant délit,* affirma Jonathan.

La policière se confirma définitivement que Jonathan gagnait la médaille d'or des naïfs de ce monde. Il n'était pas sur le banc des accusés pour rien. Si quelqu'un cherchait à détourner une accusation de meurtre, Jonathan représentait le poisson idéal à attraper.

-*Vous étiez sous le coup de l'émotion en découvrant votre père mort dans son lit. Il est possible que quelqu'un ait été près de vous et que vous ne l'ayez pas remarqué. Cette personne a pu voler la lettre et s'être cachée dans l'appartement en guettant votre départ avant de s'enfuir,* proposa la policière.

-*Il faut que je trouve la lettre,* déclara Jonathan avec son petit air décidé des grandes occasions.

La policière craqua devant les yeux mielleux de Jonathan. Une femme de plus cédait sous le regard de Jonathan. La policière était formelle. Jonathan possédait un charme peu apparenté à un criminel. Il ne mentait peut-être pas avec son histoire de lettre. C'était la première fois que son instinct féminin l'avertissait que son suspect était probablement innocent.

Jonathan ne remarqua pas le magnétisme qu'il exerçait sur la policière. Il se concentrait uniquement sur l'échafaudage d'une façon de retrouver la lettre écrite par son père.

-*Je vous souhaite que la lettre existe encore,* souhaita la policière en se retirant.

Les beaux yeux mielleux et la naïveté de Jonathan continuèrent de bouleverser la policière jusqu'à son retour au poste de police.

Jonathan escalada l'escalier vers le logis de sa mère en continuant à élaborer un moyen de retrouver la lettre disparue.

En ouvrant la porte, tante Émilie l'attaqua avec une cargaison d'interrogations sur la survie de Martin. Elle débuta avec les inquiétudes de la réaction de Sylvain. Oui, c'était elle qui avait logé l'appel téléphonique pour annoncer que Martin avait attenté à ces jours. La mère de Jonathan avait initié l'idée mais, devant son hésitation à la concrétiser, tante Émilie avait passé à l'action. Son caractère de fonceuse avait encore donné un coup de pouce à la résolution d'une affaire corsée.

Ensuite, tante Émilie sauta sur le pourquoi de la visite de la policière. Jonathan n'aima pas la deuxième rafale de questions de tante Émilie. L'assaut obligea Jonathan à déblatérer son arrestation devant sa mère qui n'en savait rien jusqu'à aujourd'hui.

La réaction maternelle s'avéra virulente.

Elle hurla en souhaitant mourir plutôt que de vivre l'enfermement de son fils en prison. L'allusion à la mort jeta un froid sur toute l'assemblée.

Encore un peu, et Jonathan en oubliait d'annoncer la bonne nouvelle de l'achat d'une maison à appartements à sa mère et à tante Émilie.

L'annonce classée remonta au beau fixe le thermostat du moral de la gang.

Jonathan invita tante Émilie et sa mère à visiter leur nouveau « home ». Le tour guidé contrebalança l'émoi du suicide de Martin, interrompu in extremis, et gela l'épée de Damoclès de l'arrestation imminente de Jonathan.

Les quelques jours suivants furent surchargés.

Le sprint débuta avec les préparatifs du déménagement. Pendant que tante Émilie et la mère de Jonathan s'affairaient à la confection des boîtes, Jonathan exécuta le rafraîchissement de la couleur des murs et des planchers.

La fin du marathon termina sa course avec la journée du grand dérangement : transport de boîtes, camions des déménageurs, trimbalage des sacs de vêtements, casse-tête de la mise en place, barda dans les nouveaux logis, bières et pizzas. Une petite chanson à répondre avec ça?

Non merci, les hommes et les femmes ont trop chaud!

Jonathan apprécia que Sylvain donne un coup de main à la corvée du jour « *J* ». Il récupérait au moins un pan de la famille. Ce premier appui le réconfortait et l'appuyait dans sa décision de rester en terre québécoise. Il restait à conquérir ses autres frères et soeurs.

Martin prit congé de l'hôpital quelques jours après le déménagement. Son retour consacra le début de sa nouvelle vie commune avec son parrain. Le retour donna aussi l'occasion, une fois de plus, de réunir la troupe autour d'un repas gargantuesque concocté par tante Émilie.

CHAPITRE SEPT

La vérité sort de la bouche des enfants

Le téléphone avait interrompu la virée d'une petite veillée d'été passée sur le balcon. Tante Émilie n'hésita pas un instant. Elle se rua vers le combiné du téléphone. Elle était tellement férue de la rumeur la plus à la mode qu'elle n'aurait pas hésité à recourir à la torture, si cela lui avait permis d'être la première informée. D'ailleurs, elle avait molesté Martin et Jonathan lors de son passage vers le téléphone.

Au bout de cinq minutes, tante Émilie était revenue sur le balcon avec une face blême comme un drap.

-*Jonathan, c'est pour toi,* avait-elle précisé, la voix enfoncée jusqu'au fond de l'estomac.

Jonathan avait rejoint le téléphone à grandes enjambées. Pendant ce temps, tante Émilie complota un vent de panique avec la ligue du vieux poêle installée sur le balcon.

En portant le combiné à son oreille droite, Jonathan s'était confronté aux pleurs d'une voix féminine. Il repéra rapidement la fréquence unique de la voix atterrée qui l'interpellait. C'était la voix de la belle Isabelle. Jonathan demanda délicatement le pourquoi de son agitation pleurnichée. Le garçon d'Isabelle subissait une forte poussée de fièvre qui ne se résorbait pas. Isabelle frôlait la crise d'apoplexie. L'appel à l'aide vira Jonathan à l'envers. Il ne pouvait pas rester indifférent au désarroi humain et, encore moins, si le désarroi émanait de la belle Isabelle.

Jonathan avait griffonné l'adresse d'Isabelle sur un bout de papier. Il s'était mis en branle en cinquième vitesse, la pédale enfoncée dans le prélart. Il avait à peine pris le temps d'échapper les grandes lignes des fondements de son départ à sa gang, lors de sa brève parution sur le balcon.

-Ne m'attendez pas. J'en ai pour la nuit. Le garçon d'Isabelle est très malade. Il faut que j'aille l'aider à le soigner.

De toute façon, à quoi bon en dire davantage? Tante Émilie avait déjà épuisé le vif du sujet de long en large à partir des quelques bribes de conversation arrachées à la pauvre Isabelle en larmes.

Quand même, Tante Émilie aurait bien aimé parfaire ses connaissances. Quelle était la maladie du garçon d'Isabelle? Était-ce grave? Ira-t-il à l'hôpital? Les points d'interrogation affluaient à pleine porte pendant que Jonathan se sauvait en douce, emporté par un taxi.

Arrivé à son point de chute, Jonathan avait à peine effleuré la sonnette que la belle Isabelle tira la porte. Depuis son appel au secours téléphonique, elle avait navigué entre la maladie de son fils et le guet de l'apparition de Jonathan. Elle trimbalait une boîte de kleenex à bout de bras. Elle portait des yeux gonflés immaculés de larmes. La peur que son fils décède la positionnait poings et pieds liés au bord de l'abîme de la crise de nerfs.

Jonathan essaya de rassurer Isabelle avant qu'elle se jette en pâture à un manque total de sang-froid. Il apprit en cours de conversation que le fils d'Isabelle s'appelait Benjamin. Original comme prénom. Sans plus tarder, il se dirigea vers la chambre du malade. Il l'ausculta en vitesse.

Isabelle épia l'exploration de Jonathan. Elle appréhenda la confirmation de la gravité mortelle du mal en point de son fils.

-A-t-il mal au ventre? demanda Jonathan afin de vérifier la possibilité d'une crise d'appendicite.

-Non, affirma Isabelle, confuse.

Jonathan continua son examen médical. Isabelle continua à se suspendre à l'attente de la venue du diagnostic.

-À quand remonte la dernière fois que tu as pris sa température?

Isabelle se moucha en récupérant une réponse dans le dédale de la confusion de ses esprits dispersés.

Jonathan resta suspendu à l'arrivée de l'information tant attendue.

-*Environ une demi-heure,* renseigna Isabelle. *Faut-il l'amener à l'urgence?* ajouta-t-elle en titubant à gauche, à droite, en avant, en arrière.

Jonathan ne pouvait pas encore répondre. Il avait besoin encore d'un peu de temps avant d'évaluer le pouls exact de l'état de santé de Benjamin. Pour finaliser son examen, Jonathan posa sa main sur le front du bambin en fermant les yeux.

C'était son vieux truc de sorcier. Très jeune, Jonathan avait découvert qu'il avait reçu un don particulier à sa naissance. Il n'avait qu'à toucher une personne qui était malade. Et hop! C'était magique. Jonathan ressentait les mêmes symptômes. Il avait souvent joué au jeu de la devinette du mal que quelqu'un endurait. Il avait toujours surpris l'auditoire en visant juste dans ses prédictions. Malheureusement, en vieillissant, il avait été obligé de taire son talent. Après les trop nombreuses railleries de ses camarades de classe, il avait fini par tracer une croix sur sa sorcellerie.

Avec son cours de médecine, il avait recommencé à recourir à son talent. Et aujourd'hui, ce talent le guidait dans sa quête de la guérison d'autrui auprès de la belle Isabelle. Que demander de mieux à la vie?

En déposant la main sur le front de Benjamin, Jonathan sua à grosses gouttes. Il trembla comme les feuilles des arbres sous la poussée du vent.

-*Vite! Il faut préparer un bain d'eau froide,* réclama Jonathan en suppliant Isabelle.

Au même instant, Benjamin commença à subir des secousses convulsives. Isabelle échappa sa boîte de Kleenex. Elle comprit le sérieux de l'ordre débité par Jonathan. Elle se lança à corps perdu vers la chambre de bain. Jonathan déshabilla Benjamin. Il le souleva. L'enfant tremblait comme les vagues de l'océan.

Jonathan détecta l'emplacement exact de la chambre de bain en se fiant au bruit émanant de l'eau qui coulait du robinet. Il se faufila jusqu'à la fin d'un long corridor. Isabelle ferma le robinet lorsque Jonathan traversa le porche de la porte. Elle se tassa afin de libérer l'accès au bain. Jonathan déposa doucement Benjamin dans l'eau froide. Il garda la tête du garçon hors de l'eau. Il humecta son visage brûlant de fièvre. Isabelle contempla le plongeon avec une grosse boule nerveuse coincée dans la gorge.

Après un certain temps, Jonathan retira Benjamin de l'eau froide. Isabelle esquissa la volonté d'assécher son fils. Jonathan écarta la serviette qui s'approchait en expliquant qu'il fallait garder le garçon trempé. Puis, il déposa Benjamin sur son lit sans le couvrir de draps. La fièvre semblait avoir baissé mais elle ne lâchait pas prise.

Jonathan ramassa l'une des valises qu'il avait apportées chez Isabelle. Il en extirpa une fiole d'huile aromatisée, qu'il commença à répandre en frictionnant Benjamin de la tête aux pieds.

-*C'est une huile spéciale que j'ai mise au point. Elle rafraîchit le corps. Elle permet de contrôler la fièvre, expliqua-t-il au cas où Isabelle imagine la quelconque supercherie d'une fiole empruntée aux charlatans du Far West.*

Jonathan s'approcha d'Isabelle. Il caressa son bras avec son huile thérapeutique afin de démontrer les vertus rafraîchissantes de la potion. Isabelle sentit immédiatement une brise légère refroidir sa peau. L'effet du beurrage de Jonathan paraissait miraculeux. À mures réflexions, l'huile ne faisait pas que rafraîchir la peau d'Isabelle. Elle avait aussi déversé un peu d'électricité dans tout son corps. Elle en frétilla presque de satisfaction. L'émotion l'aida à remonter le temps jusqu'à la naissance de ses fréquentations avec le beau et le gentil Jonathan.

C'était bon! C'était beau! Le rêve! La passion selon...!

Jonathan ignora le voyage au pays de l'amour projeté par les yeux de la belle Isabelle. Il avait concentré toutes ses énergies sur l'épandage de son onguent sur le corps bouillant de Benjamin. La souffrance du garçon déclina peu à peu les tremblements de ses convulsions. Il sembla plus détendu. Jonathan amorça un premier soulagement. Il savait que la bataille contre le crescendo de la fièvre de Benjamin était caduque. Le plus gros du combat était derrière lui.

Jonathan tourna la tête vers Isabelle. Il confirma que le flot de ses inquiétudes concernant la survie de son fils pouvait devenir chose du passé.

La pauvre Isabelle. Elle ne tenait plus debout! Son manque de sommeil croissant datait de plusieurs jours. Elle tenait ses paupières à demi soulevées. Elle menaçait de s'étendre d'un instant à l'autre. Jonathan n'en pouvait plus de la voir souffrir de la sorte. Son coeur en manquait d'air. Isabelle devait s'accorder un répit et entamer la prise de décision de se coucher.

-*Va te reposer un peu. Je vais m'occuper de Benjamin,* suggéra Jonathan.

Isabelle ne contesta pas la suggestion de Jonathan. Elle se retira cahin-caha vers sa chambre en se traînant les pieds. Maintenant, elle pouvait dormir sur ses deux oreilles. Avec Jonathan, plus rien de mauvais ne pouvait arriver. Elle s'abandonna à l'idée de dormir, tranquillisée par le bouclier protecteur de son héros.

Jonathan attrapa quelques oignons crus, qu'il découpa en morceaux. Il les déposa dans des assiettes à la tête du lit de Benjamin. Les oignons possèdent un pouvoir curatif important. Ils redonnent du tonus aux voies respiratoires. C'est un casse-grippe redoutable. Jonathan entoura l'étalage des oignons crus avec quelques bougies allumées. La force de la flamme insufflera une quiétude apaisante devant la souffrance de la maladie. Elle alimentera l'énergie bienfaisante du souffle de la vie.

Jonathan déposa la main sur le front du garçon. La sensation qui transperça son corps replaça le thermomètre de la température de l'enfant à un niveau nettement plus acceptable. Soulagé, il s'installa près du lit. Le marathon de la nuit de veille du malade marqua son départ. Avec le temps, Jonathan se positionna entre la veille et le sommeil. Sa vigilance resta branchée sur Benjamin. Ses pensées s'échappèrent vers le retour en arrière du voyage dans le temps de son histoire d'amour avec la belle Isabelle.

La seule vraie femme de sa vie.

Isabelle...

Il recula à la période de ses études en médecine. À l'époque, les exigences universitaires occupaient tout le plancher de ses temps libres. Afin d'éviter de s'abrutir dans le goulag des examens à préparer et des travaux à remettre, Jonathan avait glané quelques activités à gauche et à droite. Il désirait se distraire avant que l'école le transforme en robot savant.

Voilà pourquoi, il avait abouti de but en blanc au beau milieu du comité de rédaction du journal étudiant de l'université de Montréal. Oui, il avait entrepris ses études à Montréal. Le choix de quitter Québec s'était imposé d'emblée dans sa liste des priorités. Il avait désiré se jeter en dehors du cocon familial, voler de ses propres ailes, découvrir l'autonomie, devenir son capitaine, expérimenter une autre ville, rencontrer des nouveaux visages, déambuler dans de nouvelles rues, se perdre dans beaucoup plus grand, et plus encore...

Toujours en est-il que la rédaction du journal étudiant avait aidé Jonathan à atteindre un équilibre mental dans le roulis roulant du bourrage de crâne de ses études. Il aimait le métier de reporter : observer, détecter un sujet aguichant, le coucher sur papier et surprendre les lecteurs. L'aventure de l'écriture assouvissait sa fibre artistique et son esprit aventurier. Jonathan s'avéra aussi un excellent concepteur de mots croisés humoristiques. Il s'inspirait des faits saillants de l'actualité. Il inventait une définition imaginative des mots à deviner, déjouant tous les dictionnaires des mordus des mots croisés. En peu de temps, les mots croisés particuliers de Jonathan étaient devenus l'un des mets les plus recherchés du journal. Sans le métier de journaliste à temps partiel, aurait-il équilibré sa course à obstacles vers l'obtention d'un diplôme? Aurait-il craqué?

Possible. En plus, il aurait raté son superbe rendez-vous avec la belle Isabelle.

Au moment que Jonathan s'amusait comme un fou à travers le montage des numéros du journal étudiant, une jeune étudiante en travail social remarqua ses qualités de bon vivant, malgré l'étiquette révérencieuse de ses études en médecine. Elle croyait que la médecine embauchait uniquement des gens snobs et sérieux. Et voilà, c'était l'éclosion de la première étincelle du coup de foudre entre Isabelle et Jonathan.

Comme par hasard, Isabelle imita les mêmes heures de présence au journal que celles de Jonathan. Un beau jour, elle décida de s'approcher de lui en prétextant devoir consulter les bons conseils de l'orthographe du dictionnaire qui était sur le bureau de Jonathan. La conversation s'était engagée sur un terrain pas trop engageant de l'échange de leur prénom. L'accumulation des voyages organisés vers le dictionnaire donna à Isabelle la chance d'enquêter sur Jonathan. Elle dressa son profil de mec. Elle valida si le gars était susceptible de se conjuguer à tous les temps de sa définition d'un couple idéal. Il faut croire que oui puisque le dictionnaire continua à servir de subterfuge aux expéditions d'Isabelle vers Jonathan.

De son côté, Jonathan demeura impassible aux attaques de la belle étudiante. L'obtention de son diplôme en médecine envahissait trop le but de sa vie. Il n'était pas insensible à la présence d'Isabelle mais, à ce moment-là de son histoire, il se contenta d'une relation amicale. Il n'était tout simplement pas rendu là.

Isabelle désespéra de voir le jour où elle partagerait son amour avec le beau garçon mystérieux du journal. Elle devina que Jonathan n'était pas encore vendu à la vie amoureuse. La fleur de leur rencontre devait attendre la lumière avant d'éclore au grand jour. Par chance, elle ne savait pas que l'attente serait d'une longueur interminable. Sinon, elle aurait balancé Jonathan au premier chien affamé sans regret!

Un beau jour, Isabelle bouscula la note de l'amitié en tendant une perche à Jonathan. Elle lui demanda un coup de main, dans le cadre d'un laboratoire de recherche, sur la pratique de la générosité chez le peuple québécois.

Dans un premier temps, Jonathan devait se déguiser en sans-logis très déglingué et se mettre à quêter sur le trottoir. Jonathan se révéla un acteur extraordinaire sur la liste des récipiendaires du trophée de la découverte théâtrale de l'année. Il intégra son rôle à merveille en y saupoudrant un ton comique pas piqué des vers. Isabelle éprouva une grande difficulté à se concentrer uniquement sur l'observation des élans de générosité des passants, sans succomber à des fous rires.

Une fois la première expérience achevée, Jonathan devait se dévêtir de son habit de sans-logis, s'habiller comme un gars ordinaire et quêter sur le trottoir. Tout ce stratagème visait ainsi à vérifier si l'habit du mendiant influençait la grosseur de la cagnotte de la collecte de la journée. Une fois encore, Jonathan usa de la comédie la plus hilarante. Il inventait une trôlée d'histoires invraisemblables en forme de malheurs imaginaires afin d'attirer la pitié et la compassion des généreux donateurs. Isabelle éprouva encore une immense difficulté à se concentrer uniquement sur l'observation des élans de générosité des passants, sans succomber à des fous rires.

À la fin de la journée d'expérimentation, le score final tomba en faveur du gars ordinaire. Les passants avaient plus tendance à contourner ou à fuir le sans-logis mal habillé. Le résultat démontrait une fois de plus que la misère attirait la misère ou que l'habit faisait le moine. La tendance de la phrase célèbre d'Yvon Deschamps «vaut mieux être riche et célèbre que pauvre et malade» s'imposait plus que jamais.

Isabelle et Jonathan décidèrent à l'unisson de donner l'argent recueilli lors de leur enquête à un organisme populaire qui préparait et qui servait des repas aux sans-logis. Ils auraient pu décider de garder le magot mais ils interprétaient un tel geste comme étant du vol. Les gens avaient donné avec la pure intention d'aider son prochain. Personne n'aurait apprécié d'apprendre que le mendiant était un tricheur. Il fallait respecter le côté sacré des dons et les redistribuer aux bons destinataires : les pauvres. Jonathan et Isabelle partageaient les mêmes valeurs sur ce point de droit universel. Ce besoin d'équité, détenu en commun, déclencha une certaine sympathie entre les deux comparses. Il s'ensuivit une foulée de sortie à deux sur les bancs d'un cinéma, autour d'une tasse de café, à la découverte d'un musée, au coeur des manifestations étudiantes et dans un aller-retour des trajets en autobus entre Montréal et Québec.

Hé oui! Isabelle était aussi originaire de la belle ville de Québec. Encore mieux, elle habitait à la limite du quartier de Jonathan.

À la grande surprise d'Isabelle, Jonathan n'était toujours pas rendu à s'investir dans une relation amoureuse. Il n'avait d'yeux que pour le succès de ses études. Il savait que la réussite demeurait son seul chemin de sortie. Ses parents n'étaient pas millionnaires et Jonathan trimait fort, pendant tous les étés, afin d'amasser la fortune nécessaire à défrayer une bonne part des dépenses de ses sessions à l'université.

Isabelle comprit que le gong de l'amour n'avait pas franchi la ligne du départ! Elle se contenta de quelques sorties sans prétention en compagnie de Jonathan.

Au fil des confidences, Jonathan apprit que la mère d'Isabelle était décédée. Sa grand-mère maternelle prenait la relève du foyer familial.

La triste histoire de la mère d'Isabelle était celle d'une femme sans éducation, tombée dans un panier de crabes. En bonne fille servile, elle était devenue serveuse dans un restaurant. Le propriétaire, un homme marié, en avait fait sa maîtresse avec la promesse formelle de se séparer de sa femme. La promesse avait permis à convaincre la mère d'Isabelle de faire l'amour avec lui. L'attente de la belle romance continua pendant quinze longues années jusqu'à la mort du propriétaire. Dans le deuil, il laissa derrière lui une épouse qui s'empressa de congédier la mère d'Isabelle, sachant bien qu'elle avait été la maîtresse de son mari. L'épouse du propriétaire en ajouta en étalant la liste des autres maîtresses de son mari.

La peine d'amour...

La naïveté bernée de la mère d'Isabelle en prit pour son rhume. Le coup de Jarnac du mensonge amoureux de l'homme de sa vie rongea toute sa confiance en la sincérité masculine. Ainsi débuta la corruption dégradante de la mère d'Isabelle dans l'alcool et la drogue.

Par un beau soir, la mère d'Isabelle enivrée était devenue une proie facile à un groupe d'hommes, qui l'avaient violée. L'assaut l'avait mis enceinte.

Par respect pour l'enfant à naître, elle était demeurée à jeun pendant neuf mois jusqu'à la naissance d'Isabelle, et paf!, son cafard postnatal redémarra ses bals à l'huile alcoolisés. Malgré le côté volage de la fin de sa vie et un enfantement dans le viol, la mère d'Isabelle avait toujours aimé sa fille. Elle ne l'avait jamais maltraitée. Bien entendu, sans le soutien de la grand-mère qui les avait hébergées, l'issue de la condition d'Isabelle aurait été le porte-à-porte des foyers d'accueil.

Jonathan avait rencontré la grand-mère d'Isabelle à plusieurs reprises. La vieille dame endurcie l'avait adopté dès la première rencontre. La roulade des yeux mielleux de Jonathan avait propulsé une victime de plus au sommet de son palmarès.

Les autres contacts avec la grand-mère apprirent à Jonathan qu'Isabelle ne rencontrait jamais ses cousins, cousines, oncles et tantes. La grand-mère demeurait son unique lien de parenté. L'histoire alcoolique de sa mère avait peut-être semé des séquelles qui avaient fait le vide autour d'eux...

Qui sait?

À la fin de ses études, Jonathan dénicha un emploi dans une clinique médicale à Québec.

L'annonce de l'embauche à Québec de Jonathan ravagea Isabelle. De son côté, elle avait amorcé une carrière en banlieue de Montréal. La séparation imminente des deux moineaux ne lui plaisait pas du tout.

Alors là, pas du tout! Oh! Que non! Et non!

Jonathan quitta Montréal sans souci. Plus grave, il ne remarqua pas le terrorisme de son départ sur le sourire maussade d'Isabelle.

-*Il faudrait se revoir,* avait-il proposé en l'abandonnant comme un poltron impardonnable.

Jonathan s'était rayé de la vie d'Isabelle si vite qu'elle avait été impuissante à jeter les filets capables de le retenir. Comme mince prix de consolation, elle avait espéré la relance promise d'un coup de téléphone. Il y avait loin de la coupe aux lèvres. Isabelle savait que le jeune apprentissage de Jonathan dans l'exercice de sa profession l'occuperait trop. Après un mois de silence téléphonique, installé confortablement, Isabelle constata que c'était Hiroshima mon amour.

Le drame.

Dommage, Isabelle savait dur comme fer que Jonathan était l'homme de sa vie. Il était hors de question de laisser la corde filer entre ses doigts sans la retenir. Isabelle s'avéra obligée de forcer le destin en tentant de décrocher un emploi dans la ville de Québec, avec l'envoi d'un plein camion de curriculum vitae.

Par chance! L'emploi tant convoité se donna en sacrifice sur un plateau d'argent.

Le rêve!

Isabelle déménagea à Québec, chez sa grand-mère.

Son arrivée ne s'avéra pas jojo puisque sa grand-mère fut immédiatement terrassée par une mort subite.

La veille de l'enterrement, le regard de Jonathan s'accrocha dans le visage de la grand-mère d'Isabelle intercalé dans la chronique nécrologique du journal de Québec. Bizarre de coïncidence, puisqu'il ne lisait jamais la chronique nécrologique. Un genre d'intuition du hasard peut-être. D'accord, je vous l'avoue en tant qu'auteur, la coïncidence est arrangée avec le gars des vues! Mais ça demeure une simple coïncidence! Rien de plus!

Le journal annonçait : la famille recevra vos condoléances avant le service funèbre à l'église...

Inutile de dire que Jonathan s'empressa de se présenter au numéro de porte et au nom de la rue de l'église signalés dans le journal. Les condoléances de Jonathan divertirent la tristesse d'Isabelle. La présence du beau visage du jeune homme fit comprendre que la mort de sa grand-mère n'était pas veine. Elle la voyait presque rire dans sa tombe en disant : Ah! Ah! Je t'ai joué un beau tour. Compte sur moi. Tu vas l'avoir ton beau Jonathan!

Après le service funèbre, Jonathan s'approcha d'Isabelle. Il commença à discuter, discuter et discuter. Isabelle aurait préféré décanter sa peine en retrait de ce vacarme verbal. Que la vie s'amuse avec nous, avait pensé Isabelle! Son désir d'attirer Jonathan dans son giron la tenaillait depuis qu'il l'avait quittée pour une autre femme! Non! Pardon! La plume m'a fourché. Depuis que Jonathan l'avait quittée pour un emploi à Québec! Maintenant qu'il était là à ses côtés, elle aurait désiré qu'il se calme un peu, qu'il aille se promener dans les pâquerettes une journée ou deux. La mise de côté temporaire de Jonathan l'aurait vraiment aidée à déblayer l'épreuve de la perte de sa grand-mère... Il faut croire que la vie en avait décidé autrement...

Par contre, la présence de Jonathan meublait tellement le vide de la disparition de sa grand-mère. Elle était si heureuse de revoir l'homme de sa vie. Jonathan aidait à opposer des rires à ses larmes.

D'une parole à l'autre, Jonathan célébra son gros lot en apprenant qu'Isabelle travaillait à Québec. Il était si heureux de la savoir à nouveau proche de lui.

Oui. D'accord! Je vous donne la permission de disputer Jonathan comme du poisson pourri! Il mérite une sévère correction! C'est d'une ingratitude impardonnable de ne pas avoir appelé Isabelle avant aujourd'hui. Allez-y. Mais attention! Attendez de voir ses beaux yeux mielleux. Vous allez craquer vous aussi! Vous allez le décharger de ses péchés comme l'a fait la belle Isabelle. Vous saurez qu'il est bien difficile de résister aux beaux yeux mielleux de Jonathan... D'ailleurs, c'est une chance que les beaux yeux de Jonathan soient magnétiques. Une si belle femme comme Isabelle aurait éprouvé une facilité extrême à se trouver un autre homme. C'est vrai qu'il n'aurait peut-être pas eu des yeux aussi mielleux...!

Allons! Au diable la maladresse sans coeur du retardement de Jonathan à appeler Isabelle après son départ de Montréal. Pensons à l'après-enterrement de la grand-mère.

La complicité crasse de la bonne vieille coopération entre Isabelle et Jonathan à la rédaction du journal étudiant reprit son moule d'antan. La relation évolua d'un cran. Cette fois-ci, Jonathan contracta la maladie de ne plus désirer se séparer de la compagnie de sa belle Isabelle.

Que lui arrivait-il?

Jonathan ne mangeait plus. Ses yeux se baignaient constamment dans la graisse de « *bean* ». Il flottait sur des nuages. Son coeur battait en chamaille.

Incompréhensible!

Était-il malade?

Non.

Il était simplement amoureux...

Il aimait la belle Isabelle

Le plus délicat resta à traverser : l'annonciation.

Avant de déglinguer des cheveux jusqu'aux ongles d'orteils, Jonathan ramassa son courage à deux mains. Il divulgua son amour à la belle Isabelle.

C'est ainsi que débuta l'idylle amoureuse entre Jonathan et Isabelle : les échanges de baisers, les pique-niques, les joies complices, les peines, les mains dans les mains, les yeux dans les yeux, et les autres choses dans les autres choses... à partir de là, il faut arrêter avant d'être traité de voyeurisme.

Malheureusement, l'aventure avait coupé ses gaz en plein nirvana. Jonathan avait été obligé de s'exiler en Europe au sommet de la gloire de ses fréquentations avec Isabelle. Au lieu de la rejoindre chez elle et de souligner leur premier anniversaire de fréquentations avec un voyage autour de la Gaspésie, il avait été obligé de la quitter à jamais. Isabelle avait désiré le suivre dans son exil. Il avait décliné l'immolation.

L'image refoulée du départ précipité émergeait toujours des gouffres du passé de Jonathan. Il récupérait l'effondrement de la belle Isabelle en apprenant qu'il la quittait à jamais. Il la revoyait se noyer dans ses larmes. Il se revoyait aussi errer comme une épave dans l'océan de ses propres larmes. Arrêtez! Ma plume n'en peut plus de pleurnicher!

Kleenex!

La séparation déchirante enfoncée dans une pluie abondante de larmes l'avait accompagné pendant toutes ses longues années d'exil. Toute la pluie tombe sur moi. Les malheurs aussi! Mais moi je ne fais pas comme si elle n'était pas là!

Jonathan n'avait jamais oublié la tristesse, l'humiliation, le découragement, l'envie de mourir...

Mais, ce n'était que de l'histoire ancienne!

Il était de retour. Il avait décidé de rester, quitte à essuyer les pires calomnies. Quitte à se retrouver derrière les barreaux. La belle Isabelle en valait mille fois la chandelle.

En ouvrant les yeux, Jonathan surveilla Benjamin. Le garçon se reposait comme si aucun excès de température ne l'avait incommodé.

Il était sur la voie d'évitement de la maladie.

Tant mieux.

Jonathan étira ses membres supérieurs et inférieurs.

Le soleil envahissait déjà l'appartement. La nuit était terminée. Jonathan se déroba à sa position recroquevillée. Il décida d'arpenter l'appartement afin de pétrir ses muscles endoloris.

L'appartement! C'était celui de la grand-mère d'Isabelle. Celui qu'elle habitait lorsque Jonathan l'avait quittée. Les mêmes tableaux, le même sofa, la même cuisine...Un autre souvenir figé traversait le temps sans broncher d'un iota.

-*Comment va Benjamin?* s'informa Isabelle.

Jonathan sursauta, un peu intimidé par sa visite effectuée sans l'approbation de la propriétaire.

-*Il se porte à merveille. Encore quelques jours de repos et il sera remis sur pied,* diagnostiqua Jonathan en se retournant vers Isabelle.

Isabelle baillait à mâchoires déployées. Jonathan trouva qu'elle était nettement moins délabrée que la veille. Il n'y avait pas que Benjamin qui prenait du mieux.

-*As-tu dormi? questionna-t-elle,* désolée d'avoir soustrait Jonathan à une nuit de sommeil.

-*Très peu,* raconta Jonathan, départageant difficilement la vérité de ses instants d'éveil de soldat avec les portions vides de son sommeil. *Et toi, as-tu dormi?* questionna-t-il.

-*Comme une tombe,* renseigna Isabelle, en bâillant encore à s'en décrocher les mâchoires.

Puis, le climat tourna au silence. Plus un son. Pourtant, il y avait tant et tant de choses à dire... Comment le dire? Par quoi commencer?

L'heure était grave! Quelqu'un devait casser la glace du syndrome du manque d'inspiration de la page blanche! Sinon, c'était la catastrophe du rendez-vous manqué du rapprochement des amoureux!

-*Je crois que je peux partir. Tu n'as plus rien à craindre pour Benjamin,* conclut Jonathan, en feignant de déguerpir.

Dans le fond, Jonathan ne désirait pas quitter le doux parfum de la douce Isabelle. Au contraire, il se serait enraciné auprès d'elle pour la vie. L'agacement de son hésitation ne savait plus par quel mot commencer une phrase. Le retour du syndrome du manque d'inspiration de la page blanche accélérait la poussée vers la sortie. Tant qu'à déblatérer de vagues insanités, valait mieux décamper. La fuite était une vieille amie. Jonathan la connaissait bien.

Isabelle protestait contre la volonté de Jonathan de la quitter à nouveau. Le fanfaron! Depuis qu'elle avait appris son retour au pays, elle n'avait pas cessé d'espérer de l'attirer dans son appartement. Elle n'avait pas l'intention de baisser pavillon avant le fil d'arrivée! La traversée du désert de leur séparation était terminée!

-*Prendrais-tu un café?* proposa-t-elle, en barrant la route à Jonathan.

Ouf! La planche de salut arrivait à minuit moins une! Jonathan avait déjà tourné les talons. Il avait amorcé le ramassage de ses valises.

-*D'accord,* accepta Jonathan, soulagé de reporter son éclipse totale à plus tard.

Isabelle s'empressa de préparer un café. Elle passa les tasses, les assiettes et les ustensiles à Jonathan en l'invitant à dresser la table. Ce petit geste de passe-passe leur rappela des doux souvenirs. À eux deux, ils faisaient toujours la paire impeccable. Et, des petits déjeuners, ils en avaient partagé des centaines.

-*Je m'excuse de t'avoir dérangé. Je n'avais jamais vu Benjamin dans un tel état. Je ne savais plus quoi faire? Tu comprends, je me suis adressée à la première personne que je croyais capable de m'aider. J'ai tellement eu peur de le perdre,* expliqua Isabelle pendant que le café infusé embaumait chaque recoin des narines de Jonathan.

Perdre Benjamin! Isabelle s'écroulait devant l'opportunité d'une telle cruauté. Non, elle en avait eu amplement assez de vivre la perte de sa grand-mère, la disparition de Jonathan, sans qu'une autre dégringolade de la fatalité emporte le deuxième homme de sa vie : son fils.

Par contre, le hasard de la maladie de Benjamin déposait le carré de sucre idéal susceptible d'attirer Jonathan dans le repère d'Isabelle. C'est vrai qu'elle aurait pu se débrouiller seule en se tapant les cinq heures d'attente à l'urgence d'un hôpital. Recourir à Jonathan cadrait mieux avec la logique implacable de la réactivation de leur vieux couple d'amoureux.

-*Pourquoi te gêner? Tu as bien fait de m'appeler. Tu sais très bien que je n'ai jamais refusé de rendre service à un ami dans le besoin,* justifia Jonathan. Il ne se lassa pas d'admirer Isabelle qui versait le café dans sa tasse. Elle demeurait la meilleure verseuse de café du monde!

Isabelle s'éloigna. Elle déposa la cafetière sur le comptoir et elle revint se placer face à Jonathan. Ils se regardaient comme des chiens de faïence sans trop oser croire au résultat concret de leur réunion. Le silence remporta à nouveau la campagne électorale de leur conversation.

Jonathan risqua quelques mots de son répertoire qui comptait peu de syllabes.

-*Ça fait longtemps...* murmura-t-il.

Quel effort! L'assemblage se butait sur la ridicule conjugaison de trois mots. Pourtant, la trouvaille de Jonathan aspirait à étayer une règle de grammaire plus complexe, de proclamer un torrent de mots.

-*Oui, trop longtemps,* approuva Isabelle en avalant une gorgée de café.

Guère plus éloquent! Trois autres mots de plus, avec un grand total de six en dix minutes. À ce rythme, la consommation de cafés au litre aura l'air d'un réservoir d'essence percé. Attention! Le trop-plein de café va les faire sauter comme du pop corn. Il va falloir les attacher avant qu'ils chient partout. Excusez-moi, je crois que moi aussi, j'ai excédé ma dose de café.

Du calme! Revenons dans la cuisine de la belle Isabelle.

-*Tu travailles toujours au CLSC,* relança Jonathan.

Quel effort! Quatre mots d'une claque. J'en perds mon latin! Pourtant, Jonathan avait tant de paragraphes à liquider. Ce petit convoi de mots ne reflétait toujours pas les louanges qu'il désirait déverser à sa dulcinée. La paralysie de son inspiration biffait toute tentative d'en proclamer plus.

-*Oui,* confirma Isabelle

Un mot solitaire. C'était la lâcheté du manque de vocabulaire. La plume épuisait la panoplie complète de ses atours. Les juges ne volaient pas haut en scrutant la pauvreté des figures de style du débat de la chambre des deux endormis. Il fallait sortir la boîte à outils, bricoler le dictionnaire, dégeler la panne du vocabulaire. C'est urgent!

-*Comment va ta mère?* se renseigna Isabelle.

Enfin, un sujet bien dodu à dépecer : le déclin de la mère de Jonathan. Le dictionnaire virevolta dans tous les sens. Les phrases se bousculaient dans la bouche de Jonathan.

-*Pour l'instant, elle s'en sort. Difficile de prédire la durée de sa rémission. Peu importe, il faut profiter du moment présent, expliqua Jonathan en ingurgitant la fin du contenu de sa tasse.*

La brûlante expectative du dépérissement rapproché de sa mère assécha le gosier de Jonathan. Était-ce aussi le vide en liquide dans sa tasse? Ou la nécessité de quitter parce que la dernière goutte de café était avalée et presque digérée?

-*Un jour à la fois...* ajouta Isabelle en offrande à la philosophie bouddhiste du moment présent. Il ne fallait pas vivre dans le passé. Impossible de le modifier, c'était déjà derrière. Il fallait encore moins vivre dans le futur. Difficile d'influencer ce qui n'existe pas. Nous n'avons de prise que sur le présent. Nous ne vivons que des parcelles de moments présents qui s'accumulent comme une pile de papiers. Nous ne pouvons influencer que le cours du moment présent. Pourquoi désirer plus? Il me semble que cette philosophie est proche de certaines réflexions apportées par Jonathan. Décidément, ils sont faits l'un pour l'autre.

Isabelle versa une deuxième tournée de café.

Sauvé!

Jonathan pouvait rester.

-*Es-tu mariée?* échappa-t-il sans maquiller l'intéressement de l'issue de la réponse.

-*Non,* afficha Isabelle avec un sourire enjoué par l'intérêt sous-jacent de Jonathan.

La réaction de Jonathan ensorcelait Isabelle. Le réquisitoire mettait un pied jaloux dans le cercle sélect des amoureux d'Isabelle. Elle était formelle. Jonathan ne l'avait pas oubliée! Le coeur d'Isabelle battait à toute vapeur. Avait-elle mal dosé le café?

Jonathan monta les enchères de sa quête de la vérité. Il voulait s'assurer que la place auprès de la belle Isabelle était vacante.

-*As-tu un homme dans ta vie?* continua-t-il.

Isabelle souriait. Le message codé de la question de Jonathan, sur sa vie amoureuse, confirmait qu'il s'intéressait encore à elle. Il était facile de lire entre les lignes des facéties cryptées de Jonathan. Non! Rien n'avait changé. Il l'aimait toujours.

-*Je n'ai aucun homme dans ma vie,* avoua Isabelle, heureuse d'exposer son célibat.

Tuez le veau gras! Sortez les flûtes! Lancez les confettis! C'est la fête aujourd'hui! Vive la vie! Jonathan aspirait à accorder l'amour à tous les mots de son vocabulaire. Il y avait un petit hic! La belle Isabelle était-elle toujours amoureuse de lui?

-*Et Benjamin?* s'intrigua Jonathan.

Le bambin n'avait certainement pas été conçu par le Saint-Esprit. Jusqu'à preuve du contraire, une seule femme avait enfanté grâce au mystère des voies célestes.

-*Benjamin! C'est le cadeau d'une petite aventure qui s'est mal terminée,* expliqua Isabelle, désireuse de se débarrasser de la tache d'encre portée à son dossier.

Jonathan ne voyait pas de paille mal placée dans l'enfant d'Isabelle. Il n'avait pas exigé qu'elle prononce un voeu de chasteté lorsqu'il avait émigré vers l'Europe. Au contraire. Lors de son exil précipité, il avait demandé de mettre le compteur de leur relation amoureuse à zéro. Chacun reprenait sa liberté. Il redevenait possible de dire oui à d'autres expériences amoureuses, si l'encan de la vie en adjugeait ainsi. Pourquoi se priver d'une bonne aubaine, Jonathan partait sans espoir de retour.

Mais, il était revenu...

L'impossible résurrection du sarcophage modifiait le constat amiable de leur séparation. Un recyclage de leur union était possible.

-*Et toi, as-tu une femme dans ta vie?* questionna Isabelle à son tour.

Le pic démolisseur d'Isabelle menaçait de mettre à jour les conduits souterrains des amoureuses de Jonathan. Elle ne connaissait rien du glanage amoureux de

Jonathan en terre étrangère. Il avait peut-être traversé le Niagara d'une noce. Se préparait-il à compléter les pièces de son puzzle en rapatriant sa famille au Québec?

-*Non, je ne suis pas marié. Il n'y a pas de femme dans ma vie,* révéla Jonathan, les yeux étoilés.

Les nerfs de Jonathan pétillaient comme du bacon dans la poêle. Avait-il été trop généreux dans son gavage de café? Non! Il subissait les effets secondaires de la frappe jalouse d'Isabelle dans le but de percer le secret de la caramilk de son statut marital. Après toutes ces années, rien n'avait changé. Elle l'aimait toujours...

Jonathan et Isabelle effectuèrent le jumelage de leur euphorie.

Ils étaient libres. Libres comme des oiseaux. Libres de recommencer à s'aimer à leur guise. Libres comme l'air!

Jonathan enleva la goupille de la gêne de sa main. Il l'approcha de la main d'Isabelle.

Et clac!!

-*Maman,* cria une voix d'enfant.

-*Oui mon Benjamin d'amour. Maman arrive,* rassura Isabelle.

Jonathan retira sa main.

Le vrombissement de la chaise, fracassant le plancher, pétarada les déceptions contestataires d'Isabelle. L'appel de Benjamin arrivait au mauvais moment, au mauvais endroit. La mise à jour de l'histoire d'amour entre Isabelle et Jonathan était reportée à plus tard! Je suis certain que vous êtes déçus! Moi aussi! Mais j'aime prolonger le plaisir, le rendre languissant...

Tu peux rester, si tu le désires, invita Isabelle, prête à commander une seconde infusion à sa cafetière.

-*Désolé. Cette fois-ci, il faut vraiment que je parte,* signifia Jonathan. *Je n'ai pas dormi beaucoup. J'ai besoin d'un peu de sommeil...*

Allait-il dormir? Peut-être. Peu importe, il devait décamper. L'indécence de retarder l'arrivée des soins essentiels de sa mère auprès de Benjamin ne prévalait pas sur la montée du désir d'embrasser la belle Isabelle. Un tel renoncement arrachait le sex-appeal utile à la fusion des lèvres.

-*Maman,* rappela la voix de l'enfant.

-*Oui mon chéri. J'arrive.*

Isabelle quitta la cuisine à son corps défendant. Elle aurait désiré habiter deux endroits au même moment : les bras de Jonathan et le chevet de son fils. Impossible. Elle tourna les talons. Benjamin était au-dessus de la pile de son rôle prioritaire de mère.

Jonathan se retira contre le gré du désir de s'incruster dans le sillage du parfum d'Isabelle.

À son retour chez sa mère, il avala une rôtie couverte de beurre d'arachide et il supplia tante Émilie de taire le butinage de son essaim de questions. Il réclama un ronflement sur l'oreiller avant de témoigner au tribunal. Oui, Jonathan ronflait à en fendre la maison! Que voulez-vous? Impossible d'être parfait! Il paraît que personne ne peut atteindre la perfection! Jonathan n'échappe pas à cette vérité absolue!

Tante Émilie accepta l'ajournement de Jonathan sur l'oreiller. Elle n'accepta pas de gaieté de coeur... Mais elle accepta sans des chichis trop apparents!

Lors de l'écoulement des jours suivants, Jonathan exerça un suivi médical rigoureux de l'état de santé de Benjamin par téléphone. La ponctualité des échanges avec Isabelle et leurs répétitions allouèrent un temps précieux aux amoureux en herbe. Chaque appel de la croisière s'amuse en quémandait un autre. Bientôt, la chaloupe de la complicité du bien-être à deux reprit le cours normal de la vie avant l'exil de Jonathan.

À la mi-temps d'un après-midi pluvieux, quelqu'un frappa à la porte pendant que Jonathan tuait le temps moche, en disputant une partie de cartes avec tante Émilie, sa mère et Martin.

Toc! Toc! Et toc!

Qui pouvait s'inviter de la sorte par un temps aussi grincheux?

C'était Isabelle et Benjamin.

Entrez madame! Entrez monsieur! Plus il y a de fous, plus il y a de chances de s'amuser!

Benjamin s'avança en dissimulant une surprise derrière son dos. Il la donna à Jonathan. C'était un dessin tracé à la main levée par le garçon. L'oeuvre d'art représentait Benjamin couché dans sa chambre. À côté de lui, il y avait un médecin debout avec des fioles dans les mains. Jonathan s'était abaissé à la hauteur de Benjamin afin de mieux comprendre la description du chef-d'oeuvre. Benjamin compléta ses explications avec un gros câlin et un bisou, en disant : merci.

Jonathan versa une larme ou deux, un brin ému. Il proposa d'aimanter l'oeuvre du petit artiste de cinq ans sur le frigidaire.

Benjamin n'assista pas à toute la cérémonie officielle de la mise en place de son dessin sur le frigidaire. Il alla vite se coller sur tante Émilie en quémandant un concert de piano. Elle cracha sur l'invitation en passant le flambeau à Jonathan qui prit le relais avec entrain.

Jonathan pianota son maigre répertoire pour enfants dans le style de « *le petit reine au nez rouge et le Père Noël avec sa distribution de surprises* ». Benjamin ne se lassa pas d'entendre ses airs préférés. Le répertoire musical et Jonathan finirent par succomber à un burn out. L'enfant n'apprécia pas l'arrêt du spectacle. Encore! Encore! Jonathan emprunta plusieurs synonymes au mot «fatigué» dans l'espoir d'expliquer au bambin qu'il n'en pouvait plus de pianoter. Encore! Encore! Jonathan fit semblant de s'écrouler sur le plancher, langue sortie, bras et jambes écartés afin de bien acter sa fatigue extrême. Le garçon s'amusa bien de le voir étendu de tout son long.

-*Isabelle et toi devriez en profiter et allez manger au restaurant ensemble,* proposa la mère de Jonathan. *Tante Émilie, Martin et moi pourrions nous occuper de Benjamin.*

-*Super!* s'était écrié Benjamin.

Le bambin savait qu'un souper chez la mère de Jonathan réservait un chariot de gâteries. Il pensa aussi à l'opportunité de soumettre trois adultes à ses quatre volontés.

-*Dis oui, maman. S'il te plaît!*

Jonathan avait interjeté un oeil interrogatif vers Isabelle. Le balancier positif de sa tête mima le retour à l'envoyeur.

-*C'est d'accord,* approuva Isabelle.

Benjamin sauta dix pieds dans les airs! Figure de style, bien entendu, sinon Benjamin se serait assommé au plafond!

Tante Émilie grimaça un peu en pensant à ses vieux rhumatismes qui en prendront pour leur rhume dans son rôle de baby sitter. Benjamin était survolté! Il imaginait déjà une montagne de jeux à essayer, tous aussi amusants les uns que les autres. D'ailleurs, il s'occupa peu de l'atterrissage des bisous d'Isabelle sur son front, lorsqu'elle s'évinça en compagnie de Jonathan. Benjamin enrôlait déjà tante Émilie et Martin dans son harem d'esclaves. Walt Disney n'aurait pas inventé meilleur parc d'attractions.

Entre le chien et le loup de l'élan du départ, Isabelle souffla un merci à l'oreille de la mère de Jonathan. Merci pour la manigance bien roulée du guet-apens du souper avec Jonathan. Merci pour la prise en charge de Benjamin. La mère de Jonathan posta un clin d'oeil à Isabelle en lui souhaitant bonne chance dans la poursuite de la soirée.

Jonathan avait saisi le ballon de la complicité des deux femmes au vol. Il accepta de tomber tête-bêche dans le piège tendu par l'amour. Pourquoi oserait-il décliner une interview avec la belle Isabelle, sans Benjamin?

Un fou!

Il pleuvait toujours à boire debout. Cette triste journée grise restait fidèle à elle-même. Le trottoir était désert. Il fallait être cinglé pour sortir par un temps pareil! Les piaillements amoureux de Jonathan et d'Isabelle ne s'enfargeaient pas dans les humeurs de la météo. Au contraire, l'intimité obligatoire de l'accolade d'Isabelle et de Jonathan sous le parapluie méritait un milliard de fois la balade sous la pluie.

-*Où allons-nous souper?* demanda Jonathan. Il ne connaissait plus par coeur les aises du guide gastronomique du quartier. Avec le temps, les emplacements et les noms des restaurants de son imagerie mentale avaient déguerpi.

-*Tu n'as qu'à me suivre, invita Isabelle. Je connais un petit restaurant tranquille. Tu m'en donneras des nouvelles.*

Au cours de la marche sous la pluie, Isabelle faufila sa main sous l'avant-bras de Jonathan. L'enfilade améliora la performance de leur rapprochement. Personne ne déposa une plainte.

La réputation surfaite du restaurant louangé par Isabelle se confirma immédiatement en flairant le charisme des lieux. Le serveur déroula le tapis de l'hospitalité vers une petite table sympathique, loin des commérages. Il alluma la bougie pour la romance et il distribua les menus.

Isabelle et Jonathan partirent en expédition dans la liste des destinations proposées à leurs papilles gustatives. Chacun brassa les dés et montra l'emplacement de la case de leur choix au serveur. Le lot boni d'une bouteille de vin accompagna la commande.

Le vin décrocha le plus haut score. C'est lui qui inaugura la conversation entre Jonathan et Isabelle.

-*Je propose un toast à...,* Jonathan jongla avec une multitude d'entrées en matière. L'hymne à l'amour brûlait ses lèvres, mais...

-*Un toast à ton retour,* compléta Isabelle en tendant le bâton capable d'arracher Jonathan aux sables mouvants de son hésitation.

Ouf!

Jonathan inonda son gosier avec une grosse part de vin en vue de procurer du courage à la pâte molle de sa langue. Le liquide libéra des liasses de mots. Il donna le ton à la soirée. Le couple se mit à jaser comme des pies.

Isabelle livra sa vie ordinaire du comme d'habitude : même job, même appartement, mêmes loisirs, mêmes vêtements, même nourriture, alouette! Gentille alouette! La vie ordinaire d'une femme ordinaire dans un monde parfois bien ordinaire. Que faire de mieux que son ordinaire de l'ordinaire? Trouvez-vous ça assez ordinaire? D'accord, c'est ordinaire. J'arrête!

Jonathan donna une prestation moins ordinaire (excusez-moi, le mot a encore sauté hors de ma plume).

Le récit acté par Jonathan ridiculisa son épopée européenne avec un humour cynique, alimentée par les marées du rire de la belle Isabelle. Rien de mieux que les rires de la belle Isabelle! Plus elle riait, plus Jonathan endiablait son spectacle! Le «stand-up» comique était ponctué par le passage de la soupe, du plat principal, du dessert, du café et de l'addition puisque toute histoire possède une fin.

Après le dépôt de l'argent nécessaire à la quittance de la facture, Jonathan empêcha Isabelle de se lever.

-Avant de partir, j'aurais quelque chose d'important à te dire.

Irait-il par quatre chemins ou emprunterait-il la distance la plus courte entre deux points? Aucune importance. Jonathan gronda son automatisme de la sélection des plus beaux mots. Au diable le camouflage. Sois naturel, s'ordonna-t-il en subtilisant une vieille photographie jaunie d'Isabelle de son portefeuille.

Isabelle observa la veille photographie d'un oeil distrait. Puis, elle braqua rapidement son regard sur le visage de Jonathan. Elle le fixa avec appétit. Elle ne se tarissait pas de l'entendre parler. Le beau Jonathan et ses yeux...

-Vas-y, je t'écoute, confirma-t-elle.

Jonathan daigna enfin passer au plus croustillant du sujet. Il n'était pas trop tôt. Un peu plus, et le roman se terminait avant la moindre parcelle d'une révélation alléchante! Ne partez pas! Ce n'est pas le temps de partir vous chercher un biscuit ou des chips. Vous allez manquer le moment plus juteux du souper!

-Pendant toutes ces années de galère en Europe, à chaque fois que je traversais un moment difficile, je sortais cette photo, débuta-t-il. *À chaque fois que je la contemplais, elle me donnait la force de continuer à me battre. Grâce à cette photo, je n'ai jamais cédé à la tentation de me jeter devant un train. Tu m'as sauvé la vie.*

Jonathan avala deux cachets d'air en vue d'amoindrir la douleur de l'évacuation de sa déclaration finale : « *Je n'ai jamais cessé de t'aimer. Je t'aime* ».

Enfin! Écrivez-moi la phrase « *je t'aime* » un milliard de fois sur tous les toits des villes!

Jonathan ne se possédait plus. Il aurait marché sur toutes les chaînes de montagnes du monde en chantant : j'aime cette femme. La belle Isabelle... La nervosité de son aveu le poussa à déchirer son reçu de carte de débit et le billet de cinq dollars déposé comme pourboire.

Isabelle doubla la mise de l'amour!

-Moi aussi, je t'aime toujours, expira Isabelle. *Je suis toujours convaincue que tu es l'homme de ma vie.*

Isabelle et Jonathan voguaient sur une écume de bienfaisance. Il l'aimait. Elle l'aimait. Leur amour était déclaré. C'était la balade, la balade des gens heureux. Ils sortirent du restaurant avec les lunettes rose bonbon de leur amour.

Ils ramassèrent Benjamin. Ils se dirigèrent vers l'appartement d'Isabelle. Bien entendu, la soirée de Benjamin avait été aussi heureuse que celle de Jonathan et d'Isabelle. Martin avait semblé être celui qui avait le plus apprécié le gardiennage. D'ailleurs, il eut droit à une avalanche de caresses de Benjamin lorsque le bambin quitta l'appartement de la mère de Jonathan. Le déferlement d'amour communiqua un bienfait énorme à Martin. Il avait un grand besoin que son humble existence soit parfois appréciée par quelqu'un.

En arrivant chez Isabelle, le rituel de l'ordre établi du bain, du pipi, de la lecture de l'histoire, de la chanson, et du dodo de Benjamin occupa tout l'espace vital. Jonathan assista Isabelle au mieux de sa connaissance. Il jaugea son ingérence afin de ne pas trop activer la bulle des jalousies de Benjamin.

Lorsque l'enfant parut endormi, Isabelle et Jonathan se tapèrent une veillée allongée dans la chambre des maîtres. Après l'inhumation de leurs ébats, Jonathan s'endormit auprès d'Isabelle. Il ne se réveilla jamais. Il oublia de démanteler son campement avant la levée du soleil. Inconsciemment, l'oubli était volontaire. Auprès de ma blonde, qu'il fait bon, fait bon, fait bon! Auprès de ma blonde, qu'il fait bon, fait bon, fait bon y rester!

À six heures du matin, le régiment des pas de Benjamin arriva dans la chambre. Jonathan sépara sa tête de l'oreiller, alerté par le réveille-matin sur deux pattes.

> -*Bonjour Benjamin,* annonça-t-il avec une voix désaccordée par la précocité de son éveil.

Benjamin demeura figé comme un piquet de clôture devant la nouveauté de l'inconnu, qui occupait la chasse gardée de son royaume.

> -*Bonjour Jonathan,* marmonna le garçon en hésitant entre le sauve-qui-peut de l'animal effarouché ou le hurlement de la jalousie du vol de sa place dans le lit.

> -*Désires-tu monter dans le lit?* demanda Isabelle qui savait que son fils venait la rejoindre entre les draps à chaque matin que le bon Dieu créait.

Benjamin demeura figé. Jonathan dégagea une place sous les draps dans le but d'apprivoiser l'enfant. Benjamin céda à l'invitation. Il s'engouffra entre Jonathan et Isabelle.

Jonathan observa le bambin de plus près.

Le petit bonhomme suçait son pouce. Il tenait dans sa main un petit toutou qui lui servait certainement de doudou. Il finit par se tourner vers Jonathan. Il le dévisagea avec ses deux petits yeux ronds impétueux. Jonathan montra son meilleur profil. Il désirait faire bonne impression auprès de l'auditoire.

Tout à coup, Benjamin bondit. Il se précipita hors du lit.

Jonathan se questionna. Avait-il effarouché Benjamin?

-*Où vas-tu?* s'inquiéta Isabelle en voyant disparaître son fils.

-*Je reviens,* renseigna-t-il.

Benjamin se baladait dans l'appartement comme si un diable et sa fourche l'attaquaient.

-*J'aurais dû partir cette nuit,* regretta Jonathan.

-*Non,* rassura Isabelle en expliquant que Benjamin devait être à la toilette en train d'éliminer son trop-plein de pipi du matin.

Benjamin revint de sa campagne militaire avec une photographie qu'il examinait en farcissant sa frimousse de grimaces. Il contourna le lit. Il s'approcha de sa mère.

-*Maman?* interrogea l'enfant.

-*Quoi?* demanda Isabelle, encore enchevêtrée dans son sommeil.

-*Est-ce que c'est lui mon papa?* lança candidement Benjamin.

La déduction d'un possible lien paternel écarquilla les yeux de Jonathan. Plus question de dormir. Les accusations étaient trop sérieuses! Benjamin mentait!

Oui. Il mentait! C'était certain! Le garçon s'amusait certainement à s'inventer un père avec chaque homme qui aboutissait dans la vie de sa mère.

Isabelle fixa son fils. Elle livra une réponse qui décoiffa Jonathan. À vrai dire, sa nuit de sommeil l'avait déjà pas mal décoiffé. Peu importe. C'est une expression!

Disons plutôt que la réponse l'a décapé! Non! Il n'est pas devenu chauve. Tant pis! J'abandonne!

-*Oui,* c'est ton père, avoua Isabelle

Je vous l'avais bien dit que la réponse décoifferait un canard!

-*Quoi! C'est impossible!* réclama Jonathan.

Il s'étouffa avec sa salive. C'était faux. Jonathan ne pouvait pas être le père de Benjamin. Isabelle et Jonathan avaient toujours évité de faire l'amour pendant les périodes propices à la procréation d'un enfant non planifié. Quand et comment avait-il été conçu, ce divin enfant? Par insémination? Même ça, c'était impossible! Jonathan n'avait jamais effectué de dépôts dans aucune banque de sperme! Vraiment, quand et comment avait-il été conçu, ce divin enfant?

Isabelle déballa la vérité en mettant à l'abri des oreilles indiscrètes de Benjamin le contenu érotique de certains passages. « *Lorsque tu es venu me voir avant ton départ en Europe, si j'ai tant insisté pour que l'on fasse... tu sais quoi, c'était parce que je savais que je tomberais enceinte. Te souviens-tu que nous avions parlé d'avoir un enfant? Puisque j'étais prête, je me suis dit que ce serait chouette de conserver un beau souvenir de notre amour avant que tu disparaisses* ».

Jonathan refusait toujours d'admettre sa paternité. Ce n'est pas que Benjamin était un mauvais garçon. Au contraire, il était si mignon. Étrange. En examinant Benjamin de plus près, Jonathan décela des traits qui s'apparentaient aux siens. Ce ne pouvait être que le fruit du hasard!

-*Mais tu m'as dit que le père de Benjamin s'était envolé dans la nature depuis belle lurette,* clama-t-il en jouant l'avocat du diable.

-*Je ne pouvais tout de même pas t'annoncer ta paternité sans préparatifs. Lorsque je disais que le père de Benjamin s'était envolé, je parlais de toi. Je faisais allusion à ton départ pour l'Europe,* justifia Isabelle avec ironie.

Jonathan ne pouvait pas la contredire. Il était vrai que d'annoncer la paternité sans amendements à la première lecture de l'investiture devenait un peu indigeste. Il était vrai qu'ils avaient fait l'amour avant que Jonathan s'envole outre-mer.

Quelle histoire!

-Je sais que tu es mon père. C'est toi le monsieur sur la photo qui est avec ma maman, réclamait Benjamin en exposant un ancien cliché illustrant ses parents.

-Ma maman dit toujours la vérité! gronda le bambin sûr de lui.

Jonathan était encerclé par le raid des envahisseurs qui le passaient à tabac. Le petit bonhomme de cinq ans portait une copie de son bagage génétique. Sa paternité rattrapait toute la responsabilité de partir un enfant du bon pied, de l'éduquer, de le protéger, de l'aimer...Alouette! Ah!!

C'était surtout le bonheur de ramasser l'enfant qu'il avait toujours rêvé d'avoir. Oui, c'était par-dessus tout le bonheur de réaliser que cet enfant avait été conçu en mélangeant ses gênes avec ceux de la belle Isabelle.

Le vrai bonheur!

Benjamin s'approcha de Jonathan en brandissant fièrement la pièce à conviction photographiée qui corroborait la vérité. Il répétait sans cesse « ma maman dit toujours la vérité!».

Jonathan ne s'obstina plus. Il savait aussi qu'Isabelle ne mentait pas. Il hissa le garçon à la hauteur de ses épaules. Il le serra très fort.

-Papa!

-Mon fils!

Jonathan pleurait. Il pleurait devant la perte des années sans avoir vu grandir son fils. Il pleurait sur la trajectoire de sa météorite qui avait presque passé à côté de l'orbite de son rendez-vous avec Benjamin dans ses bras. Il pleurait devant l'apparition d'une famille, sa petite famille...

Lorsque la coulée émotive s'estompa, les trois larrons se déplacèrent vers un petit déjeuner. Le repas de la première scène inaugura la reconstitution du bagage génétique de leur patrimoine familial.

Jonathan flottait dans une atmosphère irréelle qui le rebranchait à la réalité par vague. Une famille. Il venait de bâtir une famille en chair et en os, en moins de vingt-quatre heures. C'était trop rapide. La file d'attente de ses pensées se bousculait sur l'imprimante de sa capacité d'absorption.

-C'est ma dernière semaine de vacances, lança Isabelle en récurant la vaisselle.

Il ne lui restait qu'une pauvre petite semaine de vacances. Isabelle voyait fondre son gâteau comme une peau de chagrin.

Le travail. L'éternelle course de la routine : garderie, boulot, dodo ferait le piètre compagnon du recollage des morceaux du pot de lait brisé entre Jonathan, Isabelle et Benjamin.

-Faisons le tour de la Gaspésie que je t'avais promis il y a six ans avant mon départ en Europe, suggéra Jonathan.

Isabelle trouva l'idée merveilleuse. Sauf qu'il y avait un hic majeur contre le projet de Jonathan.

-Je n'ai pas d'automobile, objecta-t-elle.

-Louons-en une, répliqua Jonathan.

Isabelle entama une démolition en règle de la suggestion de Jonathan. À la longue, elle ne résista pas à la ligue majeure crasse des deux paires de yeux mielleux des deux hommes de sa vie. Les objections de partir s'envolèrent dans les limbes une à une. La mise au jeu inaugurait déjà la victoire fracassante du comité du « *Oui* ». Finalement, c'était bien de réaliser le rêve de faire le tour de la Gaspésie qui avait été interrompu par la mort du père de Jonathan.

Pour Jonathan, le voyage revêtait une grande importance. C'était peut-être son dernier moment de liberté en compagnie de sa famille reconstituée avant son arrestation.

-Je voudrais que Martin vienne avec nous, réclama Benjamin.

Au début, Jonathan avait initié le tic tac d'un refus catégorique à la demande de Benjamin. Après une révision du mécanisme, l'ajout de Martin au voyage ne sembla plus tellement frivole. L'ouverture de l'écoutille de l'air marin gaspésien étourdirait le tournage en rond de Martin. Le départ de la gang donnait le champ libre à tante Émilie et à sa soeur. Elles pourraient enfin échanger leurs confidences inédites loin des oreilles indiscrètes de Jonathan et de Martin. Tante Émilie devait sauter sur le gros lot. Le sursis du beau fixe de la santé de la mère de Jonathan menaçait de se faire trancher la tête d'une semaine à l'autre.

Finalement, plusieurs convives trouvaient son petit bonheur dans l'annonce du voyage. Et puisque Martin acceptait de se joindre à la partie, il pourrait s'occuper de Benjamin, ce qui donnait plus libre cours à la vie de couple de Jonathan et Isabelle.

Et, c'est un départ!

Les bagages furent orchestrés au rythme d'un train à grande vitesse. En route! Larguez les amarres! Hissez les voiles! Voguez! Voguez! Marions-nous à l'énergie cosmique salvatrice des paysages de la Gaspésie : Vallée de la Matapédia, plage de la Baie des Chaleurs, bataille de Restigouche, fossiles de Miguasha, Rocher Percé, Baie de Gaspé, Parc Forillon, Gîte du Mont-Albert, éolienne de Cap-Chat, promenade côtière de Rimouski, quai de Sainte-Luce-sur-Mer...

La semaine paradisiaque tissa un chapelet étincelé d'images extraordinaires dans le coeur des voyageurs. Jonathan huma son instant de liberté à pleines narines. Il savait que la durée du sursis avant l'entrée en vigueur de son abonnement à temps plein en prison se rétrécissait comme le lit d'une rivière en été. Il ne parla pas de cette éventualité à Isabelle. Il ordonna d'ailleurs à Martin de rester bouche cousue sur ce sujet tabou.

Pour sa part, tante Émilie profita du départ des trois mousquetaires à plein régime. Elle croqua à belles portions dans sa lune de miel, seule avec sa soeur. Elle décoinça son clapet du «ce que je voulais te dire avant que tu meures», ce qui tua ses « *j'aurais dû* ».

Que dites-vous?

Quoi?

La policière.

Oui, c'est bête. J'allais oublier de vous en parler. Vous comprenez. L'émotion de la tombée de Jonathan et Isabelle dans les bras de l'un et de l'autre m'avait complètement sorti de la tête la présence de la policière.

Pour tout vous dire, je taisais la présence d'une autre femme dans la vie de Jonathan afin de ne pas trop attiser la jalousie de la belle Isabelle.

Oui. Ça va. J'y arrive. Vous allez tout savoir.

Avant sa galipette en Gaspésie, Jonathan avait été au poste de police afin de signaler qu'il quittait momentanément la ville de Québec. La policière avait apprécié l'honnêteté de son suspect. Elle en avait profité pour succomber encore et encore aux beaux yeux mielleux de Jonathan. Disons qu'elle avait attrapé un béguin pour les beaux yeux mielleux de Jonathan.

Finalement, question de faire une histoire courte, la policière trouva que Jonathan faisait simple avec son histoire de lettre d'adieu impossible à épingler. Elle avait pris l'initiative de véhiculer l'information à ses supérieurs. Le nouvel indice, malgré un témoignage difficile à rendre crédible (filleul pouvant avoir trop d'intérêt à défendre son parrain) avait contribué à prolonger un peu (deux jours, au mieux une semaine) le délai de la délivrance du mandat d'arrestation.

La policière avait remarché dans les sentiers de son enquête afin de dresser la liste des personnes ayant passé à l'appartement du père, pendant l'avant-midi qui précédait sa mort. Sa sympathie avec le côté mal pris de Jonathan l'avait poussée à savoir si une personne suspecte pouvait être désignée comme étant celle qui avait volé la fameuse lettre. La policière tomba sur les noms que Jonathan avait déjà identifiés : Martin, lui-même et Sylvain.

Attention, ce n'est pas fini. La policière mentionna la description d'une dame dans la force de l'âge qui avait été surprise entrant et sortant de l'appartement, à deux reprises, avant le meurtre du père. Jonathan identifia formellement la dame de ménage.

Euréka!

En poussant l'enquête plus loin, la policière et Jonathan découvrirent que la dame de ménage était morte, tuée par une balle perdue en pleine rue. Non, ce n'est pas vrai. Pas vrai pour la balle perdue! Par contre, je suis désolé, la dame est vraiment morte. Elle a succombé à une crise cardiaque.

Heureusement, le mari de la dame était encore vivant. Il se rappelait parfaitement de la fameuse journée mentionnée par la policière. Sa femme avait été assez tôt chez le père de Jonathan afin d'entreprendre son récurage habituel. Le père de Jonathan était préoccupé par un assemblage quelconque. Sa femme n'avait pas porté attention au bricolage. La maladie du père de Jonathan le portait parfois à verser dans la manie des bricolages d'appareils électriques. Il finissait toujours par tout abandonner en réalisant qu'il n'y comprenait plus rien. Par contre, la dame de ménage trouva étrange que le père de Jonathan l'empêche de passer immédiatement au récurage de la chambre. C'est pour cette raison qu'elle avait été obligée de retourner à l'appartement une deuxième fois. La dame pensa que la maladie du père ajoutait une nouvelle manie à sa démence. Elle n'en cultiva pas un plat. Le père de Jonathan était un bon gaillard souriant, pas méchant pour un sou. Il était facile de devenir tolérant en sa compagnie face aux assauts de sa maladie.

Avait-elle trouvé quelque chose de différent dans la chambre en passant la vadrouille? Non rien de particulier, à part des bouts de fils électriques et un peu de peinture fraîche sur des murs ne nécessitant pas de retouches. Tout ceci s'expliquait par la bizarroïde réaction de l'effet de la maladie sur le père de Jonathan. Ce n'était pas la première fois que la dame ramassait des bouts de fils électriques. Ce n'était pas non plus la première fois qu'elle remarquait des coups de pinceaux sur des murs ne nécessitant pas des retouches.

Désespérant!

Le témoignage du mari de la dame corrobora uniquement un air louche du père pendant la matinée ayant précédé sa mort. Assez normal lorsque quelqu'un planifie de s'enlever la vie! Qui n'aurait pas un air louche?

Une lettre.

Oui, une lettre.

La dame avait parlé qu'elle avait observé aussi le père griffonner sur des bouts de papier à plusieurs reprises. Par contre, le matin précédant sa mort, le père avait ramassé les bouts de papier et il avait semblé écrire une lettre.

La lettre!

Oui, ce pouvait être une lettre. Par contre, le mari de la dame ne pouvait pas le jurer. La seule personne capable de dire la vérité, sa femme, était morte et enterrée.

Mince consolation lorsque la policière annonça la nouvelle à Jonathan. Il pleura comme un Madelon. La policière craqua son dernier craquement en voyant l'homme pleurer. Elle le consola au meilleur de sa connaissance. Quelques minutes de plus, et elle l'aurait embrassé. Les yeux mielleux de Jonathan entourés de larmes étaient irrésistibles.

Jonathan ne remarqua pas l'attirance. Il ne pensait qu'à la belle Isabelle.

Êtes-vous rassurés? Aucune relation autre que par affaires ne se passa entre Jonathan et la policière.

Êtes-vous déçus?

Tant pis, c'est moi qui mène! Et je déteste les chicanes de ménages! Tenez-vous le pour dit!

Comprenez-moi. Je ne pouvais pas gâcher le beau voyage de noces d'Isabelle et de Jonathan autour de la Gaspésie. Que voulez-vous? J'ai le coeur sur la main. Je suis certain que vous penchez en ma faveur...

En résumé, l'aventure amoureuse de la policière resta dans sa tête. Celle de la policière! Pas celle de Jonathan! Elle n'y a jamais séjourné!

Par ailleurs, la trouvaille de la version approximative de la dame de compagnie prouva l'existence de la lettre. Cette preuve s'ajoutait au témoignage de Martin qui jurait avoir vu la lettre sur le lit de mort de son grand-père! Mais la lettre restait toujours impossible à trouver.

Et sans la lettre, point de salut!

Jonathan restait emmailloté dans de sales draps! Aucune lessive ne pouvait le tirer des sables mouvants de la prison à perpétuité! L'échafaud l'attendait en brandissant un sourire fendu jusqu'aux oreilles!

Il fallait trouver la lettre!

Désolé, la recherche devra attendre. Il faut que je vous quitte. Jonathan, Isabelle, Martin et Benjamin ont terminé leur tour de la Gaspésie.

Bye!

CHAPITRE HUIT
À malin, malin et demi

À son retour de la Gaspésie, Jonathan était entré dans le logis de sa mère en rigolant avec Martin. Jonathan venait à peine d'effectuer le largage de l'auto de location, d'Isabelle et de Benjamin. Sa rigolade s'inscrivait dans le sillon de cette belle semaine de vacances comblée de grâces.

Tante Émilie, la mère de Jonathan et Sylvain étaient attablés dans la cuisine. Ils affichaient les faces de carême d'un jeûne de deux mois au pain sec et à l'eau.

-*Diable! Qu'est-ce qui ne va pas? Vous donnez l'impression d'assister à un enterrement,* nargua Jonathan, toujours amusé par la période de prolongation de ses moqueries avec Martin.

-*C'est justement ça,* évacua tante Émilie, le sourire complètement ratatiné.

-*Qui est mort?* somma Martin, le rire assommé par le plaquage de tante Émilie contre son esprit enjoué.

Jonathan redoutait d'apprendre le prononcé de l'oraison funèbre de l'assemblée. Était-ce un signe précurseur d'une rechute du cancer sur la patinoire de la famille? Pourtant, sa mère se dressait devant lui, forte comme un vieux chêne isolé à l'orée de la forêt. Pourquoi tante Émilie pigeait-elle la carte de la mort?

-*Mon projet d'habitations est mort et enterré. Je suis ruiné,* s'esclaffa Sylvain, les garcettes en pâmoison.

Jonathan ne jetait pas la serviette avec autant d'enthousiasme que son frère. Si tous les chemins mènent à Rome, il était probablement possible d'en dénigrer un propice à éviter la faillite de Sylvain. Il suffisait d'analyser tout le spaghetti des données et de dénigrer le couloir secret sauvant le lapin du civet.

-*Ne paniquons pas. Reprenons à partir du début, suggéra Jonathan. Pourquoi ton projet est-il mort et enterré? Tu me disais que tu avais en mains tous les permis de la ville. Je ne comprends pas. Où est le problème?*

Sylvain s'impatienta. Pourquoi devait-il encore s'humilier à raconter le pénible périple de sa cuisante défaite?

-*Ce ne sont pas les permis de la ville qui me causent des problèmes,* écarta Sylvain avec un ton déchanté sur une valse à aucun temps.

-*C'est quoi?* réclama Jonathan.

-*Mon associé vient de rompre notre contrat. Mon financement coule à pic. Je vais tout perdre. Je suis ruiné!! C'est la galère! Je vais vivre dans un refuge et manger de la soupe populaire! Je n'aurai jamais pensé, un jour, tomber aussi bas!*

Sylvain insistait vraiment sur la ruine de son empire. Il martelait la table avec son poing en mimant le couperet de la guillotine qui abattrait sa fortune sur le billot.

Jonathan trouva que son frère n'y allait pas avec le dos de la cuillère avec les lamentations de ses litanies dédiées à la ruine! Sa banqueroute semblait aussi soustraire Sylvain à toute forme de jugement. Jonathan trouvait un tantinet bizarre que l'associé joue à la poule mouillée au moment crucial du démarrage du projet, juste au moment où les autorisations sont acquises.

Le « *je passe mon tour* » sentait l'enfarge à vingt lieues à la ronde. Reprenons à partir de go! L'associé retire son magot. Sylvain perd sa solvabilité. La belle jambette! L'associé n'attend plus que l'effondrement du marché. Et hop! Il rachète la mine d'or à bas prix. Brillant! Un génie!

Sylvain avait été piégé, autant par sa naïveté que par son appât du gain. L'associé n'avait eu aucune difficulté à dresser un écran de fumée devant la vraie nature de ses intentions malveillantes. Jonathan fulminait devant la crapuleuse arnaque. Il y a toujours de ces gens sans scrupules qui veulent votre bien et qui finissent par l'avoir, quitte à y parvenir sous une fausse représentation. Et ne croyez pas que ces gens malfaisants ressentent le moindre gramme de culpabilité.

Au contraire, pour eux c'est un jeu! Que le diable emporte les victimes! Elles sont oubliées aussi vite qu'elles ont été arnaquées.

Jonathan observa son frère avec désolation. Sylvain gémissait comme un enfant. Tante Émilie et la mère de Jonathan le soutenaient dans un rôle de pleureuses joué à la perfection.

-*Combien d'argent te faut-il?* questionna Jonathan.

-*Avec le montant que tante Émilie est parée à me prêter, il me manque soixante-quinze mille dollars,* annonça Sylvain en implorant la clémence du ciel qui lui tombait sur la tête.

-*On ne trouve pas ça dans une piste de chien,* indiqua tante Émilie devant le défi énorme de l'importance de la cagnotte à rafler.

Jonathan effectua un calcul mental rapide. Après quelques additions et une soustraction, le résultat donna satisfaction à son hypothèse. Il valida son calcul une seconde fois. Alouette! Jonathan détenait peut-être la dérivée pathétique de la nouvelle équation pouvant dissoudre le pétrin de son frère.

-*Si je te fournissais cinquante mille dollars et que nous entreprenions une grande partie de la démolition de la maison de tante Émilie, est-ce que tu éviterais la faillite?* avança Jonathan, mine de rien, avec un visage inspirant assez de confiance de sorte à ne pas remettre en question le sérieux de son offre mirobolante!

Le brio du renflouage financier suscita des points d'exclamation dans les cervelles de toute la tablée réunie au logis de la mère de Jonathan.

Le rouge du pleurnichage de la mort annoncée du projet d'habitations de Sylvain vira au jaune.

-*Je serais sauvé,* entérina Sylvain. *Mais comment pourrais-tu trouver une somme pareille?* s'intéressa-t-il, rongé par la rouille de l'incrédulité de l'offre mirobolante de son frère.

Je dois avouer que le scepticisme était à l'honneur dans la tête de tous les personnages de ce roman à l'exception de Jonathan. Espérons que son calcul mental n'avait pas mal aligné la dernière ligne de sa multiplication.

-*Disons que j'ai une piste de chien de luxe à ma disposition,* ironisa Jonathan en narguant tante Émilie avec un clin d'oeil.

-*Tu me fais marcher,* décida Sylvain toujours sceptique.

Le jaune de l'épanchement généralisé menaçait de revenir au rouge. La proposition de Jonathan semblait invraisemblable. Il leur montait à coup sûr un beau bateau de cristal qui éclaterait au premier cri d'une cantatrice.

-*Non, je suis vraiment sérieux. Je dispose de cinquante mille dollars que je suis en mesure de prêter,* expliqua Jonathan, avide de sauver l'honneur de la famille.

Sylvain resta hébété, la mâchoire inférieure collée sur la table. Le renflouage de sa coque arrivait juste avant que les pirates ne sabordent entièrement son projet immobilier. Il était loin de se douter que la rentrée d'argent arriverait avec le retour du paria de la famille.

Alors, est-ce que tu acceptes mon offre? quémanda Jonathan en tendant la main droite à son frère.

Sylvain hésitait encore. L'excroissance rapide du remorquage proposé par Jonathan le plongeait dans un état second. Il parvenait difficilement à croire en la bonne étoile de la bouée qui lui était lancée à l'improviste. Son aiguillage tablait encore sur le naufrage de son projet. La main tendue par Jonathan éclipsa sa difficulté à canaliser son sauvetage. Sylvain alla à la rencontre de son frère.

-*Marché conclu. Tu me sauves la vie! Merci! Je te vaudrai ça! Si tu as besoin de quelqu'un pour quoi que ce soit, tu pourras toujours compter sur moi! Je ne te laisserai jamais tomber! Je ferai tout en mon pouvoir pour t'aider,* insista Sylvain en couronnant le jubilé des poignées de mains.

Une exultation salutaire réintégra l'assemblée. La mère de Jonathan sortit une bouteille de vin en l'honneur de la sauvegarde de l'honneur de la famille Lassonde.

Sylvain fraternisa avec Jonathan sous un angle opposé à la saga scabreuse qui avait chassé son frère du Québec. Il détectait en Jonathan une nature généreuse et un esprit familial en voie de disparition dans notre société moderne. Mais, Jonathan avait toujours détenu un tel esprit d'appartenance familiale depuis sa tendre enfance. Il avait toujours été prêt à secourir la veuve et l'orphelin.

Le lendemain, Jonathan traîna Sylvain chez un notaire afin d'authentifier le prêt qui sauvait la mise. Ils commencèrent aussitôt à jouer aux démolisseurs. La promiscuité du démontage de la maison de tante Émilie, en équipe avec Martin, rapprocha les trois hommes. Jonathan avait espéré qu'il en soit ainsi. En vérité, je vous le dis, il possédait la capacité de prêter davantage d'argent à Sylvain, mais l'obligation que le père et le fils travaillent ensemble était l'aubaine du mois que Jonathan refilait à son frère. Le complot de son pari compulsif visa le bon ramoneur puisque la complicité s'installa dans la fricassée du père, du fils et du Saint-Esprit. Amen.

Un bon matin, pendant que les trois hommes travaillaient au démantèlement de la chambre de leurs parents, Sylvain poussa une étrange complainte expiatoire. Son cri étouffé entraîna une onde de choc pas réjouissante dans toute la pièce.

Jonathan se retourna comme une crêpe. Il évalua les dégâts d'un accident de travail plausible. Son frère tenait sa main accrochée à sa poitrine.

-*Comment ça va?* somma Jonathan, pressé d'en savoir davantage sur la nature de l'inconfort de son frère.

La posture de Sylvain ressemblait à une déflagration cardiaque. Un malaise de ce genre demeurait plus que probable. Sylvain vivait trop sur la corde raide de ses tracas. Il possédait un régime alimentaire irrégulier. Tous ces ingrédients pouvaient très bien bouchonner ses artères et dérégler son horloge cardiaque.

-*Ça va mieux. Je m'excuse. J'ai fait un faux mouvement,* répondit Sylvain en reprenant son souffle.

Le muscle étiré à la suite d'un faux geste sembla trop inventé de toute pièce. Jonathan douta du diagnostic présenté par son frère. Il explora encore la possibilité d'une crise cardiaque.

-*Tu es certain?* ajouta-t-il.

-*Oui, ça va beaucoup mieux,* confirma Sylvain en massant son épaule.

Jonathan finit par avaler la couleuvre de la théorie du muscle étiré. Rien de louche ne présentait le ravage de la crise cardiaque. Si c'était le cas, Sylvain serait étendu sur le plancher depuis un bon moment. Jonathan retourna à l'enlèvement du plâtre sans se poser de questions supplémentaires.

Le dos tourné de Jonathan l'empêchait de voir que son frère dissimulait quelque chose sous ses vêtements. Il ne voyait pas que c'était la découverte de ce quelque chose qui avait mis en selle le galop de l'épisode du muscle étiré. Son frère gardait jalousement le secret de sa découverte. Ce quelque chose dissimulé sous ses vêtements méritait d'être approfondi avant une diffusion à qui que ce soit.

Sylvain eut juste le temps de dissimuler ce quelque chose, avant qu'un coup de semonce arrive en trombe par la fenêtre entrouverte. Le cri barbare porta un coup dur à la quiétude du ronronnement quotidien des trois démolisseurs.

-*Sylvain Lassonde! Montre-toi la face,* hurla une voix en provenance du balcon.

Le frère de Jonathan attrapa l'air grave du jour où il gémissait le feu rouge de la ruine de son entreprise.

-*Qui est-ce?* demanda Jonathan en fouillant une réponse dans le regard démoli de son frère.

Le visage de Sylvain clignotait abondamment. Il ressemblait à un vrai petit renne au nez rouge.

-*C'est l'entrepreneur qui a le contrat de construction de mon projet d'habitations, et ses employés,* commenta Sylvain en inspectant le balcon à travers la fenêtre de la chambre.

-*Que veulent-ils?* ajouta Martin en inspectant le balcon à la suite de son père.

-*Ils ne doivent pas apprécier que nous démolissions la maison à leur place,* annonça Sylvain, débiné.

La faillite potentielle de son projet et l'offre de Jonathan avaient effacé de la mémoire de Sylvain le contrat signé avec l'entrepreneur. Malheur! Une clause du contrat, écrite en petits caractères, incluait la démolition des bâtiments. L'entrepreneur se préparait à lâcher les chiens enragés de sa chienne. Et ce n'était pas le rejeton d'une chienne à Jacques. Ils avaient de belles grandes dents comme mère-grand dans le petit chaperon rouge. Et vous connaissez la suite. « *C'est pour mieux te manger mon enfant* ». Malheureusement, Jonathan n'entrevoyait pas de bûcheron à l'horizon paré à le sauver du gros méchant loup!

-*Sylvain Lassonde! Nous savons que tu es ici! N'attends pas que nous allions te chercher. Si tu refuses de te montrer la face, nous allons te sortir d'ici par la force!*

La sommation de paraître ne badinait pas avec l'équivoque. Sylvain avait le choix entre la potence et le limogeage. Finalement, le gros méchant loup était un doux à côté de la meute qui frappait à la porte!

-*Appelons la police,* suggéra Martin avec fermeté.

-*Non,* hurla Sylvain. *J'ai absolument besoin d'eux. Ce sont des employés du tonnerre. La qualité de leurs constructions est imbattable. Mon projet va se vendre comme des petits pains chauds.*

Jonathan sympathisait avec la panique de son frère. Si sa grande bonté ne l'avait pas poussé à limiter la somme du prêt à Sylvain, si l'idée de le ramener vers son fils ne l'avait pas courtisé, la guérilla du balcon ne planifierait pas son coup d'état. Jonathan se sentait responsable du lynchage incessant de son frère

-*Je vais aller leur parler,* proposa-t-il.

-*C'est trop dangereux. Ils sont vraiment enragés,* constata Sylvain.

-*J'y vais,* insista Jonathan.

Sylvain s'avéra incapable de retenir son frère. Jonathan fila à l'anglaise comme un lièvre. Il espérait ne pas finir ses jours en civet dans l'assiette des adversaires! Par contre, il n'avait pas le choix de s'offrir comme plat de résistance si le vin tournait au vinaigre!

En fait, le remords d'avoir quasiment jeté Sylvain dans la gueule du gros méchant loup alourdissait la conscience de Jonathan. Il devait convaincre l'escadron de la mort d'accorder la vie sauve à Sylvain. Comment? Il y cogitait en traversant le corridor et le portique jusqu'au balcon des faucons. Avec un peu de chance, l'insolite apparition d'un inconnu pouvait stopper l'appétit des fauves.

-*Bonjour messieurs,* exprima Jonathan, les mains tremblotantes et son menton coiffé d'un sourire artificiel.

La colère serrait les dents de la junte militaire. Les yeux ajustaient leur champ de bataille. Les poings fourbissaient leurs armes. Il ne manquait que le signal du déclenchement des hostilités.

-*Nous voulons parler à Sylvain Lassonde,* proclama le grand gaillard planté devant le peloton.

-Je suis son frère, informa Jonathan.

Le visage inconnu de Jonathan jeta de l'huile sur la bave dégoulinante des contestataires. La troupe dansa une gigue menaçante, assez houleuse merci.

-Nous exigeons de parler à Sylvain Lassonde! Puisque la montagne refuse de venir à nous, nous allons aller vers la montagne.

L'invitation du général à foncer brassa la ferveur de sa petite armée. Un soldat leva le poing prêt à exterminer l'ennemi. Le reste de la troupe ajouta son petit geste de courage. Le déclenchement du conflit était imminent.

Jonathan se voyait déjà à la une du journal : écrasement d'un travailleur au noir par le défilé enragé des employés d'un entrepreneur. Belle publicité gratuite pour une vente d'habitations. Je suis certain qu'en travaillant son imagination, il y aurait un excellent slogan publicitaire à inventer avec ça!

-Non! Attendez. Écoutez au moins ce que j'ai à vous dire. De toute façon, vous n'avez rien à perdre. Nous ne pouvons pas nous enfuir. Vous bloquez notre porte de sortie. Si ce que je vous dis ne vous satisfait pas, vous pourrez toujours vous défouler en nous cassant les jambes.

Jonathan brandissait sa main avec les doigts écartés à la hauteur de la poitrine du chef de la troupe. Il jouait gros. Très gros. Sa petite taille faisait pitié à côté du convoi des costauds qui avançaient vers lui.

Le général écarta les bras. Il marqua l'arrêt du réchauffement des hostilités. Il recommanda de voter en faveur de l'acceptation de l'offre du médiateur.

Jonathan se reposa sur une plage de tranquillité après avoir éventré ses nerfs sur le récif de la peur d'y rester.

C'est beau la vie!

-Je t'avertis, ce que tu as à dire est mieux d'être une excellente explication si tu ne veux pas finir en brochette sur un barbecue.

La transparence du message n'ouvrait pas la porte à l'interprétation. Le sens des mots décrivait parfaitement la nature de la chaise électrique qui attendait le prisonnier de guerre. Jonathan sentait déjà les briquettes du barbecue chauffer sous ses pieds.

-Mon frère a eu des ennuis financiers parce que son associé l'a laissé tombé à la dernière minute, débuta Jonathan en étalant la respiration haletante d'une inflorescence asthmatique.

-Je le savais, entérina le chef de la meute. J'avais averti ton frère de se méfier de son associé. Il était un trop beau parleur. Sa face ne m'inspirait pas confiance. J'ai appris à me méfier des beaux parleurs. Ils finissent toujours par te chier dans les mains au moment où tu as besoin d'eux.

L'intuition du chef rajoutait à la déduction de Jonathan sur le fameux associé de cinq sous. Ses craintes sur la manigance de la mise en faillite en vue d'un rachat à rabais étaient fondées.

-Nous avons été incapables de réunir toute la somme d'argent nécessaire à la réalisation du projet de mon frère. Je vais être franc avec vous, il nous manque vingt-cinq mille dollars. J'ai donc proposé que nous démolissions une grande partie de la maison par nous-mêmes. Si vous cherchez un coupable à abattre, c'est à moi qu'il faut vous en prendre.

Jonathan s'offrait en sacrifice aux dieux. Il jouait gros. Très gros. À quoi bon? Pourquoi mentir?

Sa vie tenait à peu de choses!

Sur le balcon, quelques gladiateurs commencèrent à s'impatienter de la venue des jeux. Ils entamèrent la volonté de buter Jonathan. Le chef retarda la mise à mort du chrétien.

Jonathan continua de débiter sa salade. Le râlement asthmatique achala à nouveau sa poitrine.

-Nous pouvons toujours arrêter de démolir, prononça-t-il. *Vous serez responsable de la faillite de mon frère. Probablement que vous devrez transiger avec son ex-associé qui rachètera le projet. J'espère que vous aimerez travailler avec lui.*

Là, Jonathan écrasa l'armée à plate couture. La troupe était atterrée devant l'offre de transiger avec l'ex-associé débile de Sylvain. Il avait réussi à retourner l'attaque dans le château fort de l'assaillant comme un cheval de Troie.

-Je vous accorde dix minutes de réflexion, suggéra Jonathan. *Lorsque vous aurez terminé, venez me rejoindre dans la chambre du fond.*

Le climat de la trêve favorisa l'exploration d'un compromis. L'équipe de l'entrepreneur était en face d'un échec et mat. La troupe accepta d'entamer une ronde de négociations. Jonathan alla retrouver Sylvain et Martin en respirant mieux. Sa crise d'asthme était écartée de justesse.

-*Bravo, annonça Sylvain,* fier de la mise en échec de son frère. Il partagea une accolade avec Jonathan en se disant qu'il l'avait échappé belle. Jonathan trouva intéressant d'avoir échappé à la casserole du civet!

La réponse de l'entrepreneur arriva avant l'écoulement complet du sable de l'ultimatum des dix minutes. Évidemment, la réponse s'avéra, hors de tout doute, favorable à la poursuite du brassage des affaires avec Sylvain. L'ombre de la possibilité de travailler avec la face véreuse de l'associé avait changé l'atout des enjeux. Une seule condition s'ajouta au contrat de l'entente. Sylvain, Jonathan et Martin arrêtaient leur travail au noir. L'entrepreneur effectuait la démolition à sa charge. Sylvain acceptait de le payer plus tard, avec le profit de la vente des habitations.

Une sortie très honorable.

Tout le monde il est beau, tout le monde il est gentil.

Par contre, à leur retour, Sylvain, Jonathan et Martin affrontèrent une ambulance et tante Émilie. Le volcan du cancer crachait sa lave incandescente de la mort. La mère de Jonathan s'éteignait à petit feu.

L'ambulance, le départ,...

La commotion cérébrale.

Jonathan laissa Sylvain et tante Émilie accompagner sa mère à l'hôpital. Il ne pouvait pas marcher à la suite du cortège, vers l'agonie de la mort. Ses autres frères et soeurs l'auraient chassé comme une bête puante. Savoir sa mère malade était déjà assez terrible. Cette seule pensée terminale suffisait, à elle seule, à couper les arrivées d'air à ses poumons. Il ne fallait pas ajouter les immondices d'une échauffourée avec sa famille par-dessus le choc émotif. Avec un tel rejet, la crise d'asthme était assurée.

Jonathan continua son petit bonhomme de chemin avec sa commotion cérébrale sur les bras. Le passage en trombe de l'auto-patrouille conduite par la policière ajouta au grabuge du moral de Jonathan. Il s'esquiva comme une gazelle afin d'éviter d'être repéré. Le stratagème fonctionna de justesse. La policière s'arrêta devant l'appartement de la mère de Jonathan. Elle chercha les beaux yeux mielleux de Jonathan partout. Elle monta dans l'escalier afin d'améliorer ses recherches visuelles. Elle alla frapper à la porte. Rien. Le beau Jonathan n'était pas là.

La policière se désola de ce rendez-vous manqué avec le destin. Elle commença à pester contre le suspect. Avait-elle trop succombé aux beaux yeux mielleux de Jonathan? Avait-elle été trompée? Oui. Avec la belle Isabelle. Erreur. Il ne s'agit pas de cette tromperie. La policière pensait à un meurtrier jouant la comédie de l'agneau qui ne fera pas de mal à une mouche afin de prendre la poudre d'escampette! Le genre à vous caresser qui vous plante un couteau entre les deux omoplates, sans douleur. Impossible de s'apercevoir que nous agonisons au bout de notre sang!

La policière céda à une colère cinglante! C'était la première fois que son instinct couraillait le mauvais lapin. L'infaillibilité de son pif avait été déjouée. Il fallait que le suspect soit un lapin drôlement sournois. Si Jonathan avait été à sa portée, elle l'aurait transformé en ragoût! Décidément, aujourd'hui, Jonathan était la vedette du menu des casseroles!

La policière retourna vers son auto-patrouille en pestant contre l'amour aveugle qui l'avait amourachée de son suspect.

Jonathan fila rapidement avant que l'auto-patrouille décolle en trombe! Il préféra se maintenir hors du champ de vision capable de dénoncer sa présence dans les parages.

Après sa fuite en avant, Jonathan marcha dans la ville en exorcisant ses démons. Sa peine avait grossi à chaque pas. Un pas pour la bataille perdue contre le cancer. Un pas pour l'impossibilité d'être au chevet du trépas de sa mère. Un pas pour la haine de ses frères et soeurs, sauf Sylvain. Un pas pour son emprisonnement. Un pas pour sa nouvelle séparation avec sa belle Isabelle. Un pas pour la peine de Benjamin de voir son père derrière les barreaux.

Au bout d'une rue, d'un escalier, Jonathan avait atterri sur les plaines d'Abraham.

C'était juillet. Le coeur de l'été. Le beau temps ensoleillé de bord en bord. Jonathan ne s'unissait pas au boum de la belle saison. Il ne s'unissait pas avec la vigueur de la vie des plantes et des fleurs en éclosion.

Non.

Jonathan se mariait plutôt à l'automne. Le gel qui détache les feuilles, qui précipite leur tombée au sol et qui annonce leur décomposition dans l'oubli de la froideur de l'hiver. La fin de l'été, des habits légers, des souliers sans bottes, des têtes découvertes et des mains libres. Même les plaines d'Abraham le ramenaient à la défaite d'une nation qui a perdu son nom au sein glorieux d'une bataille perdue.

La mort...

Sa mère allait mourir. Jonathan restait impuissant à renverser la corne d'abondance de l'agonie de sa mère. Il prêchait le contraire dans un désert. Il désirait tant se convaincre. Inutile. Le rideau avait tombé du côté des feuilles mortes.

Jonathan se couvrit de larmes.

-*Ma mère va mourir,* répéta-t-il afin d'apprivoiser la suite de son roman.

CHAPITRE NEUF

Le retour de la lettre perdue

Isabelle et Benjamin avaient passé le quartier au peigne fin, de fond en comble, sous toutes ses coutures. Le ratissage n'apporta aucun succès.

Finalement, Isabelle avait ratissé sa mémoire et elle avait dressé la liste des coins et des recoins de la ville les plus habitués aux fréquentations de Jonathan. Elle orienta sa battue vers les plaines d'Abraham. C'était là, dans cette oasis de verdure qu'Isabelle et Benjamin avaient trouvé Jonathan, en pleurs, répétant sans cesse « *ma mère va mourir* ».

-*Je sais,* avait encaissé Isabelle en l'emprisonnant chaleureusement dans ses bras.

Benjamin avait ajouté son grain de sel à la consolation en adressant un gros câlin de géant à son père malheureux.

Cette fois-ci, le glas avait sonné... Les projecteurs s'éteignaient un à un. Sa mère ne s'en sortira pas vivante... Le temps qui restait avait étiré son élastique supplémentaire au maximum. Jonathan ne pouvait pas s'en plaindre. Si le diagnostic des médecins, déclamé à son arrivée au Québec, s'était avéré véridique, sa mère serait morte et enterrée depuis longtemps. Il n'aurait pas connu le bonheur de vivre en sa compagnie les derniers moments de sa vie. Facile à raisonner, difficile à accepter...

Triste! Triste journée!

Il pleut sur ma nuit de cahots. Il pleut sur ma Gaspésie embrumée. Il pleut sur le recul de la vie. Il pleut sur mes ennuis. Il pleut sur mes joues endolories. Il pleut tout partout. Je suis immergé dans un bain de mélancolie.

Triste! Triste journée!

Jonathan ne désirait plus repousser la crise d'asthme qui l'assiégeait de plus en plus. Il désirait mourir à son tour. Communier à la mort. Arrêter le combat. Pourquoi vivre avec la douleur de la mort de sa mère enracinée dans son corps?

Il pleut sur le calvaire de ma nuit. Il pleut sur les malheurs de ma Gaspésie. Il pleut sur la crevaison de ma vie. Il pleut sur le vacuum de mes ennuis. Il pleut sur les cicatrices de mes joues. Il pleut tout partout. Je suis noyé dans un bain de mélancolie.

Triste! Triste journée!

Isabelle supplia Jonathan d'essayer de contrôler la crevaison de ses poumons. Sans les cris de Benjamin qui paniquait de voir son père dépérir, Jonathan aurait succombé à un arrêt respiratoire. Pendant un bref instant, il avait cédé au désir de ne plus s'en sortir vivant. Mourir avant la mort de sa mère. Éviter de souffrir. C'est ce qu'il croyait désirer. C'était enfantin de sa part. Il faut toujours affronter le boeuf de sa destinée par les cornes. Inutile d'hésiter! Il existe toujours l'inévitable des passages forcés. C'était ça grandir! En plus, comment pouvait-il oser abandonner son fils, la belle Isabelle et son bonheur?

Lorsque Jonathan respira mieux, il se noya à nouveau dans la mijoteuse de ses pleurs. Le mal de la séparation de l'être cher reprenait le dessus avec sa peine inconsolable et sa douleur infiniment triste.

Triste! Triste journée!

Isabelle informa Jonathan que sa mère, tante Émilie, ses frères et ses soeurs désiraient le rencontrer à l'hôpital.

Jonathan demanda de répéter le message. Avait-il bien entendu? Toute sa famille le réclamait! Lui! Le pestiféré! Que s'était-il passé? Étrange renversement!

-Pourquoi? s'étonna-t-il.

-*Je ne sais pas trop. Je n'ai pas compris ce qu'ils m'ont raconté,* avait expliqué Isabelle au meilleur de sa connaissance. Elle n'en savait pas plus. En fait, elle ne savait strictement rien de plus. Finalement, elle n'avait surtout pas cherché à en savoir davantage. Les frères et les soeurs de Jonathan n'étaient pas vraiment ses fréquentations les plus courues.

Avant de partir, Benjamin demanda de visiter le merveilleux jardin floral déployé autour de la statue de Jeanne-d'Arc.

-*Non. Nous devons absolument nous rendre à l'hôpital au plus vite,* somma Isabelle, agressée par l'extravagance de l'enfant.

-*Le dernier arrivé est une poule mouillée,* défia Jonathan, préférant accepter une course contre Benjamin plutôt que les reproches galeux d'une rencontre avec sa famille.

-*Ils nous attendent,* signifia Isabelle, agacée par les zigzags de Jonathan.

-*Ils peuvent attendre encore un peu,* échappa Jonathan, en partant à la course à la suite de Benjamin qui avait déjà plusieurs longueurs d'avance.

Isabelle exprima son désaccord avec un haussement d'épaules. Elle apprécia quand même la lassitude de Jonathan dans son manque d'empressement de se rendre à l'hôpital. Et de un, sa mère se mourait, mais elle ne frôlait pas encore la catastrophe finale. Et de deux, l'éventualité de brouter la mort du père de Jonathan avec toute sa famille n'inspirait pas Isabelle. Elle avait trop sacrifié sa vie sur le drame familial avec le départ de Jonathan outre-mer. La coupe de son endurance était vidée!

Pour Jonathan, son embrayage à reculons était basé sur la certitude qu'une souricière l'attendait à l'hôpital. L'incontournable de son arrestation ne l'inspirait pas. La visite de la policière au logis de sa mère juste après le départ de l'ambulance sonnait le glas de la fin de la récréation de sa vie d'homme libre. Il était pris comme un rat! Dans un tel cas, était-ce un crime de préférer se la couler douce auprès de sa petite famille?

Benjamin arriva le premier au jardin de la statue de Jeanne-d'Arc.

-*Tu es une poule mouillée,* cria-t-il en voyant son père arriver derrière lui. Le bambin riait à s'en dévisser les mâchoires.

Jonathan s'amusa de l'accusation de son fils. Il l'agrippa, il l'embrassa sur le front et il l'éleva aussi haut que l'extension de ses bras le permettait. Puis, les regards du père et du fils butinèrent l'arrangement floral de la statue de Jeanne-d'Arc. La spontanéité de Benjamin, son insouciance et son goût de vivre désamorcèrent les gaz à effets de serre de l'anxiété de Jonathan.

Après s'être abreuvé à la fontaine d'eau, Benjamin déclara qu'il avait très hâte de voir grand-maman Jeanne, la mère de Jonathan.

C'est ainsi que l'irréfutable invitation de la famille de Jonathan fit son entrée triomphale dans le temple du « *nous n'avons plus le choix* ».

Dans le taxi qui les ramenait vers l'hôpital, Jonathan bouillonna à nouveau dans une marmite de mélancolie. Il pleut sur ma nuit de cahots. Il pleut sur ma Gaspésie embrumée. Il pleut sur le recul de la vie. Il pleut sur mes ennuis. Il pleut sur mes joues endolories. Il pleut tout partout. Je suis immergé dans un bain de mélancolie.

Comme le temps passe vite. Hier, il était un petit bambin à peine plus vieux que Benjamin et, aujourd'hui, il accompagnait sa mère jusqu'à son tombeau. Il devenait la génération montante qui occupait le haut de la pyramide de la famille. La disparition de ses parents marquait la tombée du bouclier vivant qui le rendait en apparence invincible contre la mort. Il devenait à son tour le bouclier donnant une apparente invincibilité à Benjamin. Le passage entre l'enfance et le père de famille avait été si court... trop court...

Smuck!

Benjamin embrassa son père. Il glissa à son oreille « *Une chance qu'on s'a* ».

Cette phrase célèbre était empruntée de plein fouet au jargon d'Isabelle, qui aimait en assaisonner toutes les sauces des temps forts de l'existence.

À la fin de la montée de l'ascenseur, Jonathan déboucha sur le corridor qui menait à la chambre de sa mère. L'« *overdose* » émotionnelle récapitula le « *holà* » du départ de sa mère en ambulance. Les plombs sautèrent! Jonathan redémarra encore une crise d'asthme. Au bout de quelques pas, il s'appuya contre le mur.

-*Papa,* s'inquiéta Benjamin.

-*Est-ce que ça va?* demanda Isabelle, gavée d'inquiétudes.

Jonathan hocha la tête en signalant qu'il récupérait le contrôle de ses poumons. Sa respiration retourna à son ordre établi. Il attrapa la main de

Benjamin, ce qui rassura Isabelle. Puis, Jonathan recommença sa marche funèbre vers la chambre de sa mère.

La policière attendait à la porte de la chambre.

Jonathan en avala ses poumons! Que faisait-elle ici? Il avait eu raison de retarder l'empressement de son voyage vers l'hôpital. Comme ébauché dans sa pire appréhension, sa famille avait osé le livrer à la justice?

Isabelle n'apprécia pas davantage la présence de la policière. Non! Ce n'est pas ce que vous croyez. Isabelle n'était pas taraudée par la jalousie de voir sa rivale faire le pied de grue en attendant l'arrivée des beaux yeux de Jonathan. Je vous l'ai déjà dit, je ferai tout ce qui est dans le pouvoir de ma plume afin d'éviter que Jonathan tombe amoureux de la belle policière. Quitte à la tuer si je détecte une petite faiblesse dans le regard de Jonathan. Vous ne vous en sortirez pas! Videz le triangle amoureux de votre cerveau. Il n'y en aura pas! Alors, puisque ce n'était pas la jalousie qui agaçait Isabelle, c'était plutôt l'inquiétude que Jonathan la quitte à nouveau et qu'il croupisse derrière les barreaux à perpétuité!

C'est vrai! Vous ne le saviez pas. Eh! Oui! Jonathan avait fini par révéler les menaces d'accusation de meurtre qui pesaient contre lui. Disons que c'était Martin qui s'était enfargé dans une conversation avec Isabelle. Bref, le mot prison avait été prononcé par inadvertance au beau milieu du voyage en Gaspésie.

Le choc brutal et fatal! L'envolée du beau voyage en Gaspésie avait attrapé du plomb dans les ailes.

Isabelle avait ragé contre la vie qui bousculait encore son destin comme un chien dans un jeu de quilles. Pourquoi le destin se complaisait-il à provoquer la rupture du couple à chacune des fois que l'union prenait son envol? Elle avait paniqué en imaginant Jonathan, les poings menottés, être emporté par deux policiers. Une chance que les paysages enchanteurs de la Gaspésie avaient apporté quelques distractions à la déconvenue du beau rêve amoureux d'Isabelle. Malgré l'enchantement, ils n'étaient pas parvenus à tout effacer le gribouillis de la panique d'Isabelle.

Aujourd'hui, la panique d'Isabelle s'emballait à deux cents à l'heure! Est-ce que la famille de Jonathan l'avait attiré ici dans le but sadique de le livrer à la justice? Mille excuses de me répéter. Je le sais. Jonathan a déjà posé une question identique.

Voulez-vous connaître la réponse? Je ne sais pas si je devrais vous le dire? Encore un autre mot, une autre phrase, une autre ligne... Une autre ligne!

Voilà!!

-*N'ayez pas peur, monsieur Lassonde. Je ne suis pas venue vous arrêter,* rassura la policière. *J'attends plutôt que votre frère me donne la fameuse lettre que vous avez tant cherchée.*

La lettre perdue était retrouvée! Isabelle jubilait! Jonathan était libre comme l'air! Plus de prison! Elle pesait sur l'accélérateur de l'amour conjugué au grand jour.

Merci à la vie qui cessait de bousculer le destin comme un chien dans un jeu de quilles.

Isabelle observa Jonathan avec tendresse.

Jonathan observa Isabelle avec tendresse.

La vie valait maintenant la peine d'être vécue!

La policière se désola de voir Jonathan en compagnie d'une femme. Pire, elle détesta le voir amoureux de cette femme. Depuis l'annonce que la lettre prouvant l'innocence de son suspect était prononcée, la policière avait ébauché une belle histoire d'amour entre elle et lui.

Désolation.

Le château en Espagne s'écroulait. «Adios» aux beaux yeux mielleux de Jonathan.

Vraiment dommage... La policière aurait vraiment aimé vivre une belle histoire d'amour.

Jonathan entra dans la chambre en étant accompagné de Benjamin et d'Isabelle.

Le clan familial était réuni autour du lit.

La mère de Jonathan affichait un regard d'abandon comateux. Sa tête reposait lourdement sur l'oreiller. Elle conservait encore la force de sourire à l'arrivée de la dernière petite famille de son clan. Tante Émilie était paniquée, ne sachant plus à quel saint ou à quelle sainte se vouer. Elle tenait une serviette humide dans une main et son chapelet dans l'autre. Martin pleurait par en dedans. Ses épaules dansaient clopin-clopant sous l'effet d'une soupape qui menaçait d'éclater. La petite soeur de Jonathan examinait son frère avec des yeux de petite chatte battue. Son armoire à glace de mari bouillait du désir de sauter sur Jonathan à pieds joints et à poings fermés. Sa grande soeur, ses trois enfants et son mari ne savaient pas trop quelle position embrasser. Ils piquaient leurs regards dans les coutures de la couverte du lit, les oreilles enfoncées dans le crin. Finalement, Sylvain se tenait proche de la mourante, avec une cassette vidéo dans une main et une enveloppe brune dans l'autre.

-*Enfin. Tu es là,* déclara Sylvain, satisfait et heureux de voir son frère se joindre à la famille avec Benjamin et Isabelle. *J'ai eu peur que tu refuses de nous rencontrer,* ajouta-t-il.

Sylvain savait trop bien que, depuis le retour de Jonathan en terre québécoise, personne ne s'était bousculé aux portes pour lui serrer la pince. Jonathan possédait une montagne d'excuses infranchissables pouvant l'inciter à jeter à la poubelle la sommation de paraître devant sa famille.

-*Bonjour Jonathan, Isabelle et Benjamin,* échappa la mourante. Son intervention inattendue désamorça légèrement l'orage électrique de la tension de l'atmosphère. À la vue de Jonathan, chacun des convives rassemblés autour du lit donnait l'impression de danser sur des tisons ardents ou un tapis de clous!

Benjamin souriait mais il restait blotti contre Jonathan. Il réclamait une protection devant l'hostilité palpable de l'assemblée. Sa propulsion en tant que point de mire plus ou moins apprécié de tous colla aussi Isabelle sur Jonathan.

-*Tu avais quelque chose à me dire,* insinua Jonathan à l'intention de Sylvain.

Le lancer-frapper insuffla un peu de légitimité à la coche mal taillée de la présence de Jonathan. Devant la tension palpable qui circulait autour du lit, la réputation de Jonathan avait un urgent besoin du renfort d'un excellent défenseur comme Sylvain.

-*Oui, je voulais que toute la famille soit témoin de ce que j'avais à te révéler,* enchaîna Sylvain.

Le mot « *révéler* » dans la bouche de Sylvain siffla si fort que l'arrivée mal-aimée de Jonathan passa au second rôle. Toutes les paires d'oreilles se dressèrent intentionnées à capter le moindre bruit de fond de la révélation de Sylvain.

-Premièrement, je voudrais te remercier. Sans ton aide, mon projet d'habitations serait à l'eau. Tu m'as sauvé de la faillite. Je ne te remercierai jamais assez aussi pour m'avoir réconcilié avec mon fils.

Sylvain contemplait Martin. L'harmonie avec sa progéniture était le moteur de sa vie. Et dire qu'il avait passé à deux mèches de le perdre dans l'incendie du hangar!

Autour du lit, le déversement des remerciements de Sylvain ajouta de la vigueur aux redressements des oreilles opposées à Jonathan.

-Je n'ai aucun mérite, encaissa humblement Jonathan. *J'ai simplement aidé quelqu'un qui en avait un grand besoin. Rien de plus!*

Les oreilles se questionnaient sur le passé douteux du récipiendaire de la médaille de bravoure. Les honneurs allaient à l'encontre du mauvais garçon qui avait éclaboussé le nom de la famille!

-Tu as beaucoup plus de mérite que tu penses, ajouta Sylvain.

Les allusions de Sylvain devançaient la suite de la procession des révélations sur la mort du père. Il savait que la suite de ses révélations donnerait enfin un bon sens au mérite attribué à Jonathan.

Autour du lit, les éloges de Sylvain dépassèrent les bornes des chastes oreilles prêtes à dilapider Jonathan. L'assemblée expulsa un ras-le-bol. Si Sylvain tenait tant à monter Jonathan sur le piédestal du sauvetage de l'honneur de la famille, il n'était pas obligé d'inviter toute la paroisse à la messe de ses compliments.

C'était trop!!

La cérémonie n'amusa plus personne.

-Ça va faire! Nous ne sommes pas venus ici entendre débiter des flatteries à n'en plus finir. As-tu oublié l'affront suprême que nous a fait Jonathan? Veux-tu que je te rafraîchisse la mémoire? Laissez-moi le sortir d'ici. Sa face de sainte nitouche commence drôlement à me taper sur les nerfs!

L'armoire à glace menaçait de se détacher du bataillon et de charger comme une boule de quilles! Jonathan ferma les yeux. Il imagina l'attaque. Un abat!

-Jonathan ne partira pas! Sylvain a quelque chose à nous dire et j'ai l'intention de l'écouter jusqu'à la fin. Si quelqu'un préfère ne pas l'entendre avec

Jonathan, il n'a qu'à se retirer, annonça Nathalie, la soeur de Jonathan, avec fermeté.

L'armoire à glace fondit sur place. Le beau-frère n'avait pas l'habitude de rencontrer chaussure à son pied. Du moins, pas des chaussures expédiées de la part de sa douce et tendre souris qui lui servait d'épouse. Nathalie ne le contredisait jamais. Cette fois, elle avait craqué. Le beau-frère avait dépassé les limites permises par la loi. Bien fait pour lui!

L'armoire à glace se fit aussi discret qu'un cheveu sous une tuque. Le beau-frère se cabra en épluchant un oeil malin réprobateur face à l'éveil de la majorité silencieuse des ordres de son épouse.

-*J'accepte aussi d'entendre ce que Sylvain désire nous raconter. Jonathan peut rester,* ajouta l'autre soeur. Son mari n'osa pas la contredire de peur de subir le même traitement de faveur que la sommation livrée à l'armoire à glace.

La majorité l'emportait.

Sylvain avait enfin la voie libre. Il pouvait déballer sa boîte de pandore. Jonathan ouvrit les yeux, heureux d'être exempté de goûter à l'étau des griffes de son beau-frère. Il savait qu'il n'aurait jamais été de taille contre l'attaque de la brute!

La mère de Jonathan étala un sourire de satisfaction. Le champ de bataille tirait sa révérence.

-*Je vous remercie d'accepter que Jonathan se joigne à nous. Ce que j'ai à vous révéler concerne toute la famille,* mentionna Sylvain, en décompressant toute la vapeur de sa nervosité. *Voilà,* continua-t-il. *Lors de la démolition de notre maison, j'ai fait une découverte importante concernant la mort de notre père.*

L'introduction arriva à épicer l'attention de tous. Sylvain continua ses révélations, à la demande générale des points d'interrogation imprimés sur les visages.

-*En démanchant l'un des murs de la chambre de nos parents, j'ai découvert une lettre coincée entre deux planches. Au début, je croyais que c'était un indice oublié de l'une de nos nombreuses courses aux trésors.*

L'explication de Sylvain souleva la réaction en chaîne d'une explosion de sourires sur les visages des frères et soeurs. Les courses aux trésors avaient été l'un des passe-temps préférés de leur enfance. Un petit malin ou une petite maligne cachait des lettres qui contenaient des indices. Le reste de la maisonnée s'évertuait à découvrir les cachettes, les unes après les autres, jusqu'au dénouement de la découverte du fabuleux trésor : bonbons, cartes de joueurs de hockey, argent de monopoly, biscuits,...

Sylvain ajouta un barreau à l'échelle du suspense de la révélation à venir.

-*Sur la lettre, il était écrit :* à Jeanne, avec tout mon amour, signé Paul. *C'était une lettre de papa. La découverte m'a donné un coup au coeur. Au même moment, Jonathan s'est retourné et j'ai dissimulé la lettre sous ma chemise. Tu t'en rappelles certainement,* lança Sylvain en pointant Jonathan du regard. *Tu t'étais inquiété en pensant que j'étais terrassé par une crise cardiaque.*

Jonathan acquiesça en faveur de la crédibilité du contenu de l'anecdote. Il était heureux d'apprendre que le côté obscur de la réaction de son frère, ce jour-là, n'avait aucune ressemblance de près ou de loin à un malaise cardiaque. Le bulletin de santé de Sylvain était réhabilité.

-*Qu'est-ce qu'il y avait dans cette enveloppe?* questionna tante Émilie, un peu attirée par la primeur de son contenu. Elle affichait un air louche qui ne blanchissait pas la criminalité de son casier judiciaire.

Les oreilles de l'assistance retinrent leur souffle. Ils se concentrèrent sur chaque voyelle et chaque consonne de la réponse de Sylvain.

-*Il y avait un plan qui indiquait que notre père avait camouflé une caméra vidéo qui a filmé sa mort en direct.*

Le dernier verset satanique de Sylvain fit un effet boeuf! Un déclic s'opéra dans le cerveau de Jonathan. C'était donc ça la manie qu'avait son père de s'amuser avec des fils et des connexions électriques. C'était donc ça la manie qu'avait son père de passer des coups de pinceaux sur des murs ne nécessitant pas de retouches. Il avait berné toute sa famille en faisant croire qu'il versait dans la démence plus loin que ne l'était rendue l'évolution de sa maladie. Belle supercherie! Ainsi, il avait facilement préparé le mécanisme de la caméra dissimulée dans le mur captant sa mort en direct. Le mystère des bouts de fils et des coups de pinceaux du témoignage de la dame de ménage glané par la policière avait finalement une signification. Le père avait berné ses proches avec une étonnante lucidité!

Sylvain continua la formulation de son apocalypse, emporté par l'effervescence de la salive de la foule.

-J'ai voulu vérifier si la lettre de papa disait vrai. Je suis retourné dans la chambre, le soir même. J'ai trouvé la caméra à l'endroit indiqué sur le plan. Derrière la caméra, il y avait une autre enveloppe avec les adieux de papa. Je vous propose de visionner la vidéocassette enregistrée le jour de la mort de papa.

Les hochets positifs des têtes approuvèrent le programme principal du cinéma-maison.

Avant d'appuyer sur le bouton de la mise en marche du lecteur de vidéocassettes, Sylvain distribua les avertissements d'usage adressés aux yeux sensibles.

-Attention. Ce que vous allez voir risque d'être pénible. Maman et moi avons été pas mal bouleversés lorsque nous avons visionné la vidéocassette pour la première fois.

Les hochets positifs des têtes approuvèrent encore le programme principal du cinéma-maison. Le public acceptait d'affronter les montagnes russes des émotions au nom de l'émergence de la vérité.

Le téléviseur débuta son numéro en inscrivant une date, une heure et l'écoulement des minutes sur un fond d'écran bleu. La lecture du générique projeta une première vague effrayée d'un froid de canard dans les dents des mâchoires tremblantes de l'auditoire. C'était le jour exact et l'heure précise de l'entrée démoniaque de la météorite de la mort de leur père dans l'atmosphère tranquille de leur vie familiale sans histoire.

Les coordonnées temporelles cédèrent la place à des images saisissantes : un plan incliné vers le père. La résurrection du mort sur le téléviseur projeta une deuxième vague effrayée d'un froid de canard dans les dents des mâchoires tremblantes de l'auditoire.

Le père était assis sur le lit. Il fixait la caméra. Les muscles de son visage exprimaient une forte tension externe sur son épiderme et interne dans son regard. Il céda à une forte quinte de toux. L'auditoire réalisa que le film était muet.

Sur les lèvres du père, il était possible de lire « *Adieu, je vous aime* ».

L'adieu projeta une troisième vague effrayée d'un froid de canard dans les dents des mâchoires tremblantes de l'auditoire. Les genoux s'entrechoquèrent comme le roulement du tambour avant la pendaison des condamnés à la mort.

Le père tenait une lettre dans sa main.

Il déposa la lettre sur le dessus de la tête de lit. Par la suite, il ramassa une seringue, il aspira un liquide étrange dans une bouteille en verre, il s'injecta une dose, il retira l'aiguille, il se débarrassa de la seringue et il entra dans une transe étrange.

Au bout de quelques minutes, le père commença à se tordre de douleur comme un ver de terre au bout de l'hameçon.

Sa potion chimique débutait son exécution en direct.

Les torsions mortelles du père projetèrent une quatrième vague effrayée d'un froid de canard dans les dents des mâchoires tremblantes de l'auditoire.

Tante Émilie récita son rosaire à haute voix afin d'éviter l'évanouissement qui l'attirait vers le plancher. La moitié de la peau des autres spectateurs vira du rose au blanc verdâtre d'un cadavre. Ils menaçaient aussi de répondre à l'appel du plancher. Les coeurs sensibles ayant une peur bleue des piqûres en prenaient dans la gueule cul par-dessus tête.

Sylvain arrêta l'appareil avant de voir tomber les membres de sa famille, un à un, comme des quilles. Le déroulement graduel vers l'embrayage final de la mort du père, même tronqué, créait déjà un brouhaha collectif assez dense.

-*Inutile d'en visionner davantage,* suggéra Sylvain.

L'expectative du contenu de la conclusion mortelle non visionné de la vidéo-cassette projeta une cinquième vague effrayée d'un froid de canard dans les dents des mâchoires tremblantes de l'auditoire.

Les hochets positifs des têtes approuvèrent l'interruption du programme principal du cinéma-maison.

Jonathan relaxa un peu. Il tenait enfin le premier élément de preuve concret démontrant son innocence. Le visionnement de la vidéocassette montrait, hors de tout soupçon possible, que ce n'était pas lui qui avait tenu la seringue, ni injecté le poison mortel dans le bras de son père.

La dernière image de l'homme se tordant sous l'influence de la douleur le ramenait au jour maudit de la mort de son père.

Les douleurs de ce souvenir hantaient encore ses pensées. Pourquoi ce mal trottait-il dans sa tête comme la ritournelle du refrain d'une chanson qui nous accroche?

Jonathan visionnait et visionnait sans cesse la tourmente de ce damné samedi de juillet qui avait gravé dans sa mémoire la mort de son père. Il avait travaillé à la clinique jusqu'à midi, comme à tous les samedis. Cette journée-là, au lieu de piquer en droite ligne vers Isabelle comme à l'habitude, il avait fait un crochet chez lui. Il devait préparer les bagages nécessaires à son tour de la Gaspésie avec la belle Isabelle. Lors de son arrivée à l'appartement, il ne s'était pas inquiété outre mesure que personne l'accueille. Sa mère et tante Émilie étaient parties lécher les vitrines des magasins du centre-ville. C'est en déambulant devant la chambre de ses parents qu'il avait découvert le cadavre raidi de son père.

Tant qu'à la suite du drame, vous la connaissez déjà! En voyant la seringue et la fiole sans la lettre d'adieu, Jonathan avait paniqué. Il avait pris le meurtre sur ses épaules, évitant ainsi la prison assurée à sa mère.

Par la suite, ce fut la fuite en Europe, le calvaire, la rédemption, le retour à Québec, l'irruption du cancer de sa mère, la promesse d'un séjour en prison, le miracle de la guérison de sa mère, l'immolation ratée de Martin, la récupération in extremis du projet de Sylvain, l'amour d'Isabelle, la résurrection de sa paternité, le départ de sa mère à l'hôpital et la réunion au sommet d'aujourd'hui.

-*Papa ne savait pas manipuler une seringue. Où a-t-il appris à s'en servir?* questionna l'une des soeurs de Jonathan.

Le ton marinait dans des suspicions dirigées vers Jonathan. Il était le médecin de la famille. Lui seul détenait le permis de la science infuse de la seringue.

L'armoire à glace reprit des gallons et s'accompagna d'un sourire sadique à faire peur aux plus endurcis. Il serrait les poings et il ne pensait plus qu'à écraser Jonathan sous le rouleau-compresseur de ses muscles comme une pâte à tarte.

-*C'est moi qui ai montré à Paul les rudiments du maniement de la seringue,* avoua tante Émilie, les joues rougies par la honte. *Mon mari était diabétique. J'avais appris le maniement de la seringue. C'était moi qui administrais sa dose d'insuline à chaque jour. Lorsque Paul m'a annoncé sa volonté de mourir, il m'a suppliée de lui enseigner à manipuler une seringue. Il n'en pouvait plus de voir dépérir sa mémoire. Il souffrait le martyre. J'ai été incapable de résister à ses yeux de miséreux. Bonne Sainte-Anne, pardonnez-moi!*

Tante Émilie esquissa un signe de croix en implorant l'absolution de la part de tous.

L'intronisation de tante Émilie au temple de la renommée des tueurs sans gage projeta une sixième vague effrayée d'un froid de canard dans les dents des mâchoires tremblantes de l'auditoire. Il ne fallait plus s'étonner de voir germer de la graine de criminel dans les meilleurs onguents!

-*Qui a fourni la recette de l'injection mortelle?* demanda l'autre soeur de Jonathan.

La malice transpirait une autre série de méfiance déferlée vers Jonathan, le médecin de la famille. Lui seul détenait aussi le permis de la science infuse des cocktails mortels.

L'armoire à glace risqua quelques pas vers Jonathan. Il désirait profiter du fer qui était chaud avant que sa chance d'écraser Jonathan se refroidisse à nouveau.

-*C'est moi,* murmura la mourante sur son lit d'hôpital. *Paul m'avait aussi annoncé sa volonté de mettre fin à ses jours. J'ai tenté de le dissuader, mais sa souffrance morale augmentait de jour en jour. Par amour pour lui, j'ai fini par céder. J'ai fouillé dans les notes de cours de Jonathan et j'ai mis la main sur la recette de l'élixir de la mort sans ordonnance.*

La mère conservait un regard fier de l'accomplissement de son méfait. Elle n'avait pas uniquement aidé son mari à mourir par compassion, elle l'avait aidé par amour. Le geste transpirait une noblesse chevaleresque.

L'intronisation de la mère au temple de la renommée des tueurs sans gage projeta une septième vague effrayée d'un froid de canard dans les dents des mâchoires tremblantes de l'auditoire.

Ce que personne ne savait pas, c'était que Jonathan avait volontairement introduit la recette de l'élixir de la mort dans ses notes de cours. Eh oui, cette recette n'avait aucune raison valable de se retrouver dans les notes de cours de Jonathan. Il savait que sa mère était partie à la conquête de la recette secrète du glaive mortel qui endort sans espoir de réveil. Pourquoi ne pas l'aider? Oui. Jonathan avait fini par compatir lui aussi par amour devant les répétitions de la demande de son père de l'aider à mettre fin à ses jours. C'était la seule demi-once de culpabilité qu'il pouvait avouer dans la mort de son père. Attention, nul autre que Jonathan connaissait cette face cachée de la vérité. Rien ne prouvait que la révélation de ce détail ne se retournerait pas contre lui.

Je vous en supplie, chers lecteurs, chères lectrices, ne révélez ce secret à personne.

Dites. Je le jure!

Merci. Ceci évitera un procès et la prison à Jonathan. Vous savez que ce n'est pas demain la veille où le parlement osera se prononcer en faveur de l'euthanasie!

Alors, motus et bouche cousue!

-*Qui a acheté la seringue et les ingrédients de l'élixir magique?* demanda l'armoire à glace de beau-frère.

Son regard accusateur tabassait l'innocence de Jonathan. Le beau-frère chérissait toujours l'idée de sauter sur Jonathan à pieds joints et à poings fermés.

-*C'est votre père qui a tout acheté,* marmonna la mourante en ramant dans ses houles de larmes interrompues.

Chacun s'arrangea tant bien que mal avec la tournure de leurs émotions. Le doute rôdait toujours au-dessus des têtes. Les témoignages de tante Émile et de la mère s'avéraient un hasard bien positionné, un rebondissement trop heureux.

-*Quelle preuve avons-nous que tante Émilie et maman n'essaient pas de couvrir Jonathan?* bazarda l'armoire à glace toujours en marche vers le massacre de Jonathan.

C'était la rébellion. L'auditoire commença à pencher en faveur du plaidoyer du beau-frère. Encore un peu et une pluie de pierres s'apprêtait à lapider Jonathan. L'armoire à glace esquissa un sourire farci dans un sadisme dégoûtant.

-*Pourquoi oserions-nous remettre en question les témoignages de tante Émilie et de maman? Si quelqu'un s'est sacrifié ici, c'est Jonathan. Il n'était pas coupable. Il a évité que des accusations soient portées contre notre mère. L'enquête policière a déterminé que les seules empreintes retrouvées sur la seringue et la fiole du liquide mortel étaient les empreintes de papa. Le film que nous venons de visionner confirme que c'était la vérité,* résuma Sylvain, ébranlé par la remise en question des témoignages de tante Émilie et de sa mère.

Le vibrant plaidoyer de Sylvain ne porta pas un coup mortel à la méfiance de l'auditoire. Il y avait toujours anguille sous roche. Le pâté de la présomption d'innocence sentait les vidanges.

-*Jusqu'ici, rien ne prouve que Jonathan n'a pas été impliqué dans la mort de son père,* insista l'armoire à glace.

Le beau-frère rêvait de démantibuler la carcasse de Jonathan et d'en faire des boulettes de viande à jeter aux chiens.

Nathalie démontra sa désapprobation devant la méfiance de l'armoire à glace en assénant un coup de genou sur son tibia. Le beau-frère plia en deux. Il se fit aussi discret qu'un téléviseur hors tension.

-*La preuve est ici,* étala Sylvain, en extirpant une lettre d'une enveloppe jaunie par le temps.

Les têtes se dévissèrent vers Sylvain.

L'intrigue du chapeau du magicien stoppa les attaques des avocats de la couronne. Non coupable votre honneur! Je vais vous le prouver!

-*Normalement, cette enveloppe devait être ouverte immédiatement après la mort de papa. Elle était cachée avec la caméra dissimulée dans le mur. Si nous ne l'avons pas trouvée, c'est parce que la lettre déposée sur la tête du lit, qui indiquait l'endroit où trouver la caméra, a glissé derrière le lit lorsque papa s'est débattu avant de mourir. Elle a passé entre deux planches et elle s'est cachée dans le mur. Comme je vous l'ai déjà dit, je l'ai trouvée en démolissant le mur de la chambre de nos parents. Maintenant, quelqu'un a-t-il un doute sur la véracité de l'enveloppe qui était dissimulée dans le mur avec la caméra?*

La majorité silencieuse des têtes présentes dans la chambre qui entouraient le lit de la mourante acceptèrent la véracité de la pièce à conviction.

-*Désirez-vous que je lise la dernière lettre écrite par notre père avant sa mort?*

-*Oui,* cria tante Émilie, survoltée par la curiosité.

Personne d'autre ne contesta son vote. Adopté à l'unanimité.

Sylvain déplia la feuille de papier griffonnée. Il débita le texte à haute voix avec des nuances larmoyantes.

« Chère Jeanne ».

« Je te demande, au nom de notre amour, de m'excuser de te fausser compagnie en mettant fin à mes jours ».

« Comme tu le sais déjà, mon médecin m'a confirmé que j'étais atteint de la maladie d'Alzheimer. Il est vrai que le diagnostic m'a soulagé puisque, depuis quelques années, j'étais en train de devenir fou à force de combattre mes trous de mémoires qui n'arrêtaient pas de me jouer des mauvais tours. Malheureusement, le diagnostic confirme aussi que mes trous de mémoires vont continuer à s'aggraver et qu'aucun médicament ne peut me guérir. Je suis un homme fini. Devant le sort que me réserve l'évolution de cette terrible maladie, je préfère abroger ma décadence avant de devenir une loque humaine. Aujourd'hui, la maladie m'empêche déjà de pratiquer mon métier d'électricien. Avec le temps, j'en viendrai à oublier ton nom, ton visage et celui de mes enfants. Je n'ai pas le courage d'en arriver là. Je préfère vraiment mourir maintenant afin que vous gardiez tous un bon souvenir de moi. Je refuse de devenir un boulet pour mes enfants et pour toi, ma femme. Je refuse d'affronter l'intolérance des visages qui ne comprennent pas ma maladie. Je refuse d'être la personne que l'on évite comme si j'étais un lépreux. Je sais de quoi je parle, j'ai visité de nombreuses personnes atteintes par la maladie d'Alzheimer. J'ai été en mesure de bien observer la réaction des personnes face à cette maladie ».

« J'ai donc décidé d'accélérer la venue de ma dernière heure. J'ai tout préparé. Une caméra est dissimulée dans le mur de notre chambre. Elle prouvera que personne ne m'a aidé à mourir. Je jure devant Dieu que je suis le seul responsable de mon geste. J'ai décidé de mettre fin à mes jours librement ».

Le témoignage fermait définitivement le débat sur les implications de Jonathan dans le décès de son père. La plupart des visages frémissaient devant les dommages causés par leurs fausses accusations. Tante Émilie jubilait avec son chapelet. Elle avait le goût de le faire tournoyer au-dessus de sa tête! Et pourquoi pas?

Sylvain termina sa lecture.

« Chers enfants, prenez soin de votre mère. Je vous demande de la soutenir, de la chérir et de ne jamais l'abandonner. Je vous demande aussi de me pardonner ».

« Je vous aime. Votre père ».

« Paul ».

Le dossier criminel de Jonathan était blanchi.

Les dernières paroles du père projetèrent une huitième vague effrayée d'un froid de canard dans les dents des mâchoires tremblantes de l'auditoire. La demande du père de soutenir la mère après sa mort actionna la pire crise émotionnelle de l'assemblée.

Les sentiments se partageaient entre le regret d'avoir causé du tort à Jonathan et le calvaire affligé à la mère qui subissait la criminalisation de son fils.

Je vais transmettre la vidéocassette et la lettre d'adieu de papa à la police. Ils m'ont certifié que les soupçons contre Jonathan seront retirés, conclut Sylvain, en rejoignant son frère avec une étreinte magistrale.

-*Merci,* chuchota Jonathan en déversant des larmes de paix.

La confusion régna dans la chambre. Chacun demandait pardon à tour de rôle. Ils s'embrassaient, ils se pardonnaient, ils pleuraient ... Tante Émilie embrassait son chapelet et elle remerciait la bonne Sainte-Anne...

Les kleenex se mêlaient aux poignées de mains et aux baisers. L'armoire à glace oublia ses gants de boxe. Il distribua aussi son étreinte, un peu forte, et sa demande de pardon.

Jonathan réalisait à peine la véracité de sa libération non conditionnelle. La descente en enfer de son chemin de croix était terminée. Plus personne ne réclamerait sa crucifixion avec la mort de son père. Il avait toujours clamé son innocence à qui voulait l'entendre. Aujourd'hui, elle arrivait sur son beau cheval blanc.

C'est bête. Son père avait tout prévu. Son euthanasie était un crime parfait.

Le mécanisme sans faille de son scénario avait commis une seule erreur de jugement. Le père avait simplement mal placé la lettre à trouver sur son cadavre. Gaffe monumentale. C'était la seule preuve qui innocentait ses proches. Ce petit incident avait bousculé le destin de Jonathan. Mais Jonathan n'en voulait pas à son père. Il ne lui en avait jamais voulu. Il ne regrettait pas les bons côtés de son séjour outre-mer. La bousculade du chien dans le jeu de quilles avait bien calculé son ravage. Il remerciait presque l'erreur judiciaire de son père. Le voyage outre-mer avait permis à Jonathan de compléter ses connaissances en médecine avec d'autres formes de traitement. Il se sentait beaucoup mieux armé face à ses futurs patients. Le voyage outre-mer avait aussi confirmé que la flamme de son amour pour la belle Isabelle n'avait pas perdu de son éclat.

Merci papa, pensa Jonathan en levant les yeux au plafond.

Dans son for intérieur, Jonathan savait que son père avait, quelque part dans l'invisible, entendu ses remerciements.

Quelle belle journée!

La policière accepta volontiers les preuves présentées par Sylvain. Son dossier se ferma avec la conclusion : innocent votre honneur! La policière était heureuse du dénouement de son enquête. La fermeture du dossier donna plus de vigueur à la bonne réputation de son flair. Sa montée dans la hiérarchie était assurée.

Une seule ombre s'inscrivait au tableau.

Oui. Une seule et unique.

La policière aurait préféré que Jonathan tombe en amour avec elle.

Désolé.

Vraiment désolé.

Je ne lui accorderai pas plus à elle la possibilité du triangle amoureux. Je n'ai pas l'intention que tous mes efforts d'auteur de réunir Isabelle et Jonathan soient anéantis par un caprice de policière. Non madame. Comme prix de consolation, je peux lui offrir une seconde chance dans l'un de mes futurs romans.

C'est ça la vie! Elle bouscule toujours un peu notre destin comme un chien dans un jeu de quilles! Ah! Ah! Vous l'attendiez peut-être cette réplique-là!

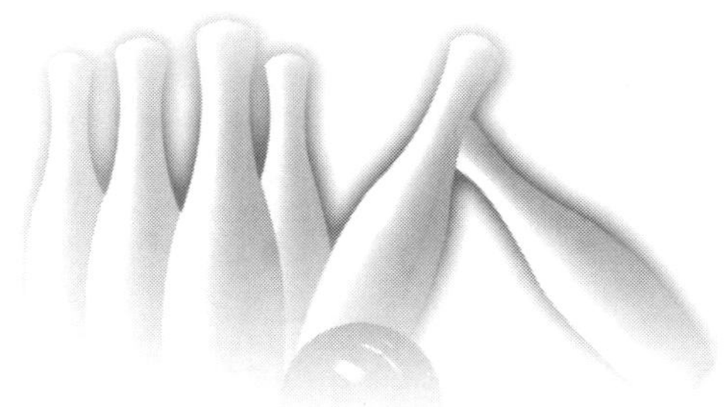

CHAPITRE DIX
Heureux comme une boule dans un jeu de quilles!

Elle est morte, la mamma!!

Au bout de plusieurs jours de veille passés auprès d'une agonie de plus en plus orientée vers la fin du processus, Jonathan confirma la mort en constatant le gel éternel des signes vitaux de sa mère.

Elle est morte, la mamma!!

La délivrance tant attendue des souffrances qui rongeaient la mère précéda le défoulement généralisé du clan familial. Le magma émotif voguait sur le rempart des regrets et du coffret-souvenir d'une parole, d'un rire, d'un geste qu'avait forgé la mère sur le parcours de son existence.

Elle est morte, la mamma!!

Même si la vie de la mère avait été emplie à en déborder. Même si la mort s'instaurait en délivrance face aux souffrances d'une maladie implacable. Les yeux imbibés de larmes auraient préféré croquer encore un petit bout de vie en compagnie de la mère chérie...

Elle est morte la mamma!!

Chacun emmagasinait sa peine au meilleur de sa connaissance. Le fil de la communication terrestre était révolu.

Il ne restait qu'un cadavre, un peu raide, embaumé. Une crise de larmes avec ça!

C'était fini...

Le dernier souffle enclencha la razzia de la tornade des préparatifs de l'enterrement. Rencontre au presbytère. Précision de la date et de l'heure de la célébration. Visite au salon funéraire. Publication de la nouvelle dans les journaux, à la radio... Planification du petit goûter. Magasinage de la dernière chance. Montage sur son trente-six.

Et hop!

Ouverture du salon mortuaire.

Le salon mortuaire.

L'exposition du corps sous son meilleur jour. Une belle morte malgré la maladie, comme le validèrent si bien les visiteurs qui connaissaient la mère de Jonathan.

Le salon mortuaire.

L'édifice où sont conviés les amis et la parenté afin de soutenir ceux qui sont éplorés par la disparition de l'être cher. Salon mortuaire. Période de transition entre l'acceptation de la mort étendue dans son linceul et sa disparition six pieds sous terre. Salon mortuaire. Un peu épuisant, mortifiant, triste, mais aussi le grand réconfort de la solidarité humaine qui transmet l'énergie utile à recharger les batteries usées par la tristesse.

La célébration funèbre.

Le début de la fin. Un dernier moment privilégié en compagnie du corps. La compassion des regards de la foule de l'église. Le sommet de la tristesse de la parenté proche de la morte. Un hommage avec des prières, des chants, des paroles d'évangile, la consécration de l'eucharistie, la communion et la signature du registre paroissial. Le dernier flot de larmes parfois ininterrompues devant l'inévitable disparition de l'être cher. Le signal de départ vers le cimetière.

Le cimetière.

C'est le requiem final. Le chemin forcé de l'apprentissage du détachement. La dernière prière. Le début de l'apprentissage du vide de l'absence. La dernière manifestation de solidarité qui accompagne la famille jusqu'au goûter. La dispersion de la foule.

Elle est morte, la mamma!!

Jonathan avait décidé de couronner la journée de l'enterrement en invitant toute sa famille, incluant tante Émilie, chez lui autour d'un souper. Il désirait étirer leur rassemblement afin de dompter le vide de la chambre de sa mère qui l'attendait pour l'éternité.

C'était aussi la première fois depuis six ans que la famille se réunissait au complet autour d'une seule et même table. Le clan Lassonde en entier avait bouffé l'invitation à souper.

Le logis fut envahi à pleine capacité.

Jonathan et Isabelle s'affairèrent à emplir la table de nourriture. Ils étaient accompagnés des bras de tante Émilie qui complétait la perfection de la touche finale du repas. Chère tante Émilie, impossible de terminer la mise en place des victuailles sans ses approbations tatillonnes et ses conseils interminables. Jonathan commença à taquiner sa tante en l'imitant à merveille sous les rires nourris des spectateurs. Tante Émilie rouspéta contre l'ingratitude du manque de respect de la campagne menée contre sa bonne réputation. Jonathan embrassa sa tante en guise de pardon. Elle craqua encore pour les beaux yeux mielleux de son neveu. Par chance que Jonathan était un gars honnête, sinon des yeux aussi mielleux auraient été capables de pousser tante Émilie à commettre les pires crimes sans trop de difficultés!

Martin amusait Benjamin et les deux enfants de la soeur de Jonathan. Sylvain se joignait à l'animation par vagues. Il prenait goût à côtoyer cette jeunesse insouciante profitant de chaque instant sans se demander de quoi sera composé le lendemain.

La musique du choc des conversations rappelait le bon vieux temps des soupers familiaux.

Oui. Le bon vieux temps était de retour. Dommage que le père et la mère ne fassent plus partie des invités.

Lorsque les dernières victuailles arrivèrent sur la table, la clochette tinta l'appel à la bouffe.

Le brouhaha des conversations se déplaça dans la cuisine et chacun trouva sa place autour de la table.

Jonathan demanda un moment de silence.

Les invités cessèrent leur tintamarre.

Jonathan enfourcha sa coupe de vin. Il la leva à la hauteur de ses yeux.

Les plus de dix-huit ans l'imitèrent alors que les plus jeunes levèrent leur verre de jus.

-*Je voudrais vous annoncer une nouvelle,* expulsa Jonathan en embrassant Isabelle.

Les visages commencèrent à délibérer sur le contenu de la nouvelle. Était-ce ceci? Était-ce cela? Et si c'était plutôt autre chose! Qui le sait? Jonathan, bien entendu!

Que voulait-il annoncer?

Le spectre du fantôme de la tempête du revirement de la dénonciation de la vraie nature de la mort du père visionnée à l'hôpital scanda ses épouvantes. Sylvain avait-il oublié de révéler une partie du secret? Jonathan avait-il un fait croustillant à révéler capable de jeter encore la consternation dans l'assemblée?

Tante Émilie pria la bonne Sainte-Anne. Elle brassa son chapelet. Je promets deux rosaires et une neuvaine en échange d'une bonne nouvelle, chuchota-t-elle à l'oreille de la bonne Sainte-Anne.

Le mauvais pressentiment projeta une neuvième vague effrayée d'un froid de canard dans les dents des mâchoires tremblantes de l'auditoire.

Jonathan allongea la corde raide de l'attente des convives. Il arpenta tous les membres de sa famille un à un.

Comme c'était bon de les contempler avec leurs qualités et leurs défauts. Ils avaient tous un peu vieilli. Les cheveux blancs pointaient sur le cuir chevelu de quelques-uns. Les visages changeaient mais les traits conservaient les mêmes coups de pinceau qu'autrefois. La vie avait brassé l'échiquier de chacun mais les liens familiaux restaient tissés serrés. C'était vraiment bon de contempler le tableau de ce qu'ils étaient devenus.

L'auditoire commença drôlement à s'impatienter. Les rires glissèrent vers le jaune. La lenteur du discours de Jonathan projeta une dixième vague effrayée d'un froid de canard dans les dents des mâchoires tremblantes de l'auditoire.

-*As-tu l'intention de nous la dire ta nouvelle?* s'impatienta tante Émilie, la face boursouflée par l'attente.

-*Isabelle et moi allons nous marier!* pétarada Jonathan, le sourire culbuté à l'envers de l'hiver.

Ouf! La bonne nouvelle!

Le tintamarre familial reprit son élan.

Une horde de bravos déferla avec une nuée de félicitations à n'en plus savoir où se bécoter.

Tante Émilie dansait avec son chapelet. Elle sauta sur le piano entonner la marche nuptiale. C'était beau de la voir. Un peu comique mais beau!

Mets du feu dans la cheminée, le bonheur d'autrefois revient chez nous. Il fait du soleil dans ton coeur, il en fait partout.

Jonathan leva les yeux au ciel.

Il pensa à sa mère.

Jonathan savait que, quelque part dans l'invisible, elle observait ses petits oisillons. La mère avait consacré une grande partie de sa vie au bien-être de sa petite famille. Aujourd'hui, elle pouvait reposer en paix. Le calme d'autrefois était de retour. La famille était à nouveau réunie pour le meilleur et pour le pire.

Oui. Aussi pour le pire.

Désormais, ils avaient appris à se serrer les coudes.

Avant de savourer son bonheur, Jonathan parachuta un dernier message à sa mère avec sa petite voix intérieure.

« *Bonne nuit Maman* ».

« *Bonne nuit Jonathan* », répondit une voix secrète soufflée dans le coeur de Jonathan.

Maintenant, il savait que sa mère était heureuse.

Il embrassa la belle Isabelle.

Benjamin grimpa sur une chaise et il se jeta dans les bras de ses parents.

Un petit kleenex avec ça?

Bye!

À la prochaine chicane!